Zu diesem Buch

Kolofsky holt einen Umschlag aus der Jackettasche und hält ihn dicht vor Kösslers Gesicht. Seine Stimme ist sehr leise, und nur der stärkere Akzent verrät einen Anflug von Zorn. «Damit wir uns klar verstehen, lieber Freund: Ich bin der Käufer und bestimme den Inhalt der Ware. Und ich würde Ihnen nicht raten, mir Anlaß zur Reklamation zu geben. Ich kann sehr unangenehm werden. Wirklich.»

Friedwald Kössler ist wie die meisten Journalisten eitel, aber er ist nicht dumm. Er kennt Kolofskys Ruf und weiß, daß man den holländischen Waffenhändler und Lobbyisten keinesfalls unterschätzen darf. Wenn er sich auch nicht vorstellen kann, daß Kolofsky einen Killer ansetzen würde. Noch ist die Bundesrepublik ein Rechtsstaat und Bonn nicht Miami...

Die Informationen, die Kössler bekommen hat, sind allerdings von höchster Brisanz. Es geht um Milliardenaufträge für die Rüstungsindustrie. Entweder bekommt die amerikanische oder die europäische Version des Kampfflugzeugs den Zuschlag. Und ausgerechnet Ministerialrat Hubert Blank sitzt an einer wichtigen Schaltstelle.

Daß Sybille Blank einfach nicht zur Verabredung mit Anna Marx kommt, überrascht Anna, daß sie auf zwei weitere Wochen spurlos verschwunden bleibt, beunruhigt Anna – im Gegensatz zu Hubert Blank. Als Anna jedoch von der Verbindung Kolofsky-Blank erfährt, steht für sie fest, daß Sybille keine Reise in die Toskana, sondern eine Reise ins Jenseits angetreten hat. Denn Anna traut Männern alles zu. Wie den Frauen.

Christine Grän, geboren 1952 in Graz, war nach dem Studium Redakteurin, ehe sie für fünf Jahre nach Botswana ging. Seit 1985 lebt sie wieder in Bonn als freie Journalistin und Autorin zahlreicher Bücher. In der Reihe der rororo thriller liegen von ihr vor: Weiße sterben selten in Samyana (Nr. 2777), Nur eine läßliche Sünde (Nr. 2835), Ein Brand ist schnell gelegt (Nr. 2901), Dead is beautiful (Nr. 2944) sowie der Kurzgeschichtenband Ein mörderischer Urlaub (Nr. 2950). Der Kriminalroman Grenzfälle (Nr. 3031) bildete den Auftakt zu einer Abendserie in der ARD mit Anna Marx (und Thekla Carola Wied) in der Hauptrolle – seit Oktober 1993.

Christine Grän

Marx ist tot

rororo

Rowohlt

rororo thriller
Herausgegeben von Bernd Jost

16.–20. Tausend November 1993

Originalausgabe
Veröffentlicht im Rowohlt Taschenbuch Verlag GmbH,
Reinbek bei Hamburg, September 1993

Redaktion Jutta Schwarz
Umschlagfoto Fred Dott
Umschlaggestaltung Peter Wippermann/Susanne Müller
Satz Sabon (Linotronic 500)
Gesamtherstellung Clausen & Bosse, Leck
Printed in Germany
890-ISBN 3 499 43081 9

Die Hauptpersonen

Anna Marx	hat eine mörderische Wut.
Hubert Blank	gerät unversehens auf die Abschußliste.
Sybille Blank	tritt plötzlich eine Reise an.
Fabian Blank	liebt Wanzen und Jaguare.
Jonathan Blank	wird von Gott und der Welt verlassen.
Evangelista Morales	versteht Gott und die Welt nicht mehr.
Babette Hönig	streitet für Frauen und kämpft für einen Mann.
Anton Laubwitz	streitet am falschen Ort zur falschen Zeit.
Hank Kolofsky	setzt immer die richtigen Mittel ein.
Friedwald Kössler	weiß viel und doch zuwenig.
Ministerialdirektor Dr. Klaus Wertheim	ist pensioniert, aber noch lange nicht auf dem Abstellgleis.
Hauptkommissar Gottlieb Hermes	ist weder ein Liebling der Götter noch der Gangster.

**Alle übrigen Personen dieses Romans –
seien sie bestechlich
oder unbestechlich –
sind ebenso frei erfunden.**

Kapitel 1

Es gibt mehr zwischen Himmel und Erde als Sex. Aber was?

Anna Marx sitzt in der Badewanne und denkt. Ein Ort wie jeder andere, um zu erkennen, daß man immer die richtigen Fragen gestellt und die falschen Antworten gefunden hat. Sie sollte vermeiden, darüber nachzudenken, aber die Marx vermeidet selten Konfrontationen mit der Unzulänglichkeit des Seins unter besonderer Berücksichtigung des eigenen Beitrags. Geliebt werden will man. Und das Leben erfüllt einem nie die besten Wünsche.

Anna Marx in ihrer schwarzgekachelten Badewanne verdrängt Wasser. Es riecht nach teurer Badeessenz. Der Radiosprecher verliest mit routinierter Stimme die Meldung über einen Brandanschlag auf ein Asylbewerberheim. Anschließend kommt das Wetter.

Anna weint in ihrem duftenden Wasser. Die Welt ist noch wahnsinniger geworden und sie ein Stück trauriger. Im allgemeinen, vor allem aber im besonderen: Warum nicht, wenn man verlassen wurde nach sechs Jahren und allein in einer Badewanne sitzt und vor Selbstmitleid zerfließt?

Das Fleisch ist weich und nachgiebig, Annas Fleisch war immer so, sie mag es nicht ansehen, jetzt, da sie verlassen wurde und sich häßlich und überflüssig findet. Ungeliebt. Asexuell. Einsam. Sechsundvierzig Jahre alt. Umgeben von Dingen: Kosmetika für die reife Frau, flauschige Handtücher, blitzende Spiegel, die durchgestylte Wärmeflasche, die elektronische Waage, Radio, Zeitschriften, Bücher, ein Telefon. Was der Mensch so braucht in seinem Badezimmer. Die Hinwendung zu Dingen kommt mit den Jahren, in denen menschliche Nähe rarer wird.

Null-Nähe in diesen harten Zeiten. Anna ist ungerecht, denn sie hat in ihren sechsundzwanzig Bonner Jahren einen kleinen Kreis von guten Bekannten aufgebaut, Kollegen überwiegend, Journalisten wie sie, die meisten Singles oder geschieden, die meisten trinkfest, mit Humor gesegnet, aber doch etwas kurzatmig in ihrer Fähigkeit, anderer Menschen Sorgen zu ertragen.

Anna ist ungerecht, denn sie hat in den Jahren mit Philipp wenig

Zeit für ihre Bekannten gehabt, die sie Freunde nennt. Sie hat sich auf die Liebe konzentriert, konsequent und idiotisch, und nun klagt sie über die Stille des Telefons. Es hat seit zwei Stunden nicht geklingelt an diesem Samstagnachmittag. Es ist so still in der Wohnung.

Anna steigt aus der Badewanne, durchweicht die Hochglanzzeitschrift, die sie gekauft hatte, weil auf der Umschlagseite «Rezepte gegen Liebesleid» angepriesen waren. Völlig unbrauchbarer Quatsch aus der untersten Psychologiekiste. «Treten Sie einem Fitnessclub bei.» So was Blödes hat Anna selten gelesen, als ob man Männer ausschwitzen könnte, und wenn überhaupt, würde sie allenfalls in eine Sauna gehen, aber auch dies empfindet sie als körperliche Anstrengung.

Anna haßt Sport in jeglicher Form. Gewalt natürlich auch, aber schon sehr viel abstrakter. Wer unter Biedermännern und Biederfrauen und Brandstiftern lebt und dem, was die Gesellschaft als Jugend auswirft, arrangiert sich doch irgendwie. Und irgendwie ist Anna nicht der Typ, der öffentlich Kerzen anzündet. Wenn sie es damit begründet, daß exhibitionistisches Gutsein auch ein wenig penetrant ist, dann kann es gut sein, daß sie damit nur moralische Trägheit kaschiert. Wahrscheinlich, daß Anna sich einmischen würde, wenn jemand ihre philippinische Putzfrau angreifen würde – aber doch sehr spontan und durchaus aus egoistischen Motiven.

Machen wir uns nichts vor, Marx: Das Unglück der anderen kann nie so schlimm sein wie das eigene. Anna haßt Philipp Handke und wünscht, er wäre tot.

Sie windet sich ein großes rotes Handtuch um den Leib und trägt beruhigendes Gel um die verweinten Augen auf. Furchtbar sieht sie aus, alte Frauen sollten Anspruch auf Glück und gnädige Spiegel haben. «Ich gehe nicht zu diesem verdammten Klassentreffen.» Anna sagt es laut und trotzig, denkt aber sofort an die Alternative: ein Fernsehabend. Grauenhafte Nachrichten, idiotische Glücksspiele, volkstümliche Hitparaden oder Serien mit patenten Frauen, denen ein Happy-End auf den schmucken Leib geschrieben wird. Pfui Teufel.

Anna schminkt sich ohne große Hoffnung, etwas verbessern zu können. Ein Klassentreffen nach achtundzwanzig Jahren ist ein Ereignis, das sie sich in besseren Zeiten hätte entgehen lassen. Was ist zu erwarten außer einer Ansammlung alter Frauen, die einander versichern, wie gut es ihnen geht, obwohl sie doch wissen, daß sie einmal geglaubt haben, daß es ihnen besser gehen würde? «Weißt du noch, wie wir damals...?»

Anna weiß noch, wie sie damals glaubte, unbesiegbar zu sein. Das Gefühl hielt an, bis ein Entjungferer namens Harald ihr den Laufpaß gab. Harald wandte sich ihrer besten Freundin Sybille zu, während Anna jedem, der es hören wollte oder nicht, erzählte, daß Harald ein impotentes Schwein sei. Worauf Sybille Harald den Laufpaß gab und Anna den Glauben an irdische Gerechtigkeit wiederfand. Bis zum nächsten Mal.

Rufmord ist natürlich nicht so gut wie Mord. Harald ist nicht Philipp. Und Anna, der Kindheit nicht in allen Konsequenzen entwachsen, beschäftigt sich allen Ernstes mit Mordplänen. Spielerisch zunächst. Schließlich ist Haß ein wunderbares Mittel gegen Liebe. Wie sollte man sonst ertragen, daß die eigenen, die großen Gefühle gar nichts mehr wert sind? Haß ist befriedigend. Wenn sie ihn haßt, kann sie sich selbst wieder lieben.

Denkt Anna. Sie denkt über die praktische Umsetzung von Haßgefühlen nach, und weil ihre Phantasie schon immer blühend war, enden alle Überlegungen bei Mord. Aber wie soll sie Philipp ermorden, ohne als Täterin auch Opfer zu werden?

Der Mann verdient ein perfektes Ende, den perfekten Mord. Soviel ist klar. Unklar ist nur, ob Annas Fähigkeiten ihrer Phantasie gewachsen sind. Logik zählt nicht zu ihren Stärken. Sowenig wie Disziplin, Geduld, Demut und Beharrungsvermögen. Humor ist vorhanden. Andererseits: Wie käme eine so unvollkommene Frau auf der falschen Seite der Vierzig ohne ihn aus?

Kapitel 2

Das Büro des Ministerialrats Hubert Blank entspricht in allen Einzelheiten der seinem Rang zustehenden Einrichtungsnorm, und es widerspräche seinem Hang zu äußerer Unauffälligkeit, die bürokratische Tristesse verschönern zu wollen. Kein Bild, kein Blumentopf, kein persönlicher Gegenstand verraten etwas über die Privatperson Hubert Blank. Und nichts lenkt vom Wesentlichen ab: Schreibtisch, Computer, Telefon, Aktenschrank. Braunbeige ist die vorherrschende Farbe, und der Gedanke ist nicht von der Hand zu weisen, daß der Kontrast so gewollt ist: Denn der Mann hinter dem Schreibtisch ist alles andere als farblos. Er sieht außergewöhnlich gut aus, und das weiß er. Er ist groß, schlank, die Gesichtszüge sind regelmäßig, die ergrauten Schläfen interessant, die hellen Augen sehr wachsam. Der Mann trägt keine Brille, sondern Kontaktlinsen. Er rasiert sich zweimal täglich und verwendet edles Rasierwasser. Sein Anzug ist elegant und teuer, die Krawatte aus gestreifter Seide. Es ist angenehm, gut auszusehen; und weil es so ist, pflegt Hubert Blank das Image eines potentiellen Herzensbrechers. Der Mann wirkt auf Frauen, schon seltener auf Männer. Aber die Männerwelt, die er von seiner Frauenwelt abtrennt, hat Hubert Blank mit anderen Attributen erobert: mit Ehrgeiz, Tüchtigkeit und Geduld sowie jenem Maß an Klugheit, das einer bürokratischen Karriere angemessen ist.

Hubert Blank starrt auf ein Schriftstück, das er nach der Mittagspause auf seinem Schreibtisch gefunden hatte. Eine Einladung, getippt und kopiert, nicht unterschrieben. Eine Einladung zu einem «Treffen des rechtskonservativen Kreises im Hause». Neben Ort und Zeitpunkt ist das Thema angegeben: «Ist die Rechte gesellschaftsfähig?»

In Anbetracht der Organisatoren findet Blank das Fragezeichen höchst überflüssig und die Antwort bereits vorgegeben. Das ist es nicht, was ihn beunruhigt. Vielmehr die Frage, wer ihm diese Einladung auf den Tisch gelegt hatte – und warum?

Hubert Blank kritzelt ein Fragezeichen auf die Einladung. Er unterschreibt alle wichtigen und unwichtigen Dokumente mit dem vergoldeten Füllfederhalter seines Vaters, geliebtes Erbstück, Erinnerung an Zeiten, in denen er noch keine wichtigen Entscheidungen treffen mußte, in denen das Leben fremdbestimmt, aber überaus angenehm war. Auf den einzigen Söhnen von ehrgeizigen Müttern und erfolgreichen Vätern ruht eine große Last: Sie müssen mehr erreichen. Hubert Blank hat sich immer bemüht, den Erwartungen gerecht zu werden, die man in ihn setzte. Er hat immer sein Bestes getan. Wenn es nicht zum Besten wurde, dann war es nicht seine Schuld. Daran glaubt Hubert Blank.

Er ist es gewohnt, die Fäden seines Lebens in der Hand zu halten, zu dirigieren, wenn es sein muß, zu manipulieren. Hubert Blank schätzt es, Situationen unter Kontrolle zu haben, deshalb irritiert ihn diese Einladung. Warum er? Ist es eine Falle, die man ihm stellen will, um ihn – bei einem möglichen Erscheinen – zu denunzieren? Will man ihn dahingehend testen, ob er den Erhalt dieses Papiers seinem Vorgesetzten melden würde? Oder ist es einfach eine Einladung, ein Probeschuß sozusagen, Mitgliederwerbung der konspirativen Art?

Ein Mann, der das Abenteuer liebt, aber nur selten auslebt, fühlt sich von der möglichen Gefahr nicht abgestoßen, ganz im Gegenteil. Die Einladung beschäftigt Blank, die Unwägbarkeiten treiben den Adrenalinspiegel in die Höhe; die Möglichkeiten, die dieses Papier ihm eröffnet, fordern seine Intelligenz heraus. Sie ist in gewisser Weise einfach strukturiert, diese Intelligenz, weil sie sich stets auf das Wesentliche konzentriert: Was bringt mir das? Schaden oder Nutzen? Wohlgemerkt: dies ist nur eine seiner Welten, die Welt der Männer. Sich in ihr zurechtzufinden, erfordert wenig mehr als kluge Anpassungsfähigkeit.

Hubert Blank denkt nicht mit sittlicher Entrüstung über rechte Parteien, weil er im Grunde ein unpolitischer Mensch ist. Wenn ihn andere als einen Untertanen à la Heinrich Mann sehen würden, so ist seine Sicht der Dinge pragmatisch und praktisch, in der Grundhaltung ein konsequentes Sowohl-Als-auch. Man muß nicht böse sein, wenn man nicht gut ist. Man muß nicht engagiert sein, wenn man sich als guten Bürger und Demokraten sieht.

Sein Parteibuch hat er den Sozialdemokraten zurückgegeben, als Helmut Schmidt gestürzt wurde. Es war abzusehen, daß sie so bald nicht wieder an die Macht kommen würden. Parteilosigkeit konservativer Prägung kann in diesem Land und in jedem Ministerium nicht von Schaden sein. Denkt Blank, und er hat natürlich recht.

Mit schwarzer Tinte kritzelt er Namen auf das Papier, die er dem «rechten Kreis» zuordnet. Er kommt auf sechs in seiner näheren Umgebung – und rechnet hoch auf dreißig Mann. Nicht Namen, sondern Rang sind von Bedeutung: Das Spiel macht Spaß, und er lächelt noch, als die Sekretärin nach kurzem Klopfen eintritt und ihm eine Akte auf den Tisch legt.

Frau Siemens ist wie ein Spiegel, in dem er seine Attraktivität bewundern kann. Sie lächelt ein wenig verschämt, weil sie weiß, daß er weiß, daß sie ihn anhimmelt. Ein Büro-Klischee, aber ein angenehmes: Sekretärin verehrt Chef. Er würde nie so weit gehen, dieses Klischee mit einer Affäre auf die Spitze zu treiben. Verliebte Sekretärinnen sind angenehm, geliebte Sekretärinnen unbrauchbar. Außerdem: Frau Siemens läßt auch aus der Distanz ahnen, daß sie eine anlehnende, fordernde Person ist. Und sie hat eine entfernte Ähnlichkeit mit Sybille.

Sobald er an seine Frau denkt, verhärten sich seine Züge. Manchmal meint er sogar, daß er zu frieren beginnt. Frauen sind wunderbare Wesen, solange man sie nicht näher kennt. Als einzige Ausnahme von der Regel läßt er seine Mutter gelten. Sie war vornehm und bescheiden, weibliche Eigenschaften, die aus der Mode gekommen sind. Leider.

«War jemand in meinem Büro während der Mittagspause?» fragt er seine Sekretärin, die zumindest noch Ansätze von Demut erkennen läßt.

Frau Siemens schüttelt den blondgelockten Kopf. «Aber ich war selbst eine Viertelstunde weg», sagt sie beinahe entschuldigend. Sie fügt hinzu, daß «dieser Herr Kolofsky» wieder angerufen habe. Sie mag Kolofsky nicht, obwohl sie ihn nie persönlich kennengelernt hat.

Der Name elektrisiert und lenkt ihn kurzfristig von seinem Ratespiel ab. Er sieht fragend in ihr starres Gesicht, das unter zuviel Schminke leidet.

«Er bat um Rückruf unter der bekannten Nummer.» Frau Siemens spuckt den Satz förmlich aus. An seinem Ausdruck kann sie erkennen, daß die Audienz beendet ist, aber sie bebt noch nach einem Lächeln oder einem persönlichen Wort.

«Danke, Frau Siemens.»

Hubert Blank wartet, bis sie die Tür geschlossen hat, bevor er zum Hörer greift. Kolofskys Nummer hat er im Kopf; er verfügt über ein exzellentes Gedächtnis für Zahlen. Er hat den Mann am Telefon und spricht nur kurz mit ihm, um ein Treffen zu verabreden. Kolofsky begegnet man in teuren Restaurants, man einigt sich auf *Halbedels Gasthaus*, eine Hochburg der Spesenritter. Schließlich geht es um Geld, sehr viel Geld, und um ein Projekt von nationaler Bedeutung, dessen Projektleiter, jedenfalls auf Arbeitsebene, Hubert Blank heißt.

Kapitel 3

«Mensch, Sybille. Wie lange haben wir uns jetzt nicht gesehen?»

Der Satz, den Anna Marx nunmehr zum x-ten Mal wiederholt, betrifft immerhin ihre engste Schulfreundin, Sybille Liebknecht, verheiratete Blank. Sie haben sich vor exakt siebzehn Jahren das letzte Mal gesehen, bei Sybilles Hochzeit in Königswinter. Anna war während der Feierlichkeiten erst neidisch und dann betrunken gewesen, man hatte hinterher noch ein paarmal telefoniert, aber der Kontakt war mangels Gemeinsamkeiten eingeschlafen.

Es gibt Frauen, die schön sind, ohne es zu sein. Sybille Blank war ein sehr hübsches junges Mädchen, Anna hatte sie immer um ihre zarte Blondheit beneidet. Jetzt wirken die Farben aufgesetzt und blaß, das Jungmädchenhafte fast traurig verwelkt, das Zarte verdorrt, auch unter dem teuren Kostüm. Anna fällt zu Sybilles Gesamteindruck das Wort «bitter» ein, und sie ist angenehm überrascht. Sie hat gewiß nicht oft an sie gedacht, aber wenn, dann immer mit einem Anflug von Mißgunst.

Sie registriert, wie die andere sie mustert. Man konnte immer schon in ihrem Gesicht lesen: Leichte Herablassung steht darin geschrieben. War Anna nicht immer der dicke Frosch in ihrer Beziehung gewesen? «Du bist immer noch so leiblich», sagt Sybille jetzt, und Anna schüttelt sich innerlich, bevor sie antwortet: «Das ist das gute Leben, meine Teure.»

Das gute Leben ist nicht spurlos an den anderen vorübergegangen. Anna sieht sie in Grüppchen stehen, so wie früher auf dem Schulhof. Alte Zuneigungen und Feindschaften sind nicht aufgehoben nach so vielen Jahren, schließlich hat sie nur die Neugierde zusammengebracht. In Annas Erinnerung stehen sie auf dem Schulhof und sprechen – natürlich – über Männer, über die Jünglinge mit und ohne Pickel, die ihre sexuellen Phantasien nichtsdestotrotz beflügelten. Hat sich was geändert?

«Du bist wohl nicht verheiratet», sagt Sybille. Sie trägt einen Platinring; Anna hat einen Blick für Eheringe.

«Es hat sich nicht ergeben, weißt du.» Annas Herzensdinge in einem Satz. Sie hätte auch ein paar Stunden darüber sprechen können: über Hubert und Franz, Markus, Benjamin… und wie sie alle hießen. Ein paar Namen hat sie glatt vergessen. Eintagsfliegen. Flogen auf Anna, ließen sich auf ihr nieder und schwirrten davon.

Manchmal war es auch umgekehrt, aber öfter doch ergriffen die Männer die Initiative, so oder so.

«Na, immerhin hast du es beruflich geschafft. Ich bin ja ein Fan deiner Gesellschaftskolumne», sagt Sybille, und ein wenig spöttisch: «Wir Hausfrauen sind so dankbar für amüsanten Klatsch.»

Das klingt selbstmitleidig, das kann Anna bei anderen nicht leiden. Verdammt noch mal, was willst du eigentlich, denkt sie. Hast einen Adonis geheiratet, dich mit Kindern geschmückt, schälst dich aus einem Nerz, und die Uhr ist von Cartier. «Du siehst gut aus», erwidert Anna.

Schülerin mit Snob-Appeal, die «Mädels aus dem Arbeitermilieu» nicht in ihrem Dunstkreis geduldet hatte. So eine wie die Marx. Kleine Wunden, die schon lange verheilt sind – oder nicht? Anna denkt, daß Eleonore bestimmt Lehrerin geworden ist und einen höheren Beamten geheiratet hat. Zwei Kinder in passenden Abständen. Vielleicht ist sie schon Großmutter – sie sieht jedenfalls so aus.

«Unsere Eleonore kann einem wirklich leid tun. Sie hat einen Finanzmakler geehelicht, und der sitzt seit zwei Jahren im Gefängnis.» Sybille flüstert in Annas Ohr, und es klingt nicht so, als ob es ihr leid täte.

«Woher weißt du das?» Anna mustert die arme Eleonore mit deutlich weniger Ressentiments. Und sie erinnert sich, daß Sybille schon immer die Nachrichtenbörse der Klasse gewesen war, neugierig und mitteilsam, von vielen bewundert oder zumindest gefürchtet, weil sie alles über alle zu wissen schien. Anna Marx, groß, rothaarig und ausladend, eine mittelmäßige Schülerin aus nicht einmal mittelmäßigen Verhältnissen, hatte sich an die Erfolgreiche geklammert und sich in ihrem Schatten gesonnt. Eine keineswegs originelle Konstellation, diese Jungmädchenfreundschaft zwischen Stark und Schwach, Schön und Häßlich. Oder war es ganz anders gewesen? Hatte Sybille nicht immer die unangenehmen Aufgaben Anna überlassen? Und sich hinter Anna versteckt, wenn eine Situation brenzlig wurde? So wie damals, als während der Lateinarbeit der Spickzettel zu Boden fiel – und Sybille behauptete, es sei nicht ihrer, sondern Annas?

Anna sieht Babette Hönig auf den Tisch zukommen, auch eine von denen, die in der Jungmädchen-Klassengesellschaft nicht zu den Spitzen gezählt hatten. Wenn das Leben einem die Rollen schon sehr früh zuteilt, dann hatte Babette zumindest damals die Kraft besessen, der Nichtachtung der anderen mit Verachtung zu begegnen. Jetzt bleibt sie vor Anna stehen, grüßt sie mit einem knappen Kopfnicken, aber Anna hat den Eindruck, daß sie nur Sybille sieht.

Haben die zwei Kontakt gehalten? Anna beobachtet einen Austausch von Blicken, den sie schwer einordnen kann. Haß? Wie können sich zwei Frauen hassen, die so wenig gemeinsam haben? Babette ist Anwältin in Bonn, engagiert im Frauenhaus, und sie hat Anna zweimal angerufen, um ihr eine «Story» zu verkaufen, Geschichten von Frauen und Männern und Kindern, die so nie geschehen dürften und die Anna nicht schreiben wollte. Sie hatte Babette an eine Kollegin, zuständig für «Soziales», weiterverwiesen, und das hatte sie ihr übelgenommen.

Babette geht weiter, sie hat kein Wort mit Sybille gesprochen, die jetzt sagt: «Kannst du dir vorstellen, was ein Mann an der finden könnte?»

«Sie hat bestimmt ein großes Herz.»

«O ja», sagt Sybille in einem Ton dramatischer Überspitzung. Anna denkt, sie wirkt wie ein Bogen, der ganz straff gespannt ist, auf den Abschuß wartet...

Jetzt hat sie ihr Gesicht wieder vollkommen unter Kontrolle: «Du weißt doch, ich war immer schon an anderen Menschen interessiert. Vielleicht hat unsere Freundschaft ja dazu beigetragen, daß du Journalistin geworden bist.»

Ist ja typisch. Sie hatte alles auf sich bezogen; was immer in der Welt geschah, es mußte mit ihr zu tun haben. «Quatsch», erwidert Anna. «Ich hab das Studium hingeschmissen und dann ein Volontariat begonnen, weil mir nichts Besseres einfiel.»

«Wenn ich mich recht erinnere, wolltest du doch eine berühmte Schriftstellerin werden.»

Sybille sieht Anna mit einem Lächeln an, das nett sein kann oder auch boshaft. Anna erinnert sich an die Demütigungen, die dicke rothaarige Mädchen von ihren schönen Freundinnen hinnehmen mußten. «Und du, du hast doch auch studiert?»

Sie ist immer noch so gräßlich direkt. Sybille Blank sammelt ihre Gedanken zu einer wohlklingenden Legende, sieht in Annas grüne, verweinte Augen und denkt, ach was, der brauche ich doch nichts vorzumachen, andererseits kann man nicht sein Leben vor anderen ausbreiten, ohne zu beschönigen: «Ein Jahr nach der Heirat kam Fabian zur Welt, dann wollte ich irgendwann weiterstudieren, nach Lydia war es zu spät, verstehst du? Ich habe eben an der Karriere meines Mannes mitgearbeitet, ihm sein Haus geführt, die Kinder erzogen. Ich meine, so etwas wird ja nicht mehr geschätzt, aber es ist verdammt harte Arbeit, das kannst du mir glauben.»

Der Lebenslauf wird mit geraffter Bitterkeit vorgetragen, und Anna wartet auf die Fortsetzung, als Babette mit dem Messer an ihr Wasserglas klopft und zu einer Rede anhebt. Babette Hönig, die Organisationsnudel der Klasse, die auch dieses Treffen arrangiert hatte, und die immer noch so aussieht wie jemand, der bar jeder Eitelkeit durchs Leben geht. Damals hatte sie Zahnspangen, Pferdeschwanz, weite Hosen und Gesundheitsschuhe getragen und wiederholt erklärt, daß sie niemals heiraten würde.

Sie hatte nicht geheiratet und trug keine Zahnspangen mehr. Anna hört der launigen Rede zu und denkt, daß Babette zumindest an Humor dazugewonnen hat, auch wenn Sybille nicht einmal lächelt und die Rednerin mustert wie eine fette Fliege, deren Beseitigung zwingend, aber schwierig erscheint. Warum eine vage Abneigung über so viele Jahre halten konnte, ist Anna schleierhaft. Andererseits, Sybille war immer schon extrem nachtragend. Wenn ihr Unrecht geschah oder wenn sie meinte, daß ihr Unrecht geschah, wurde sie zur Furie.

Anna erinnert sich an den Tag, an dem aus Sybilles Schulranzen ein Liebesbrief gestohlen wurde. Sie weiß nicht mehr, von wem der Brief war oder wer ihn geklaut hatte. Jedenfalls hatte das Mädchen den Brief in der Pause laut vorgelesen, ein häßlicher Streich, mehr aber auch nicht. Sybille hatte die Schülerin danach bezichtigt, ihr neben dem Brief fünf Mark aus der Tasche gestohlen zu haben. Sie hatte den Vorfall dem Klassenlehrer gemeldet, und die ganze Sache war unglaublich aufgebauscht worden. Die Diebin wäre beinahe von der Schule geflogen... und erst Wochen später hatte Sybille Anna kichernd gestanden, daß sie bezüglich der fünf Mark gelogen hatte.

Das war vor drei Jahrzehnten. Menschen verändern sich, oder etwa nicht? Anna hofft doch sehr, daß sie die schrecklichen Unsicherheiten, Komplexe, Gefühlsverwirrungen und gedankenlosen Bösartigkeiten jener Jahre überwunden hat.

Sybille beobachtet Anna. Sie registriert das zweite Viertel Wein und die vierte Zigarette. Sie ahnt, daß Anna nicht verheiratet ist, und wundert sich, daß ausgerechnet die Anna keinen abbekommen hat. Schön war sie ja nie gewesen, aber ihre durchaus üppigen Formen waren bei den Jünglingen doch sehr beliebt gewesen. Einmal hatte Anna es sogar geschafft, IHR einen Freund wegzunehmen, und Sybille erinnerte sich sehr genau an ihre Haß- und Rachegefühle. Sie hat Anna dafür im Gegenzug einen Freund abgenommen, nicht, weil er ihr gefiel, nur weil sie ihr eins auswischen wollte.

Sybille hat die Frauen ihres Jahrgangs im Blick und denkt, wie häßlich sie alle geworden sind. Und keine Ballettänzerin ist darunter, keine berühmte Musikerin, niemand von irgendeiner Bedeutung. Mittelmäßige, mittelalterliche Matronen sitzen um sie herum. Einige sind fett geworden, andere grau, und es ist ihr absolut schleierhaft, warum viele von dieser Klasse auch noch zufrieden aussehen, so wie sie da sitzen. Die arme Eleonore mit ihrem Knastbruder oder Helga, die Ärztin werden wollte und jetzt mit ihrem Mann Damenwäsche verkauft. Oder Barbara, die seit zwei Jahren mit ihrem Mann um den Unterhalt streitet. Anna, na ja: als Klatschtante ist sie allenfalls Lokalgröße und als Frau wohl offenbar ein Versager. Sybille schätzt Frauen, die es nicht zum Ehemann geschafft haben, automatisch als Versager ein. Schließlich ist sie so erzogen worden: Die Familie ist der Weg und das Ziel, die gesellschaftliche Stellung der Maßstab des Erfolgs. Alles andere sind Sekundärtugenden, pflegte ihr Vater immer zu sagen. Sybille erinnert sich, ihn ebenso geliebt wie gefürchtet zu haben. Ein Mann, der keine Fehler macht, ist schrecklich überlegen. Er hat ihr, und vielleicht auch ihrer Mutter gegenüber, nie eine Schwäche zu erkennen gegeben.

«Die einzige, die ein paar Kontakte aufrechterhalten hat, ist Sybille. Ich bin zutiefst davon überzeugt, daß sie, wie in alten Zeiten, alles über uns weiß. Wer von uns also neugierig ist, wie es den anderen so ergangen ist, der möge sich getrost an unsere Sybille wenden.»

Auch die Schlußsätze aus Babettes Rede werden mit zustimmendem Gekicher aufgenommen, und für einen kurzen Augenblick ist das Gefühl einstiger Gemeinsamkeiten wieder gegenwärtig. Nur für einen Augenblick. Sie lachen über Sybille, die einmal wieder im Mittelpunkt steht, dann werden die Vorspeisen aufgetragen, und es sitzen wieder siebzehn Frauen am Tisch, die mühsam an das Vergangene anknüpfen. Fragen, Antworten, Schweigen, das Suchen nach

Berührungspunkten, die Selbstdarstellung, in der Niederlagen fehlen und Siege beschönigt werden... Später werden sie ihren Männern erzählen, daß es ganz amüsant war, und sie werden Äußerlichkeiten beschreiben und sich mit boshaftem Klatsch selbst in Szene setzen... jedenfalls diejenigen, die über Männer verfügen, die ihnen bisweilen zuhören.

Ich-bin-besser-als-du: Ist das Spiel neu oder nur die Variante einer sehr alten Geschichte, die sie schon aus Schultagen kennen? Mir könnte es besser gehen, aber wenigstens habe ich einen Mann, denkt Sybille, während sie Anna erzählt, daß Jonathan vor einem Jahr zur Welt kam und sie endgültig an die Familie kettete. «Natürlich gibt es das eine oder andere Problem, aber unterm Strich sind wir eine sehr glückliche Familie. Wolltest du nie Kinder?»

Anna vermeidet eine Antwort und fragt, ob sie – unabhängig von der Familie – glücklich sei? Es ist die Retourkutsche für Sybilles böse Frage nach Kindern. Sie weiß doch, daß Anna allein ist. Sie weiß nicht, wie allein, aber Anna würde sich eher die Zunge abbeißen, als ihr von Philipp zu erzählen.

«Na, du stellst vielleicht komische Fragen. Hubert hat ein wundervolles Haus von seinen Eltern geerbt. Du mußt uns unbedingt einmal besuchen kommen.» Sybille steckt Anna eine Visitenkarte zu, Goldschrift natürlich, keine Billig-Visitenkarte, wie Anna sie jetzt hervorholt.

Während Sybille von ihrem Haus erzählt – warum eigentlich nicht von den Kindern? – denkt Anna, du kannst mir nichts vormachen, meine Teure, ich nehm dir dein Glück nicht ab, und wenn du es noch so prächtig schilderst. Du wolltest doch immer alles, so wie ich, und bekommen hast du nur den Teil, der dir zusteht. Und hier sitzen wir nun und machen uns groß was vor, statt den Verein der Enttäuschten zu gründen. Sind wir wenigstens weiser geworden?

Doch nicht Anna, die ihren grauenvollen Liebeskummer mit Mordplänen bekämpft. Philipp Handke lebt, und sie wünscht, er wäre wenigstens tot. Wie konnte er es wagen, sich nach sechs Jahren mit ein paar Zeilen zu verabschieden. Einfach so, nicht einmal sein Briefpapier war sie ihm wert gewesen. Ein Schreibmaschinenblatt, mit Schreibmaschine getippte Zeilen des Bedauerns. Es war, als ob er ihr eine schallende Ohrfeige verpaßt und gleichzeitig gesagt hätte: «Mir tut es genauso weh wie dir, liebe Anna.» Das konnte ja nicht sein. Anna Marx war der Empfänger und Philipp Handke der

Absender. Er schlug, und sie wurde geschlagen. Er schrieb: «Jede große Liebe endet mit Schmerzen.» So was Blödes zu schreiben, schon dafür verdiente er den Tod. Wenn er an diesem verfluchten Herzinfarkt gestorben wäre, dann wäre sie zumindest dramatisch und endgültig verlassen worden, dann könnte sie trauern und mit dem Schicksal hadern, statt sich in Zurückweisung und Demütigung zu winden...

All das denkt Anna, während sie mit Babette, die sich ihr gegenüber gesetzt hat, über Politik im allgemeinen und die Frauenbewegung im besonderen spricht, über deutschen Rassismus und die neue Ohnmacht der Linken... während sie ißt und trinkt und raucht und merkt, daß Babette sie mit gewisser Geringschätzung behandelt, vermutlich, weil sie eine Journalistin, die über Gesellschaftsklatsch berichtet, nicht ernst nimmt. Anna ist so empfindlich, weil ihr Selbstbewußtsein Schaden genommen hat. Aber sie hat recht: Babette Hönig hat von Anna Marx noch nie viel gehalten. Für sie ist die rote Anna eine Person, die ihre Talente und Leidenschaften in Sackgassen geführt hat. Sie sieht unglücklich aus, die Marx. Doch wer sich nicht mit dem Leiden anderer beschäftigt, hat persönliches Glück nicht verdient. Denkt Babette und nimmt sich vor, dieses Essen zu nutzen, um der einen oder anderen eine «Spende fürs Frauenhaus» zu entlocken. Es sehen ja nicht alle aus, als ob sie der Kapitalistenklasse angehörten, aber vielleicht würden einige doch ihr Herz und ihre Börsen öffnen. Sie kann sich noch gut erinnern, daß die alle hier ein Herz gehabt hatten. Bis auf Sybille... Merkt die denn nicht, wie lächerlich sie ist mit ihrem Protzschmuck und dem Gerede von Glück und Familie? Sie macht es absichtlich, denkt Babette, sie redet laut genug, damit ich mithören kann, und sie denkt, daß sie mich damit verletzen kann. Aber sie soll bloß nicht glauben, daß ich ewig den Mund halte. Irgendwann ist das Maß voll!

«Was ist aus deiner großen Liebe geworden, Anna?» Sybille hat die Hönig beobachtet, und sie lächelt zufrieden, während sie sich Anna zuwendet.

Welche große Liebe? Anna fällt Adrian ein, ihn mußte Sybille meinen. Sie hatte ihn ihr ausgespannt, und sie und Adrian wollten zusammenziehen und später heiraten... Was war bloß passiert? «Er hat mich verlassen», sagte Anna. «Wegen einer schwarzhaarigen Radrennfahrerin.» Die Geschichte ihres Lebens, auch wenn es nicht immer Radrennfahrerinnen gewesen waren.

Sybille findet das komisch, sie lacht, und sie hat nach achtundzwanzig Jahren noch diese schöne Stimme und das melodiöse Lachen. So übel ist sie gar nicht, denkt Anna, wir haben uns vier Jahre lang blendend verstanden, auch wenn der Spaß zu oft auf meine Kosten ging.

«Um ehrlich zu sein», sagt Anna, «sind mir die Liebesdinge nie so ideal geraten.» So was nennt man auch Understatement, denkt sie, und ein Funke springt über zwischen Sybille und ihr. Zwei alte Damen beginnen, sich zu schälen...

Sybille grinst: «Um ehrlich zu sein: Ich schminke mich morgens und abends schminke ich mich ab – und dazwischen passiert nicht viel.» Sie sieht dabei in die Runde, denkt, manche schminken sich nicht mal. Anna sieht sie so ungläubig an, vermutlich denkt sie an die glückliche Familie: «Hör mal, Anna, so schlecht hast du es gar nicht getroffen ohne Mann und Kinder. Ich will dir mal was sagen: Als Fabian kam, da hatten wir noch nicht das Haus und Hubert verdiente nicht viel. Ich hatte keine Ahnung von Babys: Sie schaffen dich, verstehst du? Man wird eine sexlose, gehetzte, ewig müde Person, an deren Rockzipfel ein schreiendes Kind hängt. Ein Muttertier, dessen stählerne Tränen kein Männerherz erweichen, es ist so... du bist gezwungen, deine Kinder zu lieben, nicht wahr, und dabei siehst du zu, wie dir dein Mann flöten geht; Mütter sind asexuelle Monster... und alles andere ist Selbstbetrug. Es ist so verdammt ungerecht, weil man es vorher nicht weiß. Meine Kinder haben mein Leben zerstört. Sie können nichts dafür – aber ich vielleicht?»

Sybilles Hände umkrampfen das Weinglas, und Anna fragt sich, ob sie so viel hören wollte. Evelyn, die auf der anderen Seite sitzt und Sybilles Ausbruch mitbekommen hat, sieht betreten auf die Tischdecke. So was sagt man nicht bei einem Klassentreffen, es paßt nicht zu den Geschichten von erfüllten Hoffnungen. «Kinder sind doch ein Glück an sich, liebe Sybille», murmelt sie schließlich, was kann Anna schon dazu sagen, außer, daß keine Lebensform der ersehnten Perfektion nahekomme.

«Ach Scheiße.»

Das Wort paßt nicht zu ihr, denkt Anna. Sybille ist aufgestanden, sie sieht wütend aus, und Anna beobachtet einen Blickabtausch zwischen ihr und Babette, der mehr einem Schlagabtausch gleicht. Die anderen verstehen nicht, beobachten Sybille, die fünfzig Mark auf den Tisch legt und ihren Nerz aus der Garderobe holt.

«Was hat sie denn nur?» fragt Evelyn, und Anna zuckt die Achseln. Sie steht ebenfalls auf und folgt Sybille bis an die Tür. «Hör mal, ich wollte dir mit meinem Anflug von Ehrlichkeit nicht das Klassentreffen vermiesen.»

«Ach was. Die blöden Weiber gehen mir ohnehin auf die Nerven.» Sybille sieht Anna fast flehend an: «Sollen wir uns nicht zum Essen verabreden? Nur wir beide?»

Anna zögert, und Sybille packt sie am Arm. «Bitte. Ich war schon so lang nicht mehr ehrlich zu jemandem, und... sagen wir am Dienstagmittag hier, so gegen zwölf?»

Wie könnte sie nein sagen? Anna nickt, und Sybille läßt ihren Arm los. «Also bis Dienstag, Anna.»

Sie geht bei Rot über die Straße, irgendwo hupt ein Auto, und Anna sieht ihr nach, bevor sie zurück ins *Bistro* im *Kaiser-Karl-Hotel* geht, zu den anderen, die sie erwartungsvoll ansehen, als würde sie ihnen jetzt etwas erklären können.

«Unsere liebe Sybille war schon immer etwas hysterisch», sagt Babette, als Anna sich hinsetzt auf ihren Platz. Anna widmet sich ihrem vorzüglichen Ochsenschwanzragout, und die anderen sprechen überwiegend über Sybille, wie sie immer schon war und jetzt sein könnte.

Die Damen tauschen beim Dessert Fotos von Kindern und Enkelkindern aus, während Anna nichts vorzuweisen hat außer regelmäßigem Einkommen und unregelmäßigem Liebesleben. Sie schweigt und gafft auf Bilder von strahlenden Babys und mißmutigen Zehnjährigen.

Das Leben geht weiter. Als es erlaubt ist. Karl Kraus, denkt Anna, hatte wenigstens seinen intellektuellen Zorn, die meisten am Tisch haben sich mit Fortpflanzung abgelenkt, Sybille ist unglücklich, und aus unerfindlichen Gründen herrscht tiefe Abneigung zwischen ihr und Babette. Das war's. Das hat Anna bis jetzt herausgefunden, und viel ist es nicht.

Kapitel 4

Hank Kolofsky gehört seit zwei Jahren zur «Firma», doch ihr Name taucht weder auf seinen Visitenkarten noch auf den Briefköpfen auf. *Consultant* ist die Berufsbezeichnung, die er gewählt hat, seit er Armee und später Geheimdienst verlassen und den Sprung in die Selbständigkeit gewagt hat.

«Mit fünfzig fängt das Leben erst richtig an», pflegt er zu sagen, und unter Leben versteht er vor allem Geld und das, was man dafür kaufen kann: Suiten in teuren Hotels, schnelle Autos und schnelle Frauen, Maßanzüge, gepflegtes Essen und Trinken. Hank Kolofsky hält Armut für eine Sünde und das Schlimmste, das einem im Leben zustoßen kann. Wird die Welt nicht von Männern über fünfzig regiert? Somit gehört er zur Generation der Mächtigen, der alten Männer, die sich über die Potenzkrämpfe der Jugend längst erhoben haben und davonschweben, dem Tod entgegen, aber erster Klasse und absolut jenseits der Niederungen philosophischer und finanzieller Nöte.

Daß dieser Klassenunterschied ein grundsätzliches Problem der Politik ist, ist ihm bewußt. Aber Politik interessiert ihn nicht. Nur, wie man damit Geld verdienen kann. Hank Kolofsky verdient sein Geld – und wenig ist es nicht – im Dunstkreis der Politik. Er ist eine von tausenden Maden im Speck der Macht. Ein *Consultant*. Ein Lobbyist. Der Mann von *Willbright* in Deutschland. Die Firma baut Flugzeuge. Flugzeuge müssen verkauft werden. Der Kauf von Flugzeugen zu militärischen Zwecken ist eine politische Entscheidung. Politische Entscheidungen basieren auf einer Vielzahl von Faktoren, von denen der menschliche Faktor manipulierbar ist. Deshalb residiert Hank Kolofsky seit zwei Jahren in Bonn, genauer gesagt in einer Suite des *Maritim-Hotels*, die ihm als Arbeits-, Schlaf- und Luststätte dient.

«Dicke Ärsche brauchen dünne Frauen und breite Sitze.» Einer seiner Sprüche, allerdings nur im privaten Bereich, in den Tabuzonen der Vulgarität, die er nur mit wenigen Menschen, meist weiblichen Geschlechts, auslebt. Dienstlich ist der dicke Holländer mit kosmopolitischer Vergangenheit in vier Sprachen von perfekter Gewandtheit. So leise ist sein Auftreten, daß seine Leiblichkeit zurücktritt hinter der schieren Kraft des Willens, unauffällig zu agieren. Wie eine Spinne sieht er sich gerne, ein geduldiges Tier, das Beziehungsfäden knüpft, in deren Netz sich zu gegebener Zeit die Schmeißfliegen fangen.

Im inneren Netz des Hank Kolofsky befinden sich derzeit drei Abgeordnete, einer davon Mitglied des Verteidigungsausschusses, ein prominenter Journalist, ein einflußreicher Politiker aus Nordrhein-Westfalen, diverse Beamte und ein pensionierter Brigadegeneral der Luftwaffe, der bereits einen Beratervertrag mit *Willbright* unterzeichnet hat. Aus Hanks Sicht ist Brigadegeneral Josef Lukosch eine besonders fette Fliege. Weil er über Insiderwissen verfügt, Entscheidungsabläufe kennt – und vor allen Dingen eine Menge Leute, die an Entscheidungen mitwirken. Das gleiche trifft auf Ministerialrat Hubert Blank zu: Kolofsky war nie so überheblich, die kleinen Bürohengste zu unterschätzen. Blank sitzt im richtigen Referat am richtigen Projekt. Ein Mann mit korrumpierbaren Eigenschaften. Ein Kapitalist ohne Kapital. Von der eigenen Wichtigkeit durchdrungen, eitel, selbstgefällig... eben ein Mann nach seinem Geschmack. Solche Männer braucht *Willbright*, und es gibt ihrer viele, überall auf der Welt, wo Politik und Wirtschaft eine natürliche Verbindung eingegangen sind und Vorteilsannahme fast ein Naturgesetz ist. Kolofsky hält den Ministerialrat Hubert Blank aufgrund seiner bisherigen Recherchen fur bestechungsreif. Es ist eine Frage des Timings, des Taktes, der Höhe der Summe. Im Grunde hält Hank alle Menschen für bestechlich, mit Ausnahme der Intellektuellen vielleicht, aber da diese Spezies selten zu den Entscheidungsträgern zählt, hat er Gott sei Dank wenig mit ihr zu tun.

Es wäre fatal, Blank zu unterschätzen, ihm zu wenig zu bieten, eine Abfuhr zu erleiden.

Daran nur zu denken, verursacht einen Ausrutscher mit der Rasierklinge, was wiederum eine blutigrote Spur auf seinem Kinn hervorruft. Dem folgt ein herzhafter Fluch und die Suche nach einem Pflaster. Ein winziger Blutstropfen auf seinem weißen Hemd führt zu weiteren Kraftausdrücken in verschiedenen Sprachen. Hank Kolofsky ist jähzornig, das hat ihn schon einmal drei Jahre seines Lebens gekostet, aber daran mag er in Zusammenhang mit Blut nicht denken. Er findet das Pflaster, zieht sich ein neues Hemd an, beschließt, kein unnötiges Risiko einzugehen und Hubert Blank erst besser kennenzulernen. Obwohl die Zeit drängt. Obwohl die Firma ihm im Nacken sitzt. Es steht einfach zuviel auf dem Spiel, er kann sich keinen Fehler erlauben. Also gibt es zwei Möglichkeiten, den Mann einzukreisen: entweder über seine Frau oder über seine Sekretärin.

Hank Kolofsky ist noch unentschieden, als er auf das Taxi wartet, das ihn zu *Halbedels Gasthaus* bringen soll, seinem Speisezimmer für Spesengespräche, einem der wenigen Lokale in Bonn, die wenigstens qua Rechnung demonstrieren, daß sie erstklassig sind. Wie immer vor einem Mittagessen wünscht er sich, in Brüssel stationiert zu sein. Bonns kulinarische Halbwüste stimmt ihn bisweilen verdrießlich. Hubert Blank jedoch, so gut kann er ihn einschätzen, ist bereits durch Speisekarten mit illustrer Preisgestaltung zu beeindrucken. Der schöne Ministerialrat ist ein Snob. Die Frage ist, wie weit er sich das leisten kann beziehungsweise ob er empfänglich ist für eine Förderung des gehobenen Lebensstils.

Wo das Taxi bleibe, schnauzt er die Rezeptionistin an, die unter anderem dafür bezahlt wird, auch bei unangenehmen Gästen höflich zu bleiben. Sie reklamiert bei der Taxizentrale und lächelt den Dicken an, den sie zum Spucken findet. Sie wünscht sich einmal mehr einen Beruf ohne Menschenkontakt, Tierpflegerin zum Beispiel. Der Fettsack läuft auf und ab wie ein gereizter Tiger. Sie entschuldigt sich bei ihm für die Verspätung, die nicht ihre Schuld ist. Er greift in die Tasche und schiebt ihr einen Fünfzigmarkschein in die Hand. Sie stutzt, greift dann schnell zu, lächelt noch einmal, diesmal echt, und der verzeihende Ausdruck bleibt auf ihrem Gesicht, bis er durch die Drehtür verschwunden ist.

Kapitel 5

Es ist keineswegs einfach, jemanden umzubringen. So weit sind Annas konkrete Überlegungen schon gediehen. Zwischen Redaktion, Terminen und Wohnung flackern ab und zu Ideen auf, die sie bei näherer Betrachtung wieder ad acta legt. Vergiften ist die naheliegend weibliche Idee: Bloß wie kommt man an Gift, ohne von vornherein eine Spur zu legen? Wie bricht man in eine Apotheke ein? Anna erinnert sich an vergebliche Bemühungen, das Türschloß zu öffnen, als sie wieder einmal ihren Schlüssel verloren hatte. Sie verwirft den Gedanken an einen Einbruch.

Erschießen? Keine Pistole. Erstechen? Anna geht im Geiste die Kollektion der Küchenmesser durch, entscheidet sich für das handlich-scharfe Tranchiermesser, das so gut in der Hand liegt, überlegt, mit wieviel Schwung man welche Stelle treffen muß. Ins Herz? Philipp hat kein Herz, obwohl das Ziel natürlich sehr passend wäre, von einer gewissen Symbolik geprägt, aber ... ins Gesicht könnte sie ihm nicht stechen, schon der Gedanke verursacht Gänsehaut, überhaupt ist diese Messerstecherei so blutrünstig, und dann müßte man Wege finden, sich der Tatwaffe zu entledigen. Und sich natürlich unbemerkt vom Tatort entfernen, alles sehr unwägbar. Nein. So nicht.

Nachts, wenn sie nicht schlafen kann, liest Anna Kriminalromane, auch in der vagen Hoffnung, die zündende Idee zu finden. Es ist besser, als sich in den Schlaf zu trinken. Noch ein Whisky… Sie hat Angst vor diesem Einsamkeitstrinken, sich jetzt dem Suff hinzugeben wäre ein fataler Schritt vom Gesellschaftstrinker zum Alkoholiker. Sie zwingt sich seit Tagen dazu, nur ein einziges Glas mit ans Bett zu nehmen. Ein Gute-Nacht-Kuß von Johnnie Walker. Bloß einer… Arme Anna, die Selbstdisziplin mit Selbstkasteiung verwechselt und es höchst selten fertigbringt, auf eigene Bedürfnisse mit einem klaren Nein zu antworten.

Anna wartet auf Sybille Blank, seit zwanzig Minuten bereits, und brütet über Mordplänen und der Speisekarte. Sie entscheidet sich für Kohlrouladen und überlegt, daß ihr der Gattenmord mit der tiefgefrorenen Lammkeule, die hinterher gebraten und dem Polizisten angeboten wurde, ganz besonders gut gefallen hat. Kein Problem, eine Lammkeule zu braten, mit Knoblauch und Rosmarin gespickt und mit Speck umwickelt, wobei das Fett auf die rohen Kartoffelscheiben tropft, die eine Stufe tiefer im Backofen schmoren. Kein Problem. Aber Philipp würde sich gewiß nicht mehr von ihr zum Essen einladen lassen. Sein Brief war von einer entsetzlichen Endgültigkeit.

Zwei Zigeuner kommen ins *Bistro*, und sie spielen diese schluchzende Kaffeehausmusik, die Philipp immer furchtbar fand und Anna so schön. Weinen könnte sie jetzt, statt dessen gibt sie dem Zigeuner mit dem schüchternen Lächeln einen Zehnmarkschein. Das Konto ist überzogen, darauf kommt es jetzt auch nicht mehr an.

Von Sybille keine Spur, Anna wundert und ärgert sich, und bestellt ihr Essen und noch ein Viertel Grauburgunder. Sybille mochte ihre Charakterschwächen über die Jahre verhärtet haben. Aber unpünktlich war sie nie gewesen, und Anna findet es schrecklich unhöflich, andere warten zu lassen. Mit zunehmendem Alter wird sie altmodischer: Sie schätzt Höflichkeit als eine Minimalforderung an den zwischenmenschlichen Umgang. Ob es Sinn machen würde, die rassistischen Ungeheuer, die Deutschlands Straßen und Fernsehbilder überschwemmen, in Benimmkurse zu stecken? Absurde Probleme fordern absurde Lösungen. Gibt es den höflichen Mord? Mit einer Lammkeule erschlagen zu werden, würde Philipp gewiß nicht als solchen empfinden.

Annas Gedanken, immer schon sprunghaft, zerlaufen seit Erhalt jenes Briefes in Richtungen ohne Wegweiser. Sie schwankt zwischen Weltschmerz und dessen Verdrängung, Sentimentalität und wütendem Haß, abgrundtiefer Trauer und flacher Selbstironie. Als Rettungsanker bleibt, daß sie immer noch ein Stück neben sich stehen kann, Anna aufmerksam zuhört und das Verrückte vom Vernünftigen trennt, es zumindest versucht. Manche ihrer Mordpläne bringen sie sogar zum Lachen. Das Festhalten an der Distanz zu sich selbst fördert zwar nicht das Selbstbewußtsein, aber zumindest den Selbsterhaltungstrieb. Und das Festhalten an Mordplänen, wie konkret oder abstrakt sie sein mögen, es ist tatsächlich ein probates Mittel gegen uferlose Trauer.

Oder die Beschäftigung mit den Problemen anderer Leute. Verdammte Sybille, denkt Anna. So zuverlässig in ihrer Begabung, andere Leute zur Weißglut zu treiben. Wie bei ihrer Hochzeit, vor etwa tausend Jahren in einem Nobelhotel außerhalb Bonns. Eine Hochzeit in Weiß, bezahlt von Vater Liebknecht, mindestens hundert Gäste, so weit sich Anna erinnern kann, und ein Brautpaar wie aus dem Bilderbuch für *Schöner heiraten*. Nur daß Sybille dem verarmten Zweig ihrer Verwandtschaft Katzentische im Speisesaal zugewiesen hatte, was zu einem familiären Eklat und der demonstrativen Abreise einiger Onkel und Tanten führte. Dies und die Tatsache, daß die holde Braut sie per Tischordnung neben einen pensionierten Oberst plaziert hatte, der Anna darüber aufklärte, wie man den Zweiten Weltkrieg hätte gewinnen können, verfestigten in ihr das Vorurteil, daß Hochzeiten anderer Leute schrecklich sind. Der Bräutigam trug einen Frack und lächelte die ganze Zeit. Ob Hubert Blank immer noch ein so schöner Mann ist? Und wie hält man schöne Männer aus? Wo gibt es überhaupt noch Exemplare dieser Gattung zum Liebhaben? Mensch, Anna, kannst du an nichts anderes denken? Nein, sagt Anna.

Sie hat es laut gesagt. Die beiden Männer, die schräg gegenüber am Fenster sitzen, sehen zu ihr hin, und sie sieht graue Zweireiher mit Krawatten und Köpfen darüber. Die beiden Exemplare reden jetzt über sie, sie spürt es genau und es macht ihr was aus. Verfluchte Sybille, die sie alleine hier sitzen und essen läßt.

Nach einer Stunde bezahlt Anna die Rechnung bei der liebenswürdigen Wirtin. Sie ist satt, und sie hat es satt, sich von Sybille ärgern zu lassen. Sie wird bei ihr anrufen und sich für das «gemeinsame Essen» mit gebührenden Worten bedanken und ihr sagen, daß sie an einer Auffrischung der Beziehung nicht mehr interessiert ist. Aber erst morgen. Auch dies ein Symptom des Weltschmerzes: Alles auf morgen verschieben, bloß heute keine Entscheidungen treffen.

Kapitel 6

Die Zeitverschiebung macht ihm noch zu schaffen, das ärgert ihn beinahe so sehr wie der angekündigte Besuch der Dame Marx. Eine lästige Person, sie hatte bereits dreimal privat angerufen und ihn beim letzten Mal so bedrängt, daß er eingewilligt hatte, sie zu empfangen. Das war gestern, am Tag seiner Rückkehr aus den USA, und immer noch verspürt Hubert Blank die bleierne Müdigkeit eines Reisenden zwischen den Zeiten.

Ein phantastisch organisierter Trip, das muße man *Willbright* lassen, erster Klasse natürlich, und nur Luxushotels und erlesene Restaurants, von der Ankunft in New York bis zum Stammsitz in Phoenix, Arizona. Eine «Informationsreise», wie Hank Kolofsky so richtig bemerkt hatte. Die Firma hatte für die Gäste aus Deutschland den roten Teppich ausgerollt und darauf die V-12-B, den Prototyp jenes Kampfflugzeuges präsentiert, das, wie man sich gegenseitig versichert, konkurrenzlos auf dem Markt sei.

Alles sehr beeindruckend, und wenn ihn überhaupt etwas gestört hatte, dann das Auftreten des Obersten Benning, der natürlich mit Gattin angereist war, nur nichts auslassen, und wenn es der Kaviar auf dem Buffet ist, den man sich löffelweise auf den Teller schaufeln muß. Benning und Lukosch (die Begleiterin des pensionierten Brigadegenerals war vermutlich nicht seine Tochter) waren mit ihren kritischen Fragen zu technischen Einzelheiten etwas nervig gewesen. Er selbst hatte sich auf finanzielle und abwicklungstechnische Einzelheiten konzentriert. Aber die *Willbright*-Leute waren natürlich sehr gut vorbereitet, sie hatten ihre Antworten parat und waren von einer verblüffenden Offenheit gewesen, was die Schwachpunkte der V-12-B anbelangte. Hubert Blank fragte sich natürlich, womit er diese Offenheit verdiene – und die Antwort, die er sich selbst gab, gefiel ihm weniger. Schätzte man seine Kritikfähigkeit so niedrig ein, nur weil er von Anfang an nicht verborgen hatte, daß er die V-12-B favorisierte? Es gab natürlich eine andere, schmeichelhaftere Erklärung: Vertrauen. Schließlich ist kein technisches Meisterwerk dieser Größenordnung absolut perfekt, sondern nur beinahe.

Das Bonbon kam dann am letzten Tag der Reise: *Willbrights* Vizepräsident eröffnete seinen Besuchern, daß die Regierung seines Landes im Falle eines erfolgreichen Abschlusses zu Konzessionen im europäischen Handelskrieg bereit sei. Streng vertraulich, diese Information, und von ganz oben. Gibst du mir, dann gebe ich dir: das alte Sandkastenspiel, aber in dieser Variante der Sache gewiß dienlich.

Kolofsky hatte ihn und Oberst Benning mit Fragen nach den «Entscheidungsträgern» überschüttet. Wer hat das Ohr des Ministers? Wie ist die Tendenz im Verteidigungsausschuß? Auf welcher Seite stehen die Kommandeure? Wie läßt sich die Einflußnahme der NATO ausschalten? Er, Blank, hatte das Gefühl, daß Kolofsky die meisten der Antworten schon kannte, aber Benning hatte sich mit ordensgeschwellter Brust aufgespielt, als sei er der bestinformierte Mann in Bonn. Hubert Blank war sich absolut im klaren darüber, daß der Oberst «Bürohengste» wie ihn geringschätzte. Benning war ein arroganter, sich selbst schmeichelnder Mann, der nach der Devise handelte: Alles mitnehmen, was das Leben so bietet. Er hatte *Blue Label* in sich hineingeschüttet, als würde in den USA noch während ihres Besuches die Prohibition wieder ausgerufen. 250 Dollar die Flasche, die Firma hatte in der Tat keine Kosten und Mühen gescheut.

Hubert Blank legt die *FAZ* aufgeschlagen neben sich, als es schellt. Er hört an der gräßlichen Musik, daß Fabian seine Tür im ersten Stock öffnet und wieder zuschlägt. Er hört Evangelistas Schritte, ihre Stimme in der Sprechanlage, eine tiefe Stimme, die antwortet, dann das Surren der automatischen Türöffner. Er kann genau zwischen Evangelistas tippelndem Schritt und dem schweren Tritt der Besucherin unterscheiden. Das Haus ist mit italienischen Fliesen ausgelegt, ein herausragendes Beispiel für Sybilles Verschwendungssucht. Sie war immer davon überzeugt, den besseren Geschmack zu haben. Er war immer davon überzeugt, ihren besseren Geschmack nicht bezahlen zu können.

Evangelista führt die Besucherin in die Bibliothek und huscht sofort wieder aus dem Zimmer. Hier steht Anna Marx: groß, mit roten, gewellten Haaren, die im Nacken zusammengebunden sind; ein breites Gesicht mit ausgeprägten Backenknochen, grüne Augen und ein reichlich breiter Mund. Überhaupt ziemlich breit, Hubert Blank schätzt zierliche Frauen und findet, daß Anna Marx in beängstigender Weise den Raum ausfüllt. Er erinnert sich vage, sie bei seiner Hochzeit gesehen zu haben, und da hat sie ihm auch nicht gefallen. Er erhebt sich aus seinem Lesestuhl, begrüßt sie kühl, bietet ihr Kaffee an, bittet sie, sich zu setzen.

«Obwohl ich mir wirklich nicht vorstellen kann, womit ich Ihren werten Besuch verdient habe.»

Ein schreckliches Satzgebilde, denkt Anna, aber auch, daß dieser Blank immer noch verdammt gut aussieht, scheinbar alterslos, aber schon fast ein wenig langweilig, jawohl. Zu glatt. Er sieht sie nicht direkt an, sondern an ihr vorbei, fixiert einen Punkt an der Bücherwand. Anna Marx hat beim Eintreten ein Prachtexemplar des «Kapital» erspäht. Von dem Bärtigen, der es nicht so gemeint hat, auch Intellektuelle können irren, wenn sie sich in die Niederungen der Politik begeben.

Jetzt lacht sie auch noch. Frauen mit so breiten Mündern sollten nicht lachen. Er setzt seine Kaffeetasse geräuschvoll auf den Unterteller und mustert sie mit dem Blick, der Frau Siemens Angstschauer über den Rücken jagt.

«Entschuldigen Sie. Es war so eine herrlich altmodische Floskel. Und ich entschuldige mich auch dafür, daß ich Sie zu dieser Einladung quasi gezwungen habe. Aber ich... wissen Sie, ich mache mir wirklich Sorgen um Sybille. Finden Sie es nicht merkwürdig, daß sie vor zwei Wochen einfach... verschwunden... ist?»

Was geht Sie das an, will er fragen, aber Hubert Blank ist ein Mann mit guten Manieren. So wiederholt er geduldig, was er ihr schon am Telefon gesagt hat: «Sybille ist nicht verschwunden, liebe Frau Marx. Sie ist vor zwei Wochen plötzlich abgereist. Das war, wenn Sie es genau wissen wollen, nach einer kleinen Meinungsverschiedenheit, und es ist nicht das erste Mal, daß Sybille so spontan reagiert. Vermutlich ist sie in unserem Haus in der Toskana, aber genau weiß ich es nicht, weil wir dort kein Telefon haben. Es ist mehr eine Hütte, müssen Sie wissen...»

Warum erklärte er ihr das? Warum in Gottes Namen hatte er sie überhaupt empfangen? Er sitzt da, als ob sie sein Vorgesetzter wäre, der ihn zum Rapport bestellt. Und jetzt zündet sie sich auch noch ungefragt eine Zigarette an. Er haßt Zigarettenrauch – und Besucher, die sich über die Tatsache hinwegsetzen, daß es in diesem Raum keine Aschenbecher gibt.

«Sie gestatten doch, daß ich rauche?» Anna bläst ihm Rauch in sein attraktives Gesicht und denkt, wie unfair der liebe Gott Frauen und Männer altern läßt. Hubert Blank sieht umwerfend aus, und er sieht sie an, als wolle er sie standrechtlich erschießen lassen. Jetzt steht er mit eisernem Gesicht auf und holt einen Aschenbecher aus einem Nebenzimmer. Ein großes Haus, beinahe ein Anwesen, und als er zurückkommt, lobt Anna die Schönheit des Hauses und fragt sich dabei, wie ein Beamter solchen Aufwand unterhalten kann. Das Haus ist ein Erbstück, wie Sybille sagte, aber die Einrichtung ist neu, und Anna schätzt, daß die Einrichtung im Flur mehr gekostet hat als ihr gesamtes Mobiliar.

«Man gewöhnt sich an die Größe eines Hauses», sagt Blank jetzt, und daß sie das sicher verstehen könne.

Kann sie nicht. Annas Zweizimmerwohnung am Rhein ist spottbillig, was bei der Bonner Mietpreisentwicklung schon beinahe ein Wunder ist. Anna denkt, der Mann versucht, liebenswürdig zu sein, und fragt sich, warum weder sein Charme noch sein gutes Aussehen bei ihr Wirkung zeigen? «Ich weiß, daß Sie mich lästig finden...»

Ja.

«...aber ich kenne Sybille so nicht. Mich einfach zu versetzen, ohne ein Wort, das ist nicht ihre Art.»

Der Rauch steigt an die strahlendweiße Decke. Er verfolgt ihn mit den Augen, fixiert dann Anna Marx: «Sie haben sie über zwanzig Jahre nicht gesehen, nicht wahr? Meinen Sie nicht, daß Menschen sich verändern? Sybille ist seit dem Tod unserer Tochter sehr... sprunghaft und spontan in ihren Entscheidungen... geworden. Ich habe mich daran gewöhnt und bin absolut nicht beunruhigt.»

Jetzt schlägt sie die Beine übereinander, statt aufzustehen. Sagt: «Aber das Baby? Sie wird doch nicht einen einjährigen Jungen einfach alleine lassen. So was tun Mütter nicht.» Ich hab den Mutter-Mythos drin, denkt Anna, trotz allem, was mir Sybille gesagt hat.

Hubert Blanks Stimme ist sehr sanft. Wenn Anna Marx ihn besser kennen würde, wüßte sie, daß er äußerst gereizt ist. «Ich komme gerade von einer anstrengenden Reise aus den Vereinigten Staaten zurück und habe keinerlei Verlangen, mit ihnen darüber zu diskutieren, was Mütter tun oder nicht tun. Sybille hat Jonathan hiergelassen, weil sie weiß, daß er von unserer Evangelista bestens versorgt wird.»

Evangelista muß die hübsche Filipina sein, die ihr die Tür geöffnet hat. Ein überaus ästhetischer Haushalt, denkt Anna, bloß strahlt dieser Mann eine Kälte aus, die gewissermaßen zu den nackten Fliesen paßt. Warum fällt ihr kein Argument mehr ein, das Gespräch zu verlängern? Irgend etwas an dem Mann lähmt sie. Warum hält er sich für so maßlos überlegen? Und warum redet er über Sybille, als wäre sie... naja, so uninteressant wie der goldene Füllfederhalter auf seinem Schreibtisch?

Er erkennt ihre Frustration an dem angestrengten Gesichtsausdruck und daran, wie sie wütend die Zigarette ausdrückt. «Sie wird sich bestimmt bald melden. Glauben Sie mir, es ist nicht das erste Mal, daß Sybille einfach verschwindet.»

Der abschließende Ton zwingt sie zum Aufstehen. «Wären Sie so liebenswürdig, mich anzurufen, wenn Sybille sich meldet?»

Er begleitet sie zur Tür. «Ja, natürlich. Ich wußte gar nicht, daß Ihre Beziehung zu meiner Frau so... eng... ist. Aber in den letzten Jahren weiß ich nur noch wenig von ihr.»

Mit der Geschichte seiner Ehe in einem Satz verabschiedet Hubert Blank seine Besucherin. Die letzte Aussage, so beiläufig hingeworfen, gibt Anna das Gefühl, daß er sie auf seine Seite ziehen will. Hat er das nötig?

Beim Hinausgehen sieht sie das Mädchen Evangelista am Fenster stehen, ein winziges Wesen im Arm. Die philippinische Hausperle, der Sybille einfach ihr Kind überlassen hat. Warum nicht? Warum mischt sie sich ein in Dinge, die sie nun wirklich nichts angehen?

Weil du nichts Besseres zu tun hast, gibt sie sich selbst die Antwort. Weil du noch verrückt wirst, wenn du ständig um das eigene Unglück kreist oder Mordkomplotte schmiedest. Das morbide

Spiel überträgst du auf Sybilles plötzlichen Abgang, für den ihr schöner Ehemann plausible Erklärungen hat. Vermutlich, denkt Anna, führen sie seit vielen Jahren eine mörderische Ehe, obwohl Sybille die Fassade familiären Glücks aufrechterhält. Und doch ist es merkwürdig, daß Sybille nichts davon erwähnt hatte, daß ihr zweites Kind, ihre Tochter, gestorben war.

Anna geht durch das Gartentor, das sich automatisch hinter ihr schließt. Über ihren Wagen gebeugt steht ein junger Mann mit sehr kurz geschnittenen schwarzen Haaren. Als er sich aufrichtet, erkennt sie die Familienähnlichkeit. Der Junge wäre attraktiv, wenn die Pubertätspickel nicht wären. Sie verunstalten seine Stirn und das Kinn, auf dem zarte Bartstoppel von dem Versuch zeugen, einen alles verdeckenden Bart wachsen zu lassen. Er mußte wissen, daß er keine Chance hat.

«Gefällt dir mein Auto?» Anna öffnete die Fahrertür ihres Sparschweins.

«Für einen MK II ist er gut in Schuß. Baujahr 62?» Fabian Blank lächelt nicht Anna, sondern ihr Auto an.

«59. Wenn du in die Stadt mußt, kann ich dich mitnehmen. Ich bin übrigens Anna Marx – eine alte Schulkollegin deiner Mutter. Du bist doch Fabian Blank... oder?»

Der Junge nickt sparsam, er öffnet die Beifahrertür, setzt sich neben Anna. «Trotzdem solltest du so ein sensibles Auto im Winter abmelden.»

Anna gibt Gas. «Ich hab auch ein sensibles Bankkonto. Wenn er sich im Winter ziert, fahr ich mit der U-Bahn. Aber alles in allem ist er ganz zuverlässig – und ich habe einen guten Mechaniker gefunden, der das alte Stück so liebt wie ich. Der wichtigste Mann in meinem Leben.»

Verdammt, es stimmt auch noch, denkt Anna. Der Junge, der alte Autos mehr zu schätzen scheint als alte Frauen, beobachtet Anna mit einer Intensität, die sie nervös macht.

«Du fährst das Auto zu aggressiv.»

«Ich bin aggressiv. Jedenfalls zur Zeit.» Anna fragt ihn jetzt, wo sie ihn absetzen kann, und erhält die vage Antwort «Irgendwo in der Stadt».

«Ich fahre zum Pressehaus. Paßt das?» Anna schielt ihn von der Seite an, die Ähnlichkeit mit Hubert Blank ist unverkennbar. Junge Männer, die ihr in diesen Zeiten unheimlich werden, zählen nicht zu ihrem Erfahrungsschatz. Junge Männer machen ihr manchmal angst.

«Geht schon.» Er lehnt sich zurück und schließt die Augen, um dem Motorengeräusch zu lauschen.

«Weißt du, wo deine Mutter ist?» Anna fährt über die Reuterbrücke, hupt wütend einen Fahrer an, der sie an einem Spurwechsel hindern will.

«Läßt du mich das Auto mal fahren?»

«Und dann?»

«Dann beantworte ich Fragen.»

«Woher weißt du, was ich dich fragen will?»

Fabian Blank lächelt mit geschlossenen Augen. Sie denken, daß sie ihm überlegen sind, aber er weiß, daß sein Wissen sie ins Unrecht setzt. «Du magst meinen Vater nicht, stimmt's?»

Stimmt, denkt Anna, aber vielleicht ist es auch nur das Vorurteil gegen schöne Männer in schönen Positionen in schönen Häusern. Vielleicht ist es auch nur die sehr vage Vermutung, daß Sybille etwas zugestoßen ist und Hubert Blank damit zu tun hat. «Ich kenn ihn ja kaum», sagt sie ausweichend.

«Ich kenne ihn gut. Außerdem habe ich in seiner Bibliothek eine Abhöranlage installiert.»

Er lächelt befriedigt, als sie zischend einatmet. Sie hat einen großen Mund, und sie hat das Auto, das er besitzen möchte. Wenn sie jetzt etwas moralisch Entrüstetes sagen würde, dann würde er aussteigen, Auto hin, Auto her. «Schockiert?»

«Kaum. Kannst du überhaupt fahren?»

Fabian murmelt etwas, das nach «ja» klingt. «Aber nicht im Stadtverkehr», sagt Anna. «Und erst die Fragen, okay?»

Fabian Blank inspiziert entzückt das hölzerne Armaturenbrett. Es gibt viele Dinge, die er ätzend findet. Dazu gehört, mit alten Leuten zu reden, ihre überflüssigen Worte zu hören, ihre Belehrungen und ihre Lügen. Alte Leute sind wie Steine, an denen das Leben abprallt. Sie schützen sich mit ihren Erfahrungen, die keinen interessieren. Sie warten auf den Tod, sie fürchten ihn und versuchen deshalb, andere unglücklich zu machen. Es müßte eine Gesellschaft geben von Menschen, die alle unter dreißig sind, denkt Fabian. Alles, was darüber ist, müßte in eine Sterbefabrik, müßte Platz machen für die Unverbrauchten. Diese Gesellschaft stellt er sich als ideal vor: Wären die Menschen nicht besser, wenn sie um die Endlichkeit ihres Lebens wüßten, statt an Karrieren zu denken, an Pensionsansprüche, Krankheit, Impotenz, die Erziehung ihrer Kinder nach ihrem schrecklichen Ebenbild?

«Hast du Kinder?» fragt er die Rothaarige, und sie verneint. Das zumindest findet er akzeptabel. Die Frau mit dem Auto, das er gerne besitzen möchte, spricht knappe und einfache Sätze, so daß er sich dem sanften Brummen des Wagens hingeben kann. Fabian liebt das Geräusch von Maschinen, weil es wahrhaftig ist. Jetzt meint er, einen leichten Mißton zu hören, vermutlich die Kerzen. Der Gedanke an das bevorstehende Gespräch verursacht eine leichte Übelkeit. Er muß vorsichtig sein, gerade weil er sie ganz nett findet. Seit Fabian denken kann, behandelt er Erwachsene mit dem Mißtrauen eines ungezähmten Haustieres.

Kapitel 7

«Ich hab Sie im Fernsehen gesehen», sagt Udo Mertens, der Anna am Fax-Gerät stehen sieht und weiß, was die Uhr geschlagen hat. Die Marx sucht in den Agenturmeldungen nach Stoff für ihre Kolumne. Sie wird einfach immer fauler. Statt Termine wahrzunehmen, einen Rundruf bei Pressereferenten zu starten, sich in der politischen Szene zu tummeln..., wählt Frau Marx den Weg des geringsten Aufwandes und schreibt Meldungen um. Nicht mal besonders gut, zumindest in letzter Zeit. Ihre Kolumne ist nicht mehr amüsant, sondern bösartig. Über die Queen zu schreiben, daß diese einem «Bullterrier mit Contenance» gleiche, ist nicht witzig. Das hat er im übrigen auch dem Chefredakteur gesagt, aber der nimmt die Marx ja immer in Schutz, jedenfalls vor den anderen.

«Sie haben es hoffentlich überstanden.»

Sie schnappt. Seit ein paar Wochen trägt sie nur schwarz, und wenn man sie anspricht, wird sie gleich aggressiv. Udo Mertens tippt auf einen schlimmen Fall von Wechseljahren. Er sagt: «Ihr Hofknicks vor der Königin war ein wenig mißglückt, so schien es... Sind Sie mal wieder auf Stoffsuche, liebe Kollegin?»

Soso. Diesen blöden Knicks hatte sie auch noch vor dem Spiegel geübt, und dann sagt dieser Arsch, daß er mißglückt sei. Es gibt Schlimmeres, aber alles, was Udo Mertens sagt, bringt Anna auf die Palme. Selbst in guten Zeiten. Und dies hier entwickelt sich wohl zu den mageren Marx-Jahren. Kein Mann, keine Freude, kein Geld, jedenfalls ist das Konto nach der letzten Autoreparatur überzogen, und irgendwie holt sie nicht mehr auf. Daran, daß es keinen Philipp mehr gibt, der ihre Essen bezahlt, kann es ja wohl nicht liegen. Sie geht ja kaum noch weg, und wenn, dann ißt sie sozusagen dienstlich und umsonst, wenn auch nicht vergeblich, denn sie hat in den letzten drei Wochen zwei Kilo zugenommen. Unglück verzehrt nicht, nicht bei Anna.

Diese ganze Spesenfresserei hält Anna überdies für sozial unverträglich, aber wer im Glashaus sitzt, dessen Steine prallen zurück. Es gibt die Gesellschaft der privilegierten Fresser, und sie gehört am Rande dazu. Die herrschende Klasse wird eher Mauern um ihre Privilegien ziehen, als diese abzubauen. Denkt Anna. Abstrakt sozial ist die Marxsche Befindlichkeit, wenig konsequent die Umsetzung.

Mertens steht zu nah neben ihr, während er die Agenturmeldungen mitliest. Er stinkt nach einem abscheulichen Rasierwasser, das Philipp nie benutzt hätte. Armer Philipp: Ob seine Frau ihm sagt, wie gut er riecht? Wie gut er schmecken kann? All das idiotische Zeug, das Anna ihm gesagt hat, weil sie ihn liebte...

Sie nimmt zwei Meldungen, die sie gebrauchen kann. Schnappt: «Bloß keine moralische Entrüstung: Sie schreiben ja auch nur ab.» Der Satz, schon an der Tür gesprochen, erbost ihn zu ihrem Entzükken, und sie lächelt beinahe auf dem Weg zu ihrem Schreibtisch. Auf ein paar Feinde mehr oder weniger kommt es nicht mehr an, wenn man sich selbst befehdet.

Die Kolumne muß am nächsten Tag stehen, aber Annas Bildschirm ist leer. THINK... flimmert über den Bildschirm, ein netter Gag der Computerfritzen. THINK...

Anna denkt an Sybille, die vielleicht in ihrem toskanischen Landhaus sitzt. Wieviel verdienen Ministerialräte?

Sie denkt an Hubert Blank, der in seiner großen Villa sitzt, die *FAZ* liest und sich angeblich keine Sorgen macht.

Sie denkt an Fabian Blank, einen merkwürdigen jungen Mann, der seinen Vater bespitzelt und über seine Mutter in einer Art Haßliebe spricht. Mißtrauisch, unsicher, von gewaltsam unterdrückter Aggressivität: Man mußte ihm die Sätze abringen, nach einer Stunde war sie schweißgebadet, und dann kam erst die Fahrt, in deren Verlauf sie ganz furchtbar mit ihrem Auto litt, das sich an

Annas kleine weiche Füße auf dem Gaspedal gewöhnt hat. Zweimal würgte er den Motor ab, und farbenblind war er auch, aber das merkte sie erst, nachdem er eine Ampel bei Rot überfahren hatte. Das war dann der Punkt, an dem Anna seinem Treiben Einhalt geboten. Ein paar Minuten schrie sie auf ihn ein, bis er den Wagen an den Bordstein fuhr, ausstieg – und einfach wegging.

Selbst unter Berücksichtigung des Generationsunterschiedes glaubt Anna, daß Fabian ein wenig verrückt ist: seine Stakkato-Sätze, die Abhöranlage im Haus, die seltsam distanzierten und gefühllosen Informationen über seine Familie. Sie hatte ihm so viele Fragen gestellt und so wenig erfahren: Fabian wußte auch nicht, wo Sybille war. Ja, sie verreiste öfter spontan. Nein, das Baby wurde von Evangelista versorgt, fast immer. Sybille hatte nur Lydia geliebt. Aber Lydia war mit drei gestorben. Woran? An einem Unfall. Seither ging jeder im Haus seine eigenen Wege. Sybille hatte einen Liebhaber...

Das war die einzige brauchbare Information. Sybilles Liebhaber heißt Anton Laubwitz. Fabian wußte das natürlich, der Junge weiß mehr, als ihm guttut, denkt Anna. Aber auch er, wie sein Vater, scheint wenig beunruhigt. Sybille hat das Haus nach einem Streit verlassen, na und? Und dann war Fabian bei Rot über die Ampel gefahren, und Annas Angst hatte über ihre Neugierde gesiegt. Ende der Durchsage.

Anton Laubwitz: Anna kennt ihn sogar, jedenfalls einen Journalisten dieses Namens: Er saß im Pressehaus und hatte einen «Bauchladen», bediente ein paar mittelständische Zeitungen. Um die dreißig, spärliches Haar, große Nase... an mehr kann sie sich nicht erinnern. Jedenfalls kein schöner Mann wie Hubert Blank, überhaupt nicht.

«Vielleicht kann dieser Laubwitz ein Kunststück.» Anna sagt es laut und zuckt zusammen, als Kollberg hinter dem Computer vor ihr steht. Er hat eine Flasche Wein und zwei Gläser in der Hand. Kollberg ist ein netter Kollege mit einem kleinen Alkoholproblem, das er bis jetzt noch im Griff hat.

«Wer kann ein Kunststück? Helmut Kohl? Und wenn ja, welches?... Ich dachte, du hättest vielleicht Lust auf ein Glas Wein?»

Anna nimmt das Glas, das er bereits vollgeschenkt hat. «Der Kohl kann keines, von dem ich wüßte. Prost.»

Der Chefredakteur sah es nicht gerne, wenn in der Redaktion

getrunken wurde, aber ein Alkoholverbot am Arbeitsplatz auszusprechen, wagte er dann doch nicht. Schließlich wußte jeder, daß Gruber eine Sammlung alter Cognacs in seinem Schreibtisch hatte.

«Dir geht's wohl nicht so gut in letzter Zeit?» Kollberg trinkt ex.

Anna denkt, das ist die Untertreibung des Jahres. «Trinkst du deshalb soviel?»

Das war gemein, das hätte sie nicht sagen sollen, er hat schon zweimal versucht, aufzuhören, und jetzt macht er ein Gesicht, als hätte Anna ihm eine Ohrfeige verpaßt. THINK, Anna, bevor du redest. Man braucht auch ein paar Freunde, wenn man sich selbst befehdet. «Entschuldige, Kolli, aber... nein, mir geht es nicht so gut. Sag mal, kennst du einen Journalisten namens Anton Laubwitz?»

Kollberg ist Gerichtsreporter des *Wochenmagazins*, seit dreizehn Jahren. Er ist geschieden, zahlt Unterhalt für seine Frau und seine zwei Kinder, und er glaubt, daß er Trost braucht, weil er mit seiner Familie fast nur noch per Zahlungsanweisung verkehrt. Die Kollegen nennen ihn «Kolli», er ist nicht ehrgeizig und deshalb beliebt. Er mag Anna, weil sie seiner Exfrau sehr unähnlich ist. Noch aus ein paar anderen Gründen, aber darüber denkt er nicht nach. «Ja, klar kenn ich den Laubwitz. Bei größeren Prozessen in Bonn laufen wir uns schon mal über den Weg. Er ist ein lausiger Gerichtsreporter, aber von einem *Allroundman* kann man wohl nicht mehr verlangen.»

Anna hält ihm ihr Glas hin: «Ist er ein Frauentyp?»

Woher sollte er das wohl wissen? Er sagt trotzdem ja, um Annas Frage irgendwie zu beantworten.

«Kannst du mir das erklären?»

Anna kann gut trinken, das mag er an Frauen. Aber ihre Fragen sind oft nervtötend. «Naja. Er ist unverheiratet. Das macht ihn per se zum Frauentyp.»

Weder Kollberg noch Anna haben Grubers katzenhaften Auftritt in der Redaktion bemerkt. Gruber ist klein und fett und joggt auf leisen Sohlen. Jetzt in Richtung Anna, die ihr Glas so schnell zur Seite stellt, daß es umkippt und eine Agenturmeldung durch *Muscadet* unleserlich wird.

«Scheiße.» Ein Teil des Weines landet auf Annas schwarzem Rock.

THINK. THINK. THINK. Nichts weiter ist auf Annas Bildschirm, vor dem der Chefredakteur steht, ein unbestimmt gefährliches Lächeln im Gesicht.

«Tja, dann geh ich mal.» Kollberg läßt seine Weinflasche auf Annas Schreibtisch stehen, nicht direkt absichtlich, eher in einem Akt spontaner Feigheit.

«Hast du was zu feiern, Anna? Zur Abwechslung mal eine wirklich gelungene Kolumne?»

Kollberg sitzt an seinem Schreibtisch, über Zeitungen gebeugt, weit weg. Anna denkt, daß Kolli eine Memme ist und Ironie von oben nach unten gerichtet doch etwas sehr Einfaches. Umgekehrt muß man sich schon überlegen, was man sagt. «Ich bin zur Zeit nicht so gut drauf.» O mein Gott, Anna, das war auch nicht gelungen. Gruber sieht so aus, als ob er jetzt gleich noch einen drauflegt.

«Diese Erklärung war höchst überflüssig, das sieht und liest ein Blinder. Aber ich erwarte von meinen Leuten zumindest soviel Selbstdisziplin, daß sich die Wechselfälle des Lebens nicht in der Schreibe niederschlagen.» Gruber verkneift sich eine Bemerkung bezüglich des Weins, weil ihm Anna schon wieder leid tut, so wie sie da sitzt und zu ihm aufsieht, offenbar den Tränen nahe. Er mag es gern, auf Menschen herabzusehen, es passiert selten bei einem Mann, der nur 1,60 Meter mißt. Kleine Männer müssen sich mehr anstrengen als große, pflegt Gruber immer zu sagen, wenn er sich über seine Körpermaße lustig macht, gleichwohl er dies anderen nicht gestattet. Tatsache ist, daß er symbolisch immer auf Anna herabblickt, meistens wohlwollend, aber in letzter Zeit strapaziert sie seine Gutmütigkeit doch sehr.

«Nun reiß dich mal zusammen, Mädchen.» Er klopft ihr auf die Schulter, wirft noch einen autoritären Blick auf Kollberg, verläßt die Redaktion. Er wird Anna nicht sagen, daß die neue Redakteurin bei ihm war und ihm vorgeschlagen hat, Annas Kolumne «abwechselnd» zu schreiben. Eine Woche sie, die andere Woche die Marx. «Damit mehr Pep reinkommt», hatte die selbstbewußte junge Dame versucht, ihm die Sache schmackhaft zu machen. Er hatte sich verkniffen zu fragen, ob Anna von ihrem Glück wußte. Natürlich nicht. Er hatte die Jungredakteurin mit unverbindlichen Worten abgespeist. Aber man muß darüber nachdenken. Die Redaktion ist kein Ort der Sozialfürsorge. Doch weil ihm vor einem eventuellen Gespräch mit Anna Marx graut, wird er die Entscheidung noch eine Weile hinausschieben.

Kapitel 8

Hubert Blank verläßt die Sitzung mit einem deutlichen Gefühl des Mißbehagens. Es hat etwas mit seinen Kopfschmerzen zu tun, die sich im Verlauf der fünfstündigen Debatte zu quälenden Hammerschlägen gesteigert haben. Vor allem aber Wertheim nagt an seinem Wohlbefinden. Ministerialdirektor Klaus Wertheim, sein Feind und überdies ein engagierter Verfechter der «nationalen Lösung» in der Frage des Kampfflugzeuges. Wertheim ist Bayer, Patriot, Jäger-2000-Propagandist, nunmehr nahtlos umgeschwenkt auf die Mogelpackung der «kleinen Lösung», die nach Blanks tiefster Überzeugung der V-12-B nicht das Wasser reichen kann.

Unwesentliche Finanzierungsunterschiede: Ausgerechnet Wertheim mußte jetzt auf Milliardenpetitessen herumhacken, nachdem für den alten Jäger kein Preis zu hoch gewesen war. Wer widerspricht seinem Vorgesetzten in Anwesenheit des Staatssekretärs?

Er, Blank, beschränkte sich darauf, mit zustimmendem Gesichtsausdruck den Ausführungen von Generalmajor Efferz zu lauschen, der aus «militärisch-strategischer Sicht» die Bedenken gegen die «kleine Lösung» zum Ausdruck brachte. Auf den Punkt gebracht, ist Efferz' Meinung, daß die europäische Kompromißlösung eine militärische Katastrophe ist.

Gut so. Hubert Blank tauscht auf dem Weg zurück in sein Büro ein paar Sätze mit Ministerialrat Meyer, einem konsequenten Verfechter des Sowohl-als-Auch, der seine große Nase stets schnuppernd in die Windrichtung seiner Vorgesetzten hält und somit Karrierefehler strategisch umschifft. Meyer meint zu wissen, daß der Minister bereits eine Entscheidung getroffen habe.

«Was?» Der Schmerz im Kopf läßt ihn zusammenzucken, er ist stehengeblieben, er denkt an Hank und merkwürdigerweise an Sybille.

Meyer flüstert jetzt: «Er will Wertheim rausschmeißen. Angeblich hat es... äh... gewisse finanzielle Unstimmigkeiten bei der Planungsphase gegeben.»

In die Erleichterung mischt sich pure Schadenfreude, und der Schmerz läßt nach. Auf Meyers Appell der strengen Vertraulichkeit seiner Mitteilung antwortet Blank mit schwerem Nicken. Alles, was in den ministerialen Fluren und Büros als streng vertraulich geflüstert wird, findet seinen Weg ins Unendliche. Blank überlegt sofort, daß, wenn Wertheim tatsächlich frühzeitig pensioniert werden sollte, er diese gute Nachricht Kolofsky als sozusagen sein Werk verkaufen würde.

Blank revanchiert sich nun bei Meyer und sagt ihm – seinerseits streng vertraulich –, daß schon lange gemunkelt werde, daß Wertheim einer der Initiatoren des «Konservativen Kreises» sei. Um die stark spekulative Meldung abzuschwächen, fügt er hinzu, daß er selbst diesen Gerüchten keinen Glauben geschenkt habe. Meyer sieht schockiert aus: Der Mann ist Sozialdemokrat, man weiß es. Ein tüchtiger Beamter, aber kleinkariert und ängstlich.

Blank lächelt ihn zum Abschied tröstlich an. Man braucht Menschen, denen man sich überlegen fühlt. Gerade in der Hierarchie eines Ministeriums muß das Selbstwertgefühl gepflegt werden, gerade in diesem Ministerium und im Umgang mit Uniformierten, die durchwegs eine gewisse Verachtung für Anzugträger durchscheinen lassen.

Er läßt sich von Frau Siemens zwei Kopfschmerztabletten geben, lehnt sich anschließend im Stuhl zurück, reflektiert mit geschlossenen Augen die Sitzung und analysiert die prozentuale Chance der V-12-B. In das Bild des schönen Kampfjägers mischt sich das Gesicht seiner Frau. Anklagend. Dieser Ausdruck scheint die einzige Konstante der letzten Jahre. Daß er ihr vorwurfsvolles Gesicht seit exakt drei Wochen nicht mehr gesehen hat, erfüllt ihn mit klammheimlicher Freude. Hubert Blank ist überzeugt davon, daß ihm seine Frau die Lebensfreude genommen hat. Die Freude am Haus seiner Eltern, das sie bis zur Unkenntlichkeit und über seine finanziellen Grenzen hinaus umgestaltet hat. Aus Rache. Die Freude an seinem Beruf, den sie mit ihren dummen pazifistischen Sprüchen abqualifizierte. Die Freude an seinen Kindern: Daß sie Fabian nicht liebte und das Baby Jonathan vernachlässigte, hatte das Familienleben insgesamt zerstört. Sein Sohn war ihm fremd geworden, und das Baby, nun ja, es war doch Frauensache, und es war so typisch für Sybille, daß sie ihre wenigen Pflichten vernachlässigte und Evangelista die Verantwortung für das Kind zuschob. Und den Haushalt: Was wäre, wenn es Evangelista nicht gäbe? Hatte Sybille sich jemals Gedanken darüber gemacht? Oder daß sie im Zuge ihrer Verweigerungshaltung nun auch das Kochen aufgegeben hatte, praktisch nichts mehr im Haushalt erledigte – nur noch vorwurfsvoll herumschlich und Szenen machte?

Es war so angenehm still im Haus, seit Sybille fort war. So angenehm harmonisch. Sybille, denkt er, das ist das personifizierte ICHICHICH. Sie hätte nie heiraten dürfen. Nie Kinder kriegen. Sie hätte nie die Möglichkeit haben dürfen, sich in sein Leben einzumischen.

Daß er in Vergangenheitsform über sie denkt, amüsiert ihn. Gedanken sind frei. Wer hat das gesagt? Er denkt darüber nach, aber es fällt ihm nicht ein. Das Telefon klingelt nur einmal. Es ist Hank Kolofsky, der wissen will, wie die Sitzung ausgegangen ist. Kolofsky ist manchmal lästig, er will jedes Detail wissen, er wird ungeduldig, weil die Entscheidungsprozesse so zähflüssig laufen. Hank lädt ihn zu einer Party im «kleinen Kreis» ein – nur Leute, die in irgendeiner Form mit der «Sache» zu tun haben, wie er es formuliert. Mit Damen zu Dekorationszwecken. Hubert fragt nicht nach, wie er das gemeint hat. Er will keine Details kennen von Kolofskys Machenschaften, nur das Geschäftliche interessiert ihn, die ideale Verbindung ihrer beiden Interessen.
Hubert Blank sagt nach kurzer und ausschließlich taktischer Überlegung zu. Die Gästeliste, die Hank aufzählt, schmeichelt ihm. Die Einladung zu einem «Jagdausflug» nach Belgien – nein, ja, er will es sich überlegen, seine Termine checken. Er legt auf.

Natürlich kommst du. Hank Kolofsky blättert in seinem Computer-Telefonbuch nach geeigneten Damen unter dem Buchstaben P wie Prostituierte oder Partydekoration für Gäste ohne Damenbegleitung, wie der NATO-Offizier und der bayerische Politiker, dessen Gattin in irgendeiner Almhütte residiert und von Bonner Umtrieben ferngehalten wird. Hank denkt mit einem seltenen Anflug von Selbstmitleid, daß er die Leute verachtet, die er korrumpiert. Sobald sie sich auf seine Ebene begeben, muß er sich zusammennehmen, ihnen weiter so schmeichlerisch zu begegnen, sind sie doch dummer als er, weil sie sich immer noch etwas vormachen. So wie der kleine Hubert Blank, der an der Überzeugung festhält, daß er die V-12-B unter allen Umständen forcieren würde. Was, wenn ihn die andere Seite unter ihre Fittiche genommen hätte? Ihn mit Geld und guten Worten überzeugt hätte, daß IHRE Lösung die bessere ist, was sich ungeachtet technischer Kompliziertheiten bei gutem Willen immer nachvollziehen läßt? Die Brosamen, die von Milliardengeschäften abfallen, haben eine Sogwirkung, der sich kaum einer der Beteiligten entziehen kann.

Hank wählt die Nummer einer Dame unter P, die ihm persönlich bekannt ist. Sie sagt zu: 1000 Mark für den Abend, gegebenenfalls das Doppelte für erwiesene Dienste. Aber keine Schweinereien, sagt sie.

«Ich bitte dich: Es kommen nur hochrangige Leute.»

«Ja, eben.»

Setzt Geld mehr Phantasie frei? Es muß so sein, denkt Hank in Anbetracht seiner sexuellen Neigungen, die sich mit den Jahren sehr verfeinert haben. Er verspricht ihr, was sie will, und denkt, was er will. Aber er ist immer höflich zu Prostituierten, so lange sie nicht versuchen, ihn übers Ohr zu hauen. Schließlich war seine Mutter eine respektable Vertreterin dieses Gewerbes, bis sie mit Rauschgift anfing und dankenswerterweise schnell daran zugrunde ging.

In seinen Einsätzen in Indonesien, Nigeria, Saudi-Arabien und Italien hat Hank eine Vielzahl käuflicher Damen kennen- und schätzengelernt. Eine Vielzahl käuflicher Männer verachten gelernt... Es muß so sein, daß der Täter sein Opfer haßt. Ganz besonders haßte er den arabischen Minister, der ihn über den Tisch gezogen hatte – und der Gedanke an seine wunderbare Rache erfüllt ihn heute noch mit Freude.

Der Einsatz in Bonn hat gegenüber exotischeren Gefilden Vor- und Nachteile. Die Geschäfte hier waren nicht so gefährlich; andererseits mußte man hier weiter unten ansetzen, um die Netze nach oben zu spannen. Einen Minister zu bestechen, ist theoretisch denkbar und in dieser teiltransparenten Gesellschaft mit großen Risiken behaftet. Menschen von Rang und Namen sind naturgemäß extrem vorsichtig und mißtrauisch. Ihr Machtinstinkt ist ausgeprägter als ihre Geldgier. Das ändert sich, je weiter man hinabsteigt.

Ministerialrat Hubert Blank hat Schulden. Das weiß Hank aus erster Quelle. Keine große Sache, aber in Anbetracht seines schlichten Gehalts genug, um anfällig zu sein für die Verlockungen großer Scheine. In Belgien wird er fällig: Es wird Blanks Aufgabe sein, den lästigen Ministerialdirektor auszuschalten. Er wird ihm die Beweise übergeben, daß dieser Mann von der Gegenseite bestochen ist. So etwas soll man nicht an die große Glocke hängen, diese Angelegenheiten müssen intern bereinigt werden.

Nach seinen Telefonaten legt sich Hank in die selbst für seine Leibesfülle geräumige Badewanne. Fett und arm zu sein wäre schon deshalb ein trübes Schicksal, weil er sich dann in kleine Badewannen zwängen müßte. Der Gedanke führt zum nächsten: Die Überweisung der Firma ist fällig für Spesen allgemeiner Art, der letzte große Posten ging an den Journalisten, der einen flammenden Artikel gegen den «kleinen Jäger» geschrieben hat. Sehr sachkundig und gleichwohl engagiert. Er grinst, weil er daran denkt, daß er im Gegensatz zu den anderen ganz genau weiß, was er tut, warum er es tut, wie er es tut. Man kann ihn alles mögliche heißen, nicht aber einen Heuchler vor sich selbst. So wie dieses verdammte Arschloch aus der Firma, das ihn beim letzten Telefonat gefragt hatte: «Ja, muß das denn alles sein, Mr. Kolofsky?» Soll ich Ihnen die Spesen einzeln aufzählen, hatte er rückgefragt, und sofort war der Typ in die Defensive gegangen. O nein, bloß keine Einzelheiten, sie wollen nichts wissen in Phoenix, nur dies eine, daß er erfolgreich ist.

Ich muß erfolgreich sein nach dem letzten Flop, denkt Hank Kolofsky. Er liebt seine Niederlagen nicht, aber er nützt sie zur Weiterbildung in der Kunst, Milliardenentscheidungen entscheidend zu beeinflussen.

Kapitel 9

Sybille Blank ist seit einundzwanzig Tagen verschwunden, und Anna Marx tanzt auf dem Presseball im *Maritim-Hotel*, dienstlich sozusagen, denn sie tanzt nicht gerne, auch nicht mit Staatssekretären. Sie tanzt schlecht, der Politiker schwitzt, die Musik ist laut, Helmut Kohl schiebt sich mit Frau Merkel durch das Gewühle, auch dies kein tröstlicher Anblick.

«Sie werden doch schreiben, daß ich ein guter Tänzer bin», scherzt der Staatssekretär. Er hat Sinn für Publicity und denkt, daß er ein geistreicher Mann ist. Anna denkt, der Kohl wird immer dikker, das ist bestimmt der Kummerspeck. Pressebälle gehören zu ihren Pflichtveranstaltungen, sie wird wieder eine gute Kolumne schreiben, witzig und spottisch, aber eben nicht bösartig, genau so, wie die Chefredaktion es lesen möchte.

Die Musik endet, Annas Tanzpartner führt sie zurück an ihren Tisch, ziemlich weit vorne im großen Saal, dort, wo die Prominenten sitzen, während das Fußvolk in Nebensäle und auf Galerien verbannt ist. Aber dies spielt keine Rolle, weil kaum jemand an seinem

Tisch sitzt, weil man dort etwas versäumen könnte. Beim Presseball wandern die Gestalten von Bar zu Bar, immer auf der Suche… wonach?

Anna weiß es genau: Sie braucht Stoff für die Kolumne. Sie braucht etwas zu trinken, um in irgendeine Stimmung zu kommen und nicht daran zu denken, daß sie irgendwann nach Hause muß, in die leere Wohnung, in ihr leeres Bett. Anna braucht Ablenkung: Wenigstens daran kann sie sich festhalten, an ihrer Arbeit – auch wenn es den anderen nicht als Arbeit vorkommen mag, was die Marx jetzt tut: herumflanieren, Promis taxieren, ansprechen, nach dem Witz des Ganzen zu suchen. Bonn tanzt, das ist selten, und die Katastrophengeräusche bleiben vor der Tür, so wie die vielen Polizisten, die die Tanzenden bewachen.

Es ist kurz nach Mitternacht, im großen Saal singt Caterina Valente ergraute Evergreens in gnädiger Entfernung von den Zuhörern. Anna steht in der Pianobar und trinkt Whisky, neben ihr macht der Mann einer Ministerin Randale, weil man ihn seiner Meinung nach nicht schnell und ehrfürchtig genug bedient. So ist Bonn. Ein wenig Zoff am Rande, der kleine Aufstand der großen Leute. Kein Klassenkampf, sondern Gedränge an der Sektbar, zu der der Ministermann, ehemals Waffenlobbyist, sich nunmehr schwankenden Schritts begibt, auf der Suche nach Respekt und Trinkbarem. Der Mann, der seinen Platz an der Theke einnimmt, kommt Anna bekannt vor, sie mustert ihn erst verstohlen, dann unverhohlen.

Der Mann sieht eine große weibliche Person im schwarzen Kleid, sehr rothaarig und mit dem starren Blick eines Adlers, der nach Beute jagt. Warum nicht, denkt Anton Laubwitz, der über seinem Whiskyglas zurückstarrt in grüne Augen. «Kennen wir uns?» Er war schon mal origineller, aber andererseits war er auch schon mal jünger und nüchterner. «Hier kennt doch jeder jeden», sagt sie. Eine Journalistin zweifelsfrei. Er nähert sich um einen Schritt, registriert die Jahresringe, bleibt dennoch stehen. «Ich kenne hier höchstens fünfhundert Leute, und das ist schon zuviel. Trinken wir einen zusammen? Anton Laubwitz ist der Name, seines Zeichens unbedeutender Journalist, unverheiratet, charakter- und humorvoll.»

Er schlurrt beim Reden. Anna denkt an Philipp, der seine Trunkenheit nie zu erkennen gab. Das Schwein hatte Klasse, während Anton Laubwitz, Sybilles Liebhaber, ein Würstchen ist, das von

Whisky flambiert zu schrumpfen beginnt. Doch er kommt wie gerufen. Anna hatte ihm schon einige Male auf den Anrufbeantworter gesprochen und um Rückruf gebeten. Dreimal: Anna haßt Anrufbeantworter. Sie sagt es ihm, während er zwei Drinks bestellt, und er antwortet, daß er das «Ding» immer eingeschaltet habe, weil es ihm einen «Kick» gäbe, nicht direkt erreichbar zu sein. Die seltsame Marotte eines Journalisten, er kokettiert damit, und Anna schneidet die Aufzählung seiner Eitelkeiten ab, indem sie ihn nach Sybille fragt.

«Kenn ich die?»

Anton Laubwitz trägt einen Vollbart, um sein fliehendes Kinn zu verdecken. Er sieht aus wie ein Achtundsechziger auf der Suche nach der verlorenen Zeit. Anna findet ihn unattraktiv, aber vielleicht hatte Sybille ein Kontrastprogramm zu ihrem makellosen Ehemann gesucht. «Nach meinen Informationen ist Sybille Blank Ihre zeitweilige Lebensabschnittsbegleiterin. Wir sind befreundet und ... Wissen Sie, wo sie ist?»

Der Ausdruck gefällt ihm, die letzte Frage irritiert ihn. Anton Laubwitz ist trotz seiner Geschwätzigkeit ein vorsichtiger Mann, der nicht gerne preisgibt, was andere als Waffe gegen ihn benutzen könnten. «Hat Hubert Blank Sie auf mich angesetzt?»

«Sie lesen zu viele Krimis.» Anna macht sich die Mühe, ihm zu erklären, warum Sybilles Abwesenheit sie verunsichert. Sie versucht, seinen mißtrauischen Augen mit ehrlichem Blick zu begegnen und seinem Mundgeruch auszuweichen.

Anton Laubwitz schwankt zwischen Vorsicht und Geschwätzigkeit, und es ist meistens so, daß er letzterer Neigung nachgibt. Einer, der alleine lebt, hat zuwenig Gelegenheit zum Reden, und einer, der alleine lebt, hat zuviel Zeit, um zu trinken. Er hat einiges getrunken, und er giert danach, über Sybille zu sprechen: «Ehrlich gesagt mach ich mir große Sorgen. Sie war so verdammt unglücklich in letzter Zeit ... Aber was sollte ich unternehmen?»

Er hebt seine schmalen Schultern in einer Geste der Hilflosigkeit. Anna beginnt mit dem Kreuzverhör.

An dem Montag nach dem Klassentreffen hat Laubwitz Sybille das letzte Mal gesehen. In seiner Wohnung, er führt das nicht weiter aus. Man hatte sich für den Mittwoch zum Mittagessen verabredet, aber Sybille war weder gekommen, noch hatte sie angerufen. Er hatte fünfmal versucht, Sybille zu Hause zu erreichen, aber da war immer diese Evangelista am Telefon gewesen, die gesagt hatte, Frau Blank sei verreist. «Was hätte ich Ihrer Meinung nach tun sollen? Zur Polizei gehen?»

Anstelle einer Antwort bestellt Anna noch eine Runde. Sie weiß keine Antwort, aber jetzt ist sie davon überzeugt, daß die Sache stinkt. Man verläßt nicht Familie UND Liebhaber, oder...? Annas berühmtes letztes Wort, gesagt, gedacht, getan. Der wandelnde Selbstzweifel, verpackt in schwarzen Samt, dem trunkenen Anton Laubwitz zugeneigt...

Anton Laubwitz' Herz schlägt links. Und, wie er Anna versichert, es schlägt für Sybille, die «eine wunderbare Frau ist». «Wahrscheinlich hat der Fascho sie mit seiner Dienstpistole umgebracht.» Er flüstert. Der Gedanke, sie sieht es, bereitet ihm schaurig-schönes Entsetzen. Welcher Journalist wünscht sich nicht, eine gute Story mal aus erster Hand zu erleben? Doch Hubert Blank in einem Akt mörderischer Leidenschaft ist Anna ebensoschwer vorstellbar wie dies: die große Liebe zwischen Anton und Sybille. Und wenn es so ist: Warum hat er sie nicht gesucht?

«War Blank denn sehr eifersüchtig?»

Anton Laubwitz merkt sehr wohl, daß der Alkohol seine Zunge gelockert hat. Aber es schmeichelt ihm, daß die Marx sich für ihn und seine Geschichte interessiert. Die Frauen, die er kennt, sprechen doch nur über sich, Sybille inbegriffen. «Sybille sagte immer, daß ihm alles egal sei, solange sie diskret vorgeht. Ein Spießer, dieser Hubert Blank. So einer, der auf Heller und Pfennig weiß, wie seine Pension ausfällt, wenn Sie verstehen, was ich meine.»

Der Presseball, gewiß eine Ansammlung von Spießern nach dem Weltbild des Anton Laubwitz, verfällt in jene nachmitternächtliche Ausgelassenheit, die mit Alkohol und dem diskreten Abgang der Allerhöchsten zu tun hat. Das zweite und dritte Glied ist weitgehend unter sich, die Damen im kleinen Schwarzen oder größeren Roben haben ihre Nasen zum zweiten Mal gepudert, die Kellner und Barfrauen sehnen das Ende herbei. Anna Marx und Anton Laubwitz stehen immer noch an der Bar neben dem Pianospieler, und sie sehen von weitem aus wie ein Liebespaar, aber sie sprechen über eine andere Liebe oder das, was Anton darunter versteht. Anton spricht über Sybille, und Anna hört zu. Denkt, daß er im Grunde nur über sich redet, seine Gefühle, sein Glück, seine Ängste, übertragen auf eine Frau, die in ihm gewiß nicht den Felsen gefunden hatte, auf den sie sich retten konnte.

Antons Sybille ist ein Wesen, das vor allem an der geistigen Leere ihres Daseins gelitten hat, ein Mensch, der verzweifelt nach seiner Identität suchte und sie als Ehefrau und Mutter nicht fand. Antons Schuldzuweisungen sind eindeutig: Hubert Blank hat ihren Intellekt nicht gefördert, sie auf seine Mittelmäßigkeit reduziert, sie mit seiner Gefühlskälte in die Arme eines anderen Mannes getrieben.

In Antons durchgeistigten Armen (so Annas Schlußfolgerung) fand Sybille dann zu sich selbst. Er schildert sie als anlehnungsbedürftig, wißbegierig, süchtig nach Gesprächen auf hohem geistigen Niveau. Antons Sybille suchte nach der blauen Blume (tun wir das nicht alle, und wohin führt das wohl?), und sie fand Anton Laubwitz (blau ja, Blume nein). Antons Sybille war edel, rein und gut.

Anna kann in all diesen Beschreibungen ihre Sybille nicht wiederfinden. Annas Sybille ist eine vom Leben Enttäuschte, aber das ist weder ungewöhnlich noch bemerkenswert. Dann sucht man doch nicht einen Verlierer, denkt Anna, wenn man schon unbedingt gewinnen will. Oder hat Anton ihr das Gefühl gegeben, daß es immer noch schlimmer kommen kann?

Eine Gefährtin der Seele nennt Laubwitz seine Geliebte, er hat einen Hang zum Pathos, und das Wort Sex kommt ihm nicht über die Lippen. Anna wagt nicht zu fragen, aber die konnten ja nicht dauernd Rilke gelesen, Ausstellungen und Konzerte besucht, lange Spaziergänge unternommen haben? Den Gleichklang der Seelen, den Anton Laubwitz ihr da verkauft, findet sie ziemlich öde. Vielleicht hat sie sich umgebracht? Der Gedanke ist neu, aber nicht besonders originell. Oder?

«Sie werden's nicht glauben, aber wir hatten keine... fleischliche Beziehung. Das wäre banal gewesen.»

Anton sieht Anna aus feuchtbraunen Augen an, und sie unterdrückt ein Kichern, das gemein wäre. Der Mann ist so penetrant pathetisch, es ist kaum auszuhalten. Vielleicht beginnt sie jetzt zu verstehen. Sybilles Masochismus hat sie in Antons sexlose Arme getrieben.

«Glauben Sie, daß Sybille sich... umgebracht hat?»

Als sie den Gedanken laut ausspricht, stößt Anton ein langgezogenes Stöhnen aus, das die Aufmerksamkeit einiger Ballgäste auf sie lenkt. Eine Frau am Ende der Bar winkt ihr zu, eine Kollegin, die für ein Revolverblatt schreibt, diesen Schönheitsfehler jedoch mit der Arroganz der hohen Auflage ausgleicht. Sie trägt ein schauerliches Goldlamékleid mit tiefem Dekolleté über faltigem Brustansatz, Anna registriert es mit Befriedigung.

«Niemals», sagt Anton Laubwitz jetzt. «Das würde sie mir nie antun.» Flüsternd: «Sie wollte sich von Hubert trennen und zu mir ziehen.»

«Wollten Sie etwa heiraten?» Annas Tonfall grenzt an Beleidigung, aber gottlob merkt er es nicht. «Doch nicht so was Bürgerliches. Einfach zusammenleben, verstehen Sie?»

Rilke forever. Anna versteht und versteht nicht. Sybille, in Nerz gekleidet, mit Schmuck behangen, in einem Designermöbel-Haus residierend, von einer Evangelista bedient, würde doch nicht in Antons Bude ziehen, mit ihm Pizza essen, sich nächtens an seinen Artikeln ergötzen? Und das Baby? Vermutlich würde Anton es sich um seinen Bauch schnüren und in verrauchten Kneipen herumtragen... Es wäre, denkt Anna, als würde sie ihr Leben nochmals von vorne beginnen und alle Fehler wiederholen. Verdammte Sybille! Warum hat sie sie bloß wiedergesehen? Und wenn sie sich nicht mit ihr zum Essen verabredet hätte, dann stünde sie jetzt nicht hier und würde einen Laubwitz nach einer Frau ausfragen, die ihr immer mehr Rätsel aufgibt.

Es ist fast drei Uhr morgens, und Anna kann sich Anton nicht schöntrinken. Der Mann ist zu sanft, um wahr zu sein, und er paßt nicht in Annas derzeitiges Männerbild. Die Frau pflegt ihre Vorurteile, und eines davon gilt den seidenweichen Männern, von denen sie stets glaubt, daß ihr harter Kern aus maßlosem Egoismus geformt ist. Vielleicht glaubt Anton wirklich, Sybille zu lieben. Aber er liebt nur sein Spiegelbild, das weibliche Pendant, zu dem er Sybille geformt hat. Wenn es stimmt, was er sagt. Wenn er ihr nicht eine Menge Lügen erzählt.

Vielleicht, denkt Anna whiskyumnebelt, hat Laubwitz sie gemeuchelt. Oder Sybille sitzt in ihrem Haus in der Toskana. Wie kommt man an ein Haus in der Toskana? Mit Geld? Woher kommt das Geld, wenn man es nicht redlich verdient?

«Die Scheidung hätte Hubert natürlich eine Stange gekostet.»

Ah ja. Nun kommt man der Sache näher. Anna beginnt, ihr Gegenüber besser zu verstehen. Friede den Hütten und Krieg den Palästen. Marx ist tot, aber seine Ideen leben weiter. Sie sind ja auch so schön, man möchte sie einrahmen und an die Wand hängen. Nehmen ist seliger denn geben. Nein, das stimmt so nicht. Nichts stimmt, denkt Anna.

«Wir wollten nach der Scheidung eine Weltreise machen. Damit die arme Sybille sich von den Strapazen erholen kann.»

Auf Kosten des Ehemannes. Armer Hubert Blank – und wäre das nicht ein vortreffliches Motiv, Sybille umzubringen? «Wußte er davon, ich meine, daß sie ihn verlassen wollte?»

Anton schüttelt sein semmelblondes Haupt. «Sie wollte es ihm längst sagen, aber... und wenn er sie doch umgebracht hat?»

Sybille redet von Scheidung, und der Gatte, päng, erschießt sie mit seiner Pistole und vergräbt sie anschließend im Garten. Anna kann sich die Szene sehr gut vorstellen: Sybille greift sich an ihr Herz, sieht Hubert ungläubig an, sinkt mit einem letzten Seufzer dahin. Philipps Gesicht schiebt sich vor das sterbende Wesen. Er sagt: «Anna, verzeih mir», und Anna verzeiht ihm, daß sie ihn umbringen mußte...

«Was ist? Sie sehen so komisch aus.»

Ich *bin* komisch, denkt Anna bitter: Weil ich mich ständig in anderer Leute Angelegenheiten mische, bloß weil ich meine nicht unter Kontrolle bringe. «Der Mann ist Beamter, er hat eine hohe Pension zu erwarten. Der tut sowas nicht.»

Antons freundliches Gesicht sieht zum ersten Mal gemein aus. «Der macht noch ganz andere Geschichten, wenn Sie mich fragen. Sybille wußte ziemlich genau Bescheid.» Wieder senkt er seine Stimme zu konspirativem Flüstern. «Der Mann hat ein Konto in der Schweiz. Und da ist das Geld draufgegangen, das er ihr vorenthalten hat.»

«Ach ja?» Anna kann so naiv-dümmlich aussehen, sie nutzt diesen Ausdruck bei manchen Interviews und immer dann, wenn sie für eine Sünde nicht bestraft werden will.

«Ich sage nur: Waffengeschäfte.» Er sagt es im angewiderten Ton. Anton Laubwitz, wie er Anna im Verlauf dieser Nacht noch erzählt, haßt Waffen und Tierversuche, Rechtsradikale und Rassisten, Umweltzerstörung und die Atomindustrie, Multis und Porschefahrer... Die Liste seiner Haßobjekte ist lang und in einigen Punkten für Anna nachvollziehbar, doch löst die allumfassende Betroffenheit bei ihr am Ende nur Ratlosigkeit aus. Und Langeweile. Die Welt ist schlecht. Wollen wir drüber reden oder besser schweigen und es uns im inneren Exil gemütlich machen? Antons Ekel mochte echt sein, aber mangels Konsequenzen klebt er breiig an Annas Ohren. Und trotz mehrmaligem Nachfragen sagt er kein Wort mehr darüber, was sie wirklich interessiert: die Waffengeschäfte und das Konto in der Schweiz. Statt dessen legt er ihr um vier Uhr morgens seine wächserne Hand auf die Schulter, appelliert mit schwerer Zunge an die Solidarität der wenigen Aufrechten in diesem Lande. Was er damit meint, ist, daß sie sein kaltes Bett teilen möge. Er zitiert aus Rilkes «Herbstgedicht», und Antons Blätter fallen zu Annas Füßen, und sie denkt nicht im Traum daran, sie aufzuheben.

«Ich bin zwar betrunken, aber nicht verrückt», sagt Anna Marx zu Anton Laubwitz und läßt ihn in der Bar stehen. Anna schreitet durch den verlassenen Hauptsaal ins Foyer, wo an den Bars der harte Bonner Kern über Sex und Politik lallt. Ein Fernsehjournalist, der sich hoch schätzt, versucht Anna zu bewegen, noch einen mitzutrinken. Sie geht weiter. Es ist zu spät, noch einen Mann zu ertragen.

Kapitel 10

«Wissen Sie, wie viele Menschen alljährlich allein in Nordrhein-Westfalen verschwinden: achttausend.»

Hauptkommissar Hermes kaut Sonnenblumenkerne, während er mit Anna telefoniert. Ihre Stimme klingt grauenvoll, als ob sie eine Nacht durchgemacht hätte, noch tiefer und rauher als sonst. Es ist Samstagmittag, er wollte in Ruhe Akten aufarbeiten, und da ruft sie an, wie immer, wenn sie glaubt, ihn zu brauchen. Sonst nie. Anna Marx benutzt ihn für ihre Detektivspiele, das amüsiert ihn oft, aber nicht immer. Und jetzt faselt sie was von einer Freundin, die sich vor drei Wochen in Luft aufgelöst habe.

Nein, eine Vermißtenanzeige kann sie ja wohl nicht aufgeben, sagt sie auf seine ironisch gemeinte Frage. «Und was soll ich Ihrer Meinung nach unternehmen, liebe Frau Marx?»

Anna liegt noch im Bett. Sie hat zwei Kopfschmerztabletten gefrühstückt, sie raucht und fühlt sich elend. «Ich dachte mir, daß Sie ein wenig... äh... nachforschen, ganz diskret natürlich. Mir zuliebe.»

Eine Unverschämtheit. Seit Monaten hat er nichts von ihr gehört, und jetzt spielt sie auf dem Klavier einer schüchternen Verehrung. Soll er ihr erzählen, daß seine Frau ihm beim Frühstück mit der Scheidung gedroht hat? Beim Frühstück! Nicht, daß es das erste Mal gewesen wäre, aber so früh hatte Nina ihre Attacken noch nie gestartet, und deshalb sitzt er hier und läßt sich von Anna Marx einseifen. Nina wirft ihm vor, daß er zuviel arbeitet und zuwenig Zeit für die Familie hat. Das ist richtig, aber kein Scheidungsgrund. Er liebt seine Tochter, er liebt seine Arbeit, und er hat sich mit diesem verdammten Leben arrangiert. Er braucht keine Scheidung. Braucht er Anna Marx?

«Wenn ich Ihnen einen Rat geben darf: Sprechen Sie nochmals mit dem Ehemann. Wenn er eine Vermißtenanzeige aufgibt, können wir was unternehmen. Ich mache Sie aber gleich darauf aufmerksam: Viel wird es nicht sein.»

Wieso stöhnt sie jetzt? «Oder erwarten Sie von mir, daß ich seinen Garten umgraben lasse?»

«Nichts Geringeres, mein lieber Hermes.»

Sie ist unglaublich. So können Frauen nur mit Männern umspringen, die zu schwach sind, sie in ihre Schranken zu verweisen. Wenn er nach Hause kommt, wird er Nina die Leviten lesen. Und jetzt, sozusagen als Probelauf, der Anna Marx: «Wenn Ihre Sybille tot ist, wird die Leiche irgendwann auftauchen. Dann werden wir ermitteln – und vorher nicht. Habe ich mich klar ausgedrückt?»

Annas Stimme klingt erstaunlich vergnügt: «Glasklar und knallhart. Paßt überhaupt nicht zu Ihnen, dieses autoritäre Gehabe. Ich habe am Ende doch immer recht gehabt, oder?»

Hermes spuckt einen Sonnenblumenkern in hohem Bogen in den Abfalleimer an der Tür. Ein Kunststück, das er perfekt beherrscht, es hat ihn nur nicht weitergebracht, und der Triumph ist immer so kurzlebig. «Ja. Sie haben immer recht gehabt und es hat Ihnen immer recht wenig gebracht. Haben Sie nichts Besseres zu tun, als Ihre Nase in hypothetische Mordfälle zu stecken? Wie wäre es denn mit Politik? Können Sie sich nicht im Ortsverein engagieren oder sowas?»

Blattschuß. Anna drückte ihre Zigarette wütend aus, krächzt ins Telefon: «Nein, lieber Hermes. Alle alten Jungfern haben Marotten, und das ist meine. Und jetzt fahr ich zu dem Blank und bringe ihn dazu, eine Vermißtenanzeige aufzugeben. *Sie* werden schon sehen.»

Daß Hermes der «alten Jungfer» widerspricht, hört Anna nicht mehr, denn sie hat abrupt aufgelegt. Eine Angewohnheit, die Philipp außerordentlich gestört hat. Vermutlich sitzt er jetzt in seinem trauten Heim und schont sein herzinfarktgeschädigtes Organ, denkt Anna, während sie aus dem Bett steigt. Die Gattin bringt ihm die Pantoffeln, und die Tochter liest ihm aus der Zeitung vor.

Es tut so weh. Nichts kann sie dagegen tun, außer Mordpläne zu entwickeln und sich in Sybilles Tragödien einzumischen. Es ist ohnehin ein verkorkster Tag, und Anna hat beschlossen, Hubert Blank noch einmal zu besuchen.

«Herr Blank läuft im Wald», sagt Evangelista Morales zu Anna Marx. Sie steht an der Tür und hält ein Baby im Arm. Sybilles Sohn, den sie jetzt besitzergreifend an sich drückt, eine so kleine und zierliche Person, daß Anna dagegen wie ein Riese wirkt. Sie nimmt Annas nächste Fragen vorweg: «Frau Blank ist auch nicht da. Und Fabian schläft.»

«Dann möchte ich auf Herrn Blank warten. Es ist wirklich wichtig.»

Das Nein steht in Evangelistas Gesicht geschrieben, doch Anna nützt die Sekunden der Unentschlossenheit, um sich hineinzudrängeln. Sie folgt der Filipina in die Küche, die groß und von funktionaler Schönheit ist, aber von chromblitzender Kälte. Sie setzt sich an die Küchenbar und beobachtet Evangelista, die Anna jetzt feindselig ansieht. Das Kind beginnt zu schreien, und Evangelista greift nach einer Teeflasche, die sie gekonnt in den schreienden Mund steckt. Ganz weich ist ihr Gesicht jetzt, ganz mütterliche Konzentration, das Kind schmatzt zufrieden, und Anna ist davon überzeugt, daß Sybille etwas zugestoßen ist. Auch nach allem, was sie zu Anna über das Thema gesagt hatte: Mütter sind nicht so. Sie gehen nicht einfach weg. Sie lieben diese schreienden, schmatzenden, schlafenden Gestalten mit hingebungsvoller Idiotie.

«Ein hübsches Kind», sagt Anna, die das Baby ausgesprochen häßlich findet. Evangelista blickt hoch und lächelt sie zum ersten Mal an. Sie hat schöne Zähne, sie ist überhaupt ein attraktives Mädchen, wenn man das Kuhäugige, Sanfte mag. Anna schätzt sie auf unter Dreißig. Eine von Hunderten Filipinas in Bonn, die die Haushalte des Mittelstandes für wenig Geld in Ordnung halten. Ohne Aufenthalts- und Arbeitserlaubnis, so vermutet Anna, also keine Scheinasylantin, die dem Steuerzahler auf der Tasche liegt, wie volksverhetzende Politiker es zu formulieren belieben. Ein illegales

Arbeitstier: Anna hat ihre deutsche Putzfrau vor kurzem gefeuert und beschäftigt jetzt einmal wöchentlich eine Filipina, die wundersam fleißig, zuverlässig und pünktlich ist.

«Wie schaffen Sie das überhaupt: das große Haus und das Kind?» Alles, was Anna bisher gesehen hat, ist von peinlicher Sauberkeit und Ordnung.

«Manchmal kommt meine Schwester und hilft mir.» Evangelista spricht Deutsch mit leichtem englischen Akzent. «Ich habe mich von Anfang an um Jonathan gekümmert. Frau Blank hatte keine Zeit.»

Sehr nett klingt das nicht, denkt Anna, und natürlich hatte Sybille Zeit, sie hatte nur Depressionen und ist in Antons Arme geflüchtet, und sie konnte das nur tun, weil es eine Evangelista in ihrem Leben gab. Privilegiertes Unglück läßt sich dramatischer ausleben. Und *du*, Evangelista? Hast du selbstlos und gütig Sybilles Rollen übernommen, ohne was dafür zu fordern?

Der Junge in ihrem Arm beginnt wieder zu schreien, weil die Flasche leer ist. Evangelista wirft ihn über ihre Schulter und klopft beruhigend auf Jonathans Rücken. Das Interesse dieser Frau ist ihr mehr als unangenehm. Sie will keine fremden Leute im Haus haben, keine Fragen beantworten. Sie will Zeit haben für Jonathan und für das Haus, für die Familie. Alles andere ist lästig, und schlimmer noch: es macht ihr angst. Fremde sind eine Bedrohung in ihrer kleinen, sicheren Welt, die am Gartentor endet. Evangelista würde vor der Familie nie zugeben, daß selbst das Einkaufen eine Überwindung bedeutet. Jeder Polizist, jeder Mensch, der sie länger als ein paar Sekunden ansieht, könnte ein Feind sein. Evangelista will noch lange nicht nach Manila zurück: Fast alle von ihrer Familie sind hier in Deutschland, die meisten in Bonn. Allen geht es gut, sie haben Arbeit und eine Unterkunft, immer etwas Geld übrig, um es nach Hause zu schicken. Ihre Schwester hat acht verschiedene Putzstellen und bringt es auf 2000 Mark im Monat. Evangelista spart von ihren 1000 Mark jeden Monat die Hälfte, um sie nach Hause zu schicken. Sie hat ein Zimmer mit Fernsehapparat, das Essen ist frei, so gut leben nur wenige zu Hause. Aber natürlich weiß sie, daß ihre Existenz an einem seidenen Faden hängt, der jederzeit zerreißen kann. Evangelista weiß, daß dies furchtbar wäre. Sie liebt Jonathan, er ist das Baby, das sie zu Hause bei ihrer Mutter zurückgelassen hat. Ihr Bruder hatte geschrieben, bevor sie die große Reise antrat: «Laß das

Baby zu Hause, die Leute hier wollen keine Filipinas mit Kindern.» Die Deutschen wollen nur Ausländer, die fleißig und anspruchslos sind, das ist schon in Ordnung, denkt Evangelista, sie haben trotzdem mehr Herz als die Leute zu Hause, die Reichen zu Hause, die ihre Dienstboten behandeln und bezahlen wie Sklaven. Jedenfalls die meisten haben mehr Herz, es gibt Ausnahmen, aber daran will sie jetzt nicht denken.

«Wann haben Sie Sybille, Frau Blank, zum letzten Mal gesehen, Evangelista?» fragt die Frau jetzt.

Warum fragt sie das? Wer hat die große Frau geschickt? «Ich verstehe nicht», sagt Evangelista. Ihr Deutsch ist sehr gut, aber es gibt Situationen, in denen sie nicht verstehen will. Das Leben in Deutschland ist einfacher, aber auch in vielen Dingen komplizierter, und sicher ist sie nur, wenn sie sich an das hält, was ihr vertraut ist.

Jonathan rülpst, und die Frau sieht aus, als ob sie ihr nicht glaubt. Die Frau erzählt ihr, daß sie eine Freundin von Frau Blank ist. Solange die Frau erzählt, muß sie keine Fragen beantworten. Und mit Erleichterung hört sie Schritte, das Öffnen der Haustür. Sie flieht mit Jonathan aus der Küche in das Kinderzimmer, Hubert Blank blickt ihr nach, erschrickt sichtlich, als er Anna sieht.

«Nicht *Sie* schon wieder!» Dieses dumme Ding hat sie reingelassen, denkt er wütend, und daß er in einer Stunde abfahren muß, zu seinem Trip nach Belgien. Er schwitzt von seinem Lauf und sehnt sich nach einer Dusche. Diese unerträglich neugierige Person raubt ihm noch den letzten Nerv.

«Hören Sie, Frau Marx: Ich habe Bekannte, die nach Radda gefahren sind, gebeten, nach Sybille zu sehen. Ich habe ihnen unseren Hausschlüssel mitgegeben. Sie kommen übermorgen zurück, und dann wissen wir mehr. Im übrigen bin ich immer noch der Meinung, daß diese Angelegenheit Sie absolut nichts angeht.»

Schwitzende Männer verlieren an Schönheit, denkt Anna. Hubert Blank sieht jetzt aus wie Robert Redford nach einer verpatzten Szene. Sie sagt ihm, daß sie Anton Laubwitz getroffen hat, setzt noch einen drauf und erzählt ihm von Sybilles Scheidungsabsichten und den Gerüchten von Waffengeschäften, die Sybilles platonischer Freund unter die Leute bringt. Wenn Anna nicht weiterkommt, versucht sie es immer mit aggressiver Ehrlichkeit. Blank sieht sie an, als wolle er sie erwürgen, aber er unterbricht sie nicht.

«Wenn sich übermorgen herausstellt, daß Sybille nicht in Radda ist, werden Sie dann eine Vermißtenanzeige aufgeben?»

Hubert Blank geht an ihr vorbei in die Küche, nimmt sich eine Wasserflasche aus dem Kühlschrank, trinkt natürlich nicht aus dem Glas. Eine Denkpause, Ruhe vor dem Sturm? Wenn er jetzt versucht, charmant zu sein, denkt Anna, dann hat er was zu verbergen.

Hubert Blank ist weit entfernt davon. «Zunächst werde ich mir diesen Herrn Laubwitz vorknöpfen und ihm eine Verleumdungsklage androhen. Sollten *Sie* es wagen, diese unglaublichen Behauptungen zu verbreiten, gilt das auch für Sie. Und ob ich eine Vermißtenanzeige aufgebe oder nicht, das lasse ich mir von Ihnen keinesfalls vorschreiben. Wer glauben Sie eigentlich, wer Sie sind?!»

Sein ohnehin rotes Gesicht ist glühend vor Zorn. Er haßt es, die Kontrolle zu verlieren. Er steht in seiner makellosen Küche und durchbohrt Anna mit vernichtenden Blicken. Wie maßlos dumm von mir, alle Geschosse gleichzeitig loszulassen, denkt Anna, die einmal mehr bereut, ihrer schnellen Zunge gefolgt zu sein. Sie erwartet jetzt einen Hinauswurf, genau das würde sie an seiner Stelle tun, doch Blank sieht plötzlich wieder menschlich aus, und er sagt überraschend: «Setzen Sie sich doch, Frau Marx». Seine Stimme ist wieder leise und beherrscht, sie nähert sich vorsichtig, setzt sich, erwartet mit übereinandergeschlagenen Beinen... was?

«Wir sollten ein paar Mißverständnisse ausräumen, Frau Marx. Ich liebe meine Frau, und ich mache mir mittlerweile große Sorgen. Selbstverständlich werde ich etwas unternehmen, wenn ich nächste Woche kein Lebenszeichen von ihr habe.» Er fährt mit der Hand durch seine blonden Haare, die sehr kurz geschnitten sind. «Es tut mir leid, wenn ich vorhin etwas laut war. Ich bin nicht in der besten Verfassung, seit Sybille verschwunden ist. Das ist doch wohl nachvollziehbar, oder...?»

Mißtraue schönen Männern, wenn sie an dein Mitleid appellieren... In Zeiten, als Anna noch glaubte, geliebt zu werden, hätte sie seinen Worten leichter folgen können. Der Mann ist sich seiner Wirkung auf Frauen sehr bewußt, und jetzt versucht er, sie einzuseifen, bis sie ausrutschen und zu seinen Füßen landen würde. Annas Körperhaltung verrät Abwehr, und jetzt greift er nach ihrer Hand und hält sie fest.

«Ich teile Ihre Sorge um Sybille. Mein Gott, wir haben nicht die beste Ehe geführt, aber sie war immerhin meine Frau und Mutter meiner Kinder. Und sie war eine verdammt schlechte Mutter, wenn ich mir diese Bemerkung erlauben darf.»

Anna zieht ihre Hand weg.

Hubert Blank merkt es nicht. «Sybille war psychisch instabil seit dem Tod unserer Tochter. Hat sie Ihnen von Lydia erzählt? Nein? Sie war drei, als sie bei einem Urlaub in der Bretagne ertrank. Fabian und ich waren am Strand, als es passierte, Sybille war im Haus, weil es ihr zu heiß war draußen. Es war ein Unglück, verstehen Sie, das Kind ist ins Wasser gelaufen – und ein paar Minuten später war es zu spät. Niemand hätte es verhindern können, aber Sybille hat sich die Schuld gegeben, weil sie ins Haus gegangen war, und weil sie das nicht ertragen konnte, hat sie die Schuld verlagert auf mich und Fabian. *Wir* hätten besser aufpassen müssen, dann wäre es nicht geschehen. Und sie hat es mir – uns – nicht verziehen, obwohl wir nie darüber sprachen, verstehen Sie.»

Hubert Blank versucht, Annas Augen einzufangen und darin Mitgefühl zu erkennen. Sie starrt durch ihn durch: Sybilles Schatten in zu vielen Projektionen verwirren das Bild. Die Geschichte einer Ehe ist immer falsch, wenn nur einer sie erzählt. Logisch, daß Sybille *ihm* die Schuld gegeben hatte, schließlich hatte er nicht aufgepaßt. Können Männer besser verdrängen? Und wenn ja, warum erzählt er ihr das alles? Stichwort: Waffengeschäfte. Das Wort hatte den Redeschwall ausgelöst. So was nennt man Ablenkungsmanöver.

«Seid Lydias Tod war es nicht mehr wie... vorher. Man könnte sagen, daß wir uns entfremdet haben. Aber das ist kein Grund für Sybille, mich *so* zu verlassen. Ich hätte einer vernünftigen Scheidung vermutlich sogar zugestimmt.» Hubert Blank sieht auf seine Uhr. Es gäbe mehr zu erzählen, aber wen interessiert es schon.

Sybille war schrecklich nachtragend, denkt Anna, schon in der Schule hat sie diejenigen gnadenlos verfolgt, die ihr einmal etwas angetan hatten. «Wenn Sybille Sie verlassen hätte, wäre sie jetzt bei Anton Laubwitz, oder?»

«Kennen Sie Laubwitz, Frau Marx?»

Anna nickt.

«Der Mann ist ein Spinner. Ein Spinner, Versager, gescheiteter Revolutionär. Wußten *Sie*, daß er früher mal gute Kontakte zur RAF hatte? Wie gut, das konnte man ihm nicht nachweisen.» Hubert Blank sieht Anna an, als hätte er ihr soeben einen Mörder präsentiert.

«Hat Sybille Ihnen das erzählt – oder woher wissen Sie das?» Anna ist beeindruckt, aber nicht erschüttert. Für Anna steht der Feind immer noch rechts, auch wenn sie mit zunehmendem Alter an ideologischer Standfestigkeit verloren hat.

«Ich habe eben meine Kontakte, Frau Marx.» Er erinnert sich an seine ohnmächtige Wut, als Sybille ihm triumphierend von ihrem «Freund» erzählte. Nicht, weil sie ihn betrog, sondern weil es dieser Mann war, mit dem sie versuchte, ihn zu demütigen. Ein Akt der billigsten Rache, den er nicht verdiente. Hatte er nicht immer alles in seiner Macht Stehende für die Familie getan? Kein Dank. Keine Wertschätzung seiner endlosen Bemühungen, sie alle glücklich zu machen. Das Haus, die Reisen, all die schönen Dinge, die er ihnen garantierte, sie nahmen sie hin wie selbstverständliche Attribute seiner Ernährungspflicht. Auch Fabian, der Sybille in vielem ähnlich ist, versteht nicht, daß er immer nur das Beste gewollt und getan hat.

«Glauben Sie mir, ich habe alles getan, um unsere Ehe zu retten.»

Ich glaube dir nicht, denkt Anna. «Wie kommt Laubwitz dazu, Sie irgendwelcher Waffengeschäfte zu bezichtigen?»

Hubert Blank sieht jetzt aus wie ein beleidigter Beamter: «Es ist absurd. Dieser Mensch hat abstruse kommunistische Ideen, und ich kann es mir nur so erklären, daß er meine Frau gegen mich aufhetzen wollte. Sybille hat sich doch nie um Politik gekümmert, und erst seit sie ihn kennt, redet sie von Frieden, Umwelt und Entwicklung... pseudolinkes Geschwätz, Sie wissen schon.»

Er sieht auf seine Uhr, dann auf Anna. «Ich würde wirklich gerne länger mit Ihnen sprechen, aber ich muß zu einer dienstlichen Veranstaltung nach Spa. Kann ich Sie am Montagabend anrufen, Frau Marx?»

Er kann, doch Anna hat noch eine letzte Frage: «Wann haben Sie Sybille zum letzten Mal gesehen - und hat sie was mitgenommen, Koffer oder so?»

Hubert Blank hört ein Geräusch, das er nicht zuordnen kann, und er fragt sich, warum er in letzter Zeit das Gefühl hat, daß ihm nachspioniert wird? Der Gedanke, nicht einmal im eigenen Haus sicher zu sein, ist erschreckend. Gewiß ist sein Beruf mit Anforderungen verbunden, die über das normale Maß hinausgehen. Doch hat er immer großen Wert darauf gelegt, Berufs- und Privatleben zu trennen. Er muß sich zwingen, die Frage konzentriert zu beantworten:

«Es war am Abend davor, am Sonntag. Wir hatten Streit, nichts Besonderes... Sie schlug die Tür zu und ging in ihr Zimmer. Das war das letzte, was ich von ihr gesehen habe. Evangelista sagte mir am Montagabend, daß Sybille verschwunden sei und daß zwei Koffer fehlen... Schmuck, Kleidungsstücke, Toilettenartikel... ich weiß nicht genau...»

«Sie meinen, Sie haben nicht nachgesehen?» Anna fragt es ungläubig

«Nein.» Hubert Blank steht auf, und Anna tut es auch. Ungläubig.

«Es gehört zu meinen Prinzipien, mich so wenig wie möglich in die Angelegenheiten meiner Frau zu mischen. Wenn Sie mich jetzt bitte entschuldigen?!»

Es bleibt ihr nichts anderes übrig, obwohl viele Fragen offen sind. Anna verabschiedet sich mit dürren Worten des Dankes, verläßt das Haus, der Kies knirscht unter ihren Stiefeln, sie denkt über Wahrheit und Lügen nach. Hubert Blank ist zu gut weggekommen, also hat er gelogen. Das Gespräch hinterläßt bei Anna den schalen Geschmack der Niederlage. Im Grunde hat sie nichts erfahren, außer daß Blank Laubwitz verabscheut und ihm nachspioniert hat.

Am Gartentor, vor dem Briefkasten, steht Fabian, in die Post vertieft. Der Jüngling, der Wanzen legt und Briefe abfängt, erschrickt keineswegs bei Annas Anblick. Er murmelt etwas, das nach «Hallo» klingt, und Anna fragt ihn, ob eine Karte von Sybille dabei sei. Er schüttelt den Kopf.

«Sie kommt nicht wieder.»

«Woher weißt du das?» Anna will ihn am Arm packen, aber er reißt sich los und läuft weg, zurück ins Haus. Bevor sie ihm nachrufen kann, fällt die Haustür zu. Oben, im zweiten Stock, sieht sie Evangelista wieder am Fenster stehen. Der gute Geist des Hauses, denkt sie, ist doch sehr neugierig. Auch sie hat wenig dazu beigetragen, Anna schlauer zu machen. Und jetzt das: Der Junge spielt ein Spiel, das sie nicht versteht. Das macht sie erst richtig wütend.

KAPITEL 11

Um ein Projekt erfolgreich abzuschließen, braucht man dreierlei Art Menschen: Politiker, Beamte und Journalisten. Letztere unterscheidet Kolofsky nach Typen, die sich durch gezielte Informationen manipulieren lassen, und solche, die man schmieren muß, damit sie die geneigte Feder liefern. Mit einem Journalisten sitzt er in einer Bar am Rheinufer, einem Etablissement der plüschigen Sorte, ein bißchen angestaubt, so wie die ganze Stadt, aber nicht unsympathisch und in jedem Fall ein diskreter Ort, um Geschäfte zu besprechen.

Hank trinkt Bier, der viele Champagner in Belgien ist ihm nicht bekommen, und Wild, in welcher Form auch immer, will er für die nächsten Wochen nicht mehr zu sich nehmen. Die Herren hatten gesoffen, gefressen und gejagt, in der Reihenfolge, und er hatte die Rechnung von umgerechnet fünfzigtausend Mark (inklusive Damen) beglichen, ohne mit der Wimper zu zucken. Eine Lappalie, gemessen an den Summen, die schon geflossen sind und vielleicht noch fließen müssen. Mosaiksteinchen, so wie der Journalist Kössler, der teuren Whisky trinkt und auf einen Umschlag mit zehntausend Mark wartet, den Kolofksy noch in seiner Jackettasche trägt.

«Ihr Artikel war exzellent», lobt Hank sein Gegenüber. «Aber wir müssen noch dazulegen, lieber Freund. Es geht darum, Ministerialdirektor Wertheim auszuschalten. Er bezieht seit Jahren Gelder von der Rüstungsindustrie...»

«Was zu beweisen wäre.» Kössler schüttelt bedenklich sein ergrautes Haupt. Er ist nicht geneigt, einen Artikel zu schreiben, der ihn seine Reputation kosten könnte.

Natürlich, du dummes Schwein: Habe ich schon jemals von dir verlangt, mutig zu sein? Hank lächelt dabei, sein breites Gesicht ist jovial und vertrauenerweckend, der ganze Mann lädt ein, mit ihm Geschäfte zu machen. «Das ist nicht nötig, lieber Kössler. Wir kriegen ihn mit einer anderen Sache: Wußten Sie, daß Wertheim einer der Initiatoren des ‹Konservativen Gesprächskreises› ist?»

Wußte er nicht, aber warum muß Kolofsky das wissen? «Ich hab so was läuten hören. Eine Gruppe von mittleren und hohen Beamten und ein paar Uniformierte, die ihr braunes Süppchen kochen, aber in aller Diskretion.»

«Natürlich. Der Feind steht rechts. Zur Zeit jedenfalls, mein lieber Kössler, und ich würde meine Hand nicht dafür ins Feuer legen, daß es so bleibt. Aber wir wollen unsere Zeit nicht mit Politik vergeuden. Hier, ich hab was für Sie.»

Wie ein Zauberer das Kaninchen, so zieht Kolofsky ein Papier aus der Tasche, legt es auf den Tresen. «Die Kopie des Protokolls der konstituierenden Sitzung des ‹Konservativen Gesprächskreises›. Mit Wertheims Unterschrift.»

«Echt?» Kössler greift mit spitzen Fingern nach dem Papier, betrachtet es ehrfürchtig, formuliert im Geist bereits die ersten Sätze seines Aufmachers. Das Protokoll liest sich wie eine modernisierte Fassung alter Phrasen um Blut, Ehre und Vaterland. Selbiges vor dem Verfall zu retten, ist eines der erklärten Ziele, und die «Bewahrung der Demokratie mit anderen Mitteln» ist eine Phrase, die Kössler leichtes Unbehagen verursacht. Die beteiligten Herren wollen Einfluß nehmen, Politik mitgestalten. Und sie wehren sich, auch dies steht im Papier, gegen die unseligen Sparpläne der Regierung, die das Vaterland verteidigungsunfähig zurücklassen, mit allen ihnen zur Verfügung stehenden Mitteln. Wie diese aussehen, läßt das Papier offen.

«Ich bitte Sie, Herr Kössler.» Hank hat gelangweilt einer gelangweilten Stripperin zugesehen, während Kössler das Papier las. Selbst die schummrige Beleuchtung kann nicht darüber hinwegtäuschen, daß die Dame auf der Bühne das Zeug zu einer Großmutter hat. «Eigentlich müßten Sie mir was dafür bezahlen, daß ich Ihnen so 'ne heiße Story liefere.»

Kössler findet das nicht komisch. Daß er über unerschöpfliche Gelder verfügt, ist kein Grund für diesen Lobbyisten, sich auf seine Kosten zu amüsieren. Kolofsky weiß genau, daß er ein Journalist von gutem Ruf ist und nur ausnahmsweise und in dieser Sache bereit, sich seine Dienste bezahlen zu lassen. Er hätte nicht anders geschrieben, wenn Kolofsky nicht so bereitwillig von Geld gesprochen hätte. Schließlich: Wem tut er weh damit, daß er sich aus der großen Kasse bedient? Und wie weit kommt man mit fünftausendfünfhundert Mark netto im Monat bei ständig steigenden Steuern und Lebenshaltungskosten? Ein Unrecht durch ein anderes auszugleichen: Diese Chance hat ihm Kolofsky gegeben, und verdammt will er sein, daß er sie nicht genutzt hätte...

«Sie sollten an prominenter Stelle erwähnen, daß dieser Gesprächskreis sich aus nationalistischen Erwägungen für den J-2000 stark macht.» Kolofsky legt seine rechte Hand auf Kösslers Arm.

Seine Finger sind lang und schmal und wirken beinahe obszön in Relation zu den Fettschichten seines Körpers. Kössler hält entgegen, daß er bereits in zwei Artikeln auf die technischen Mängel des Kampfflugzeuges hingewiesen habe. Er ist der Meinung, daß man den Bogen nicht überspannen solle.

Kolofsky nimmt seine Hand weg, holt einen Umschlag aus der Jackettasche, hält ihn dicht vor Kösslers Gesicht. Seine Stimme ist sehr leise, und nur der stärkere amerikanische Akzent verrät einen Anflug von Zorn. «Damit wir uns klar verstehen, lieber Freund: Ich bin der Käufer und bestimme den Inhalt der Ware. Und ich würde Ihnen nicht raten, mir Anlaß zu Reklamationen zu geben. Ich kann sehr unangenehm werden. Wirklich.»

Kössler glaubt es. Er kennt Kolofskys Biografie, jedenfalls den offiziellen Teil davon, und selbst der genügt, ihm angst zu machen. Der Mann war beim Geheimdienst, und es heißt, daß er noch gute Verbindungen zu Leuten habe, die ihre Karl-May-Spiele mit höchststaatlicher Genehmigung ausüben. Kössler hat sie in einem seiner brillanteren Artikel «Schattenmenschen» genannt. Kössler will im Licht bleiben. Er will mehr aus Kolofsky herausholen, jetzt, da er sieht, wie leicht sich Geld verdienen läßt. «Ich schreib es rein», sagt er mit fester Stimme: «Der Zusammenhang ist ja auch sehr interessant.»

Na bitte. Hank verwandelt sich augenblicklich in den netten Onkel aus Amerika, und er steckt den Briefumschlag in Kösslers Brusttasche, klopft anerkennend darauf. «Ich bin entzückt, daß wir uns so gut verstehen.» Er meint das ernst: Es bereitet ihm kein Vergnügen, Menschen fertigzumachen, weil er weiß, daß in jedem Zwerg ein Widerstandspotential steckt, das gefährlich sein kann, wenn man Zwerge in die Ecke treibt. Das war nicht immer so. Doch Gewalt, die sich nicht in jedem Fall vermeiden läßt, ist für ihn heute das letzte Mittel der Wahl, eine Kapitulation vor allen Möglichkeiten des Geldes. Kössler ist ein nützlicher Idiot und weiß Gott keine Herausforderung, den Verstand zu verlieren.

Kössler spürt die Scheine in seiner Brusttasche knistern, und er ist glücklich und deshalb mitteilungsbedürftig. «Im Ausschuß schlägt die Stimmung um, und die Befürworter des J-2000 haben keine Mehrheit mehr. Ich weiß es aus erster Hand.» Er ist mit der Sekretärin des Ausschußvorsitzenden befreundet, das erzählt er Kolofsky nicht.

«Das reicht noch nicht ganz.» Hank weiß es längst von seinem Abgeordneten, der für ihn im Ausschuß spioniert. «Es wäre sehr wichtig, den MdB Frenzlein auf unsere Seite zu ziehen. Ich habe ihn bei einer Einladung in München kennengelernt. Der Mann ist sowas von stur» – und unbestechlich, das denkt er nur – «ich zerbreche mir den Kopf, wie man ihn überzeugen könnte.»

«Frenzlein trägt sein bayerisches Herz auf der Zunge. Und Ihre Konkurrenzfirma ist in seinem Wahlkreis angesiedelt.»

Kössler erzählt ihm Dinge, die er längst weiß. Das macht ihn ungeduldig, weil er spürt, daß das Geschäft jetzt heiß ist und er keine Zeit zu verschwenden hat. «Hat das bayerische Urviech keine Schwächen? Schulden, sexuelle Perversionen, eine Tochter, die fixt... sowas in der Art?»

Sein Gegenüber schüttelt den Kopf. Selbst wenn er diese Information hätte, würde er sie nicht kostenlos preisgeben. Kolofsky schätzt nur, was er sich kaufen kann. Kössler verachtet ihn, aber er ist bereit, nach seinen Regeln zu spielen. «Soll ich mich umhören?»

«Tun Sie das. Für substantielle Informationen bin ich natürlich gerne bereit, mich erkenntlich zu zeigen.»

«Wieviel?»

Jetzt reitet Hank der Teufel, diesem Zwerg zu zeigen, wie wenig er wirklich wert ist: «100000 für Frenzlein, lieber Freund, vorausgesetzt, es ist verwertbar.»

Kössler ist blaß geworden, der lächelnde Abgang fällt ihm schwer, Kolofsky sieht ihm nach, wie er seinen Mantel aus der Garderobe holt und mit kleinen Schritten aus seinem Blickfeld verschwindet. Ein Zwerg. Bestenfalls ein Bauer in seinem Spiel. Er denkt an Hubert Blank und ordnet ihn als Springer ein. Sein Gespräch mit ihm in Spa hat ihn beunruhigt. Springer sind austauschbar, aber das Spiel ist so weit gediehen, daß auch eine kleine Panne der Strategie gefährlich werden könnte.

Hank Kolofsky winkt der betagten Besitzerin, die hinter der Bar steht, und fragt sie, wieviel es koste, den ganzen Laden für einen Abend zu mieten. Sie nennt eine exorbitante Summe, und er lacht lauthals. Soviel ist ihm der Spaß nicht wert, man darf die Relation zu Geld nicht verlieren, auch wenn es millionenfach durch die Hände fließt. Hank einigt sich mit ihr auf zwei Mädchen nach seiner Wahl, legt tausend Mark auf die Theke, feilscht noch darum, ob der Champagner inbegriffen ist. Er handelt gerne und gut, das hat er von den Chinesen in Los Angeles gelernt. Chinesen und Japaner sind Leute, die er respektiert und niemals unterschätzt. Sie sind erstklassige Geschäftspartner, zuverlässig auch in Deals, die sich juristischen Kriterien entziehen. Frei von den lächerlichen Skrupeln christlicher Ethik. Geld ist ein Gott. Das haben die Schlitzaugen am besten begriffen, denkt Hank, während er den beiden Filipinas folgt. Aus welchem anderen Grund würden die beiden Mädchen einen alten Mann wie ihn bedienen wollen?

Während er sich ausziehen läßt, denkt er an das Bündel Scheine, das er in Spa in Blanks Jackett gesteckt hat. Fünfzigtausend Mark, ein Geschenk des Hauses *Willbright*, für das Blank noch keine konkreten Leistungen erbracht hat. Kein empörter Anruf bis jetzt – der schöne Ministerialrat hat offenbar akzeptiert, daß er jetzt zur Firma gehört.

Während die beiden Filipinas vor und hinter ihm knien, überlegt Kolofsky seine nächsten Schritte. Beim Sex fallen ihm die besten Strategien ein. Blank ist jetzt fällig. Er packt das Mädchen vor ihm beim Pferdeschwanz und zwingt sie zu schnellerem Rhythmus. Dabei denkt er darüber nach, wie er den «Konservativen Gesprächskreis» für seine Zwecke benutzen könnte. Eine angemessene Spende für die Kasse der Patrioten? Oder ist es tatsächlich zweckdienlicher, sie auszuschalten?

«Wie weit bist du mit dem Fettsack?» fragt das Mädchen, das hinter ihm kniet, ihre Freundin. Sie sagt es in Tagalog, ihrer Landessprache. Sie kann nicht wissen, daß Hank ein Sprachgenie ist, daß er ihre Sprache versteht. Sie spürt nur seine Hand, die ihre Haare mit schmerzhaftem Ruck fassen und sie von ihm wegschleudern. Sie schreit und hört ihre Freundin aufheulen, als der dicke Mann ihr ins Gesicht schlägt.

«Ihr blöden Huren habt mir den Spaß verdorben.» Hank Kolofsky atmet schwer, versucht seine Wut unter Kontrolle zu bringen. Der verdammte Jähzorn, der ihn schon so oft in Teufels Küche gebracht hat. Er wendet sich von den wimmernden Mädchen ab und schnippt mit den Fingern. «Meine Kleider bitte. Das Honorar könnt ihr als Schmerzensgeld betrachten.»

Die Filipina, deren Wange von seinem Schlag brennt, sucht kniend nach seinen Kleidern. Sie sieht ihn haßerfüllt an, während er sich anzieht. Sie nimmt den Hundertmarkschein, den er ihr in die Hand drückt, Trinkgeld für unvollständig geleistete Dienste.

«Bitte sagen Sie nichts zur Chefin», sagt sie zu dem dicken Mann. Sie hält sich ihre Wange, die rot ist und leicht angeschwollen. Stärker als der Schmerz ist die Angst: Angst vor dem dicken Mann, vor der Chefin und ihrem Freund, der die Pässe verwahrt und, wie er es nennt, «Ordnung im Hühnerstall hält».

Hank Kolofsky, der das Wort Mitleid aus seinem Vokabular gestrichen hat, und zwar in allen Sprachen, wendet sich achselzukkend ab. Eine andere Frau, die ihn Fettsack genannt hatte, war im Krankenhaus gelandet. Die Mädchen hatten wirklich Glück, daß er seinen Jähzorn mit zunehmendem Alter besser unter Kontrolle hat.

Kapitel 12

Die Lammkeule wog drei Pfund. Im tiefgefrorenen Zustand war sie eine exzellente Mordwaffe. Anna hatte es ausprobiert: Der Küchentisch hatte nach dem kräftigen Schlag eine Delle, und Philipps Kopf war bei weitem nicht so hart.

Während Anna das nunmehr aufgetaute Fleisch vom Knochen löst und in mundgerechte Stücke schneidet, sieht sie die Leiche neben sich liegen: die Brille in tausend Scherben, der Hinterkopf eine unappetitliche Matsche, das schüttere Haupthaar blutdurchtränkt. Leichen können den Bauch nicht mehr einziehen, der Mann hat eine beachtliche Wölbung über dem Gürtel; die Beine angewinkelt, sieht das Gesamtbild einer zerbrochenen Puppe ähnlich, einer Puppe von neunzig Kilo, deren Beseitigung problematisch erscheint.

Anna würzt die Lammstücke mit Salz, Pfeffer, Senf, Kümmel und bestäubt sie mit Mehl. Leichen löst man in Salzsäure auf. Wie kommt die Durchschnittsbürgerin an Salzsäure? Ich kann ihn doch nicht einfach in der Küche liegenlassen, denkt Anna, während sie die Zwiebel anschmort, das Fleisch darüberschichtet, die Kartoffeln, Karotten, den kleingeschnittenen Weißkohl. Die Sache muß jetzt in Schichten garen, sie hat eine Stunde Zeit, bis Anton Laubwitz kommt, um mit ihr Irish Stew zu essen.

Wohin mit der Leiche? Nicht der Kannibalismus ist das Problem, sondern die schiere Größe des Fleischstückes, das vor ihr liegt. Selbst für den Sperrmüll ist es zu groß, denkt Anna, und der Gedanke, an Philipp herumzusäbeln, löst Ekel aus. Sie hätte sich einen kleinen, handlichen Liebhaber zulegen sollen anstelle dieses Trumms, das vor ihr liegt. Wie lächerlich er aussieht, dieser Tote, überhaupt nicht mehr souverän oder sexy, einfach nur schwer und groß und unbeweglich. An seiner rechten Hand glitzert der Ehering, Anna starrt darauf und erinnert sich vergangener Qualen. Jetzt tut es nicht mehr weh, der Mann ist nur noch ein Entsorgungsproblem. Anna legt eine Zeitungsseite auf Philipps Kopf und denkt, daß die Kolumne von Mollfels alias Schmidt-Mühlisch auch ihre guten Seiten hat.

Der Teppich? Anna hat ihn von ihrer Mutter geerbt und würde sich nur ungern von ihm trennen. Ein Laken wäre ökonomischer, aber sie zweifelt daran, ob sie es schafft, ihn im Laken über zwei Treppen zu transportieren. Und dann? Annas Keller ist voll, die Mülltonnen sind es auch, bleibt also nur ein Ort im Grünen für Philipps Leiche. Anna überhört beinahe das Klingeln des Telefons. Als es in ihr Bewußtsein dringt, denkt sie sofort an Philipp, vergißt, daß er tot vor ihr liegt, in ihrer Phantasie. Sie hastet zum Telefon.

«Ja...»

«Babette Hönig. Kannst du dich nicht mit Namen melden?»

Zahnspangen. Anna denkt an Zahnspangen und an das Klassentreffen. «Tue ich nie. Es könnte ja jemand sein, den ich nicht sprechen will, und dann sage ich FALSCH VERBUNDEN.»

In der Küche beginnt es, nach Kohl zu riechen, und Anna ärgert sich, daß Babette ihre wundersamen Phantasien unterbrochen hat.

«So was Blödes hab ich schon lang nicht mehr gehört. Stör ich dich?»

Ja, will Anna sagen, aber sie sagt Nein. «Ich koche gerade. Was willst du? Ich hab doch zweihundert Mark für dein Frauenhaus gespendet, obwohl ich total pleite bin.»

Babette mag es nicht, wenn man Dankbarkeit von ihr erwartet. Sie mag Anna nicht, aber sie versucht, sich dies nicht anmerken zu lassen. «Hubert Blank hat mich soeben angerufen. Er macht sich Sorgen um Sybille. Sie ist wohl vor ein paar Tagen verschwunden.»

Anna hat sich den Telefonhörer hinters Ohr geklemmt und probiert mit dem Kochlöffel ihr Irish Stew. «Vor sechsundzwanzig Tagen exakt. Sybille ist wohl nicht im toskanischen Landhaus?»

«Nein, ist sie wohl nicht. Hast du 'ne Ahnung, wo sie sein könnte? Ihr habt euch doch früher so gut verstanden.»

Babettes Stimme klingt milde interessiert, aber nicht alarmiert. Anna starrt unter den Küchentisch: Die Leiche ist verschwunden. «In deinem Frauenhaus ist sie nicht zufällig.» Der Satz gerät ihr schnippischer als beabsichtigt.

«Es ist nicht MEIN Frauenhaus, verflucht. Und das wäre wohl der letzte Ort, den die Nerztante aufgesucht hätte.»

Babette schnauft am anderen Ende der Leitung. Sie hat mir bis heute nicht verziehen, denkt Anna, daß ich als Schulmädchen nicht Solidarität unter Arbeiterkindern praktizierte. Die kleine Marx wollte höher hinaus, mindestens ins mittelprächtige Bürgertum. Was soll das, mir heute noch lächerliche Träume von damals vorzuhalten.

«Ich habe bei Sybilles Cousine in Köln angerufen, die hat nichts von ihr gehört.»

Während sie umrührt, fragt Anna, warum ausgerechnet Babette zum Suchtrupp gehöre. «Beim Klassentreffen hatte ich den Eindruck, daß ihr euch nicht besonders mögt.»

Babette schnauft wieder, es klingt nach asthmatischem Zorn. «Es gehört nicht viel dazu, Sybille NICHT zu mögen. Ich tue es ihrem Mann zuliebe.»

Aha. Anna sagt, daß sie nicht den Eindruck habe, daß Hubert Blank besonders leide. Und während sie nachsalzt, sagt sie: «Jemand sollte zur Polizei gehen. Ich glaube, daß Sybille tot ist.»

«Selbstmord?» Babettes Stimme ist ungläubig. «Also hör mal, jemand, der sich selbst so liebt, der bringt sich nicht um. Und wenn, dann hätte Sybille eine große Show daraus gemacht. Sie ist nicht der Typ, der bei Nacht und Nebel aus dem Haus schleicht und sich diskret davonstiehlt.»

«Ich hatte mehr an Fremdverschulden gedacht.» Anna angelt nach einer Zigarette aus der Packung, die auf dem Küchentisch liegt. Es riecht nach Kohl und Lamm und Zwiebeln, und sie hat Lust auf den Wein, der verschlossen im Kühlschrank steht.

Schweigen am anderen Ende der Leitung. Dann hört Anna wieherndes Lachen, das abrupt abbricht. «Du hattest immer schon eine blühende Phantasie, Anna. Also wirklich: Meinst du etwa, ihr Mann hat sie...»

Jetzt zerrt Anna, auf der Suche nach einem Aschenbecher, am Telefonkabel, es knackt, und sie hält den Hörer ein Stück weg. «Na, jedenfalls hat sie nicht im Eheglück gebadet.» Wenn du ihrem

Mann zuliebe rumtelefonierst, denkt Anna, dann wirst du sicher mehr darüber wissen.

Babettes Stimme klingt angewidert. «Hat er sie geschlagen? Ihre Kinder mißbraucht? Sie ohne einen Pfennig Geld vor die Tür geworfen?»

«Mein Gott, was für Anforderungen du ans Unglück stellst.»

«Mach dich nur lustig, Anna. Das sind die Realitäten. Und ich habe mir schon längst abgewöhnt, mit frustrierten Mittelstandsweibern Mitleid zu haben.»

Dankeschön. Vielen Dank! In Annas Phantasie liegen nun zwei Leichen in der Küche. Die Lammkeule hätte auch Babettes harten Schädel geknackt. Im Rahmen eines Massenmordes denkt Anna jetzt auch an die Jungredakteurin, die sich so widerwärtig an den Chefredakteur ranmacht, es gibt da noch ein paar Leute, die ihr auf Anhieb einfallen, ein Blutbad wäre das, und man kann sich durchaus daran berauschen.

«Ich brauche dein Mitleid nicht, verdammt. Aber wenn du ein paar nützliche Informationen über die Blanks hast, kämen wir vielleicht in der Sache weiter. Zum Beispiel, ob unser Ministerialrat krumme Geschäfte macht – und ob Sybille versuchte, Geld aus ihm rauszuholen.»

Es riecht nach Kohl, und Babettes Stimme klingt wie Beton: «Du bist verrückt. Verrückt und bösartig. Ich kenne keinen Mann, der so ... ehrlich ist wie Hubert. Ich warne dich, Anna...»

Sie knallt den Hörer auf, und Anna fragt sich, wovor Babette sie warnen will? Sie legt den Hörer sanft auf die Gabel, geht zum Herd, schaltet zurück, weil die Temperatur zu hoch ist. Hubert? Hubert! Wieso nennt Babette Sybilles Mann beim Vornamen? Und diese Aufgeregtheit... Babette und Hubert Blank? Noch eine Seelenverwandtschaft á la Sybille und Anton? Oder mehr?

Anna denkt darüber nach, während sie den Tisch in der Küche deckt. Sie hat Anton nur deshalb eingeladen, weil sie glaubt, daß er ihr längst nicht alles erzählt hat. Vielleicht ist Sybille doch bei ihm, und die beiden spielen ein Spiel, das Anna nicht versteht. Der Verdacht macht sie wütend, und beinahe wäre ihr die Chiantiflasche aus der Hand geglitten, die sie aus dem Kühlschrank holte. Sie trinkt Rotwein gern kalt und mutet dies auch ihren Gästen zu. Die Bordeaux-Zeiten sind ohnehin vorbei, ein paar gute Flaschen hat Anna noch, die sie aufhebt... wofür eigentlich?

Philipp kommt nicht wieder, Anna. Entweder du lernst, damit zu leben, oder du lernst, ihn umzubringen.

Die Stimme in ihrem Kopf ist mitleidlos, so wie Babettes Stimme, als sie über Sybille sprach. Und dies bei einer Frau, die sich sonst bedingungslos für Frauen einsetzt. Liebe macht blind, das weiß sie doch am allerbesten. Und Liebe macht so zornig…

Anna würzt ihr Irish Stew mit einem Schuß Sojasauce, mit Whisky und Sahne. Vermutlich Zeitverschwendung, für Laubwitz hingebungsvoll zu kochen, aber Kochen ist eines der wenigen Dinge, die Anna wirklich gut kann. Wie Philipp zu sagen pflegte… und hat sie seinen Humor nicht immer köstlich gefunden?

Anton Laubwitz kommt fünf Minuten zu früh; anstelle von Blumen bringt er eine Flasche griechischen Weißwein, den Anna nicht ausstehen kann. Er hat dieses jugendhafte Grinsen im Gesicht, und er trägt eine Krawatte, die sie grauenvoll findet. Er bedankt sich bei Anna für die Einladung, und sie läßt sich auf beide Wangen küssen, riecht Alkohol, tritt einen Schritt zurück. Anton Laubwitz findet es nach euphorischem Bekunden wunderbar, in der Küche zu essen.

Anton trinkt zum Essen Wein, aber er trinkt ihn wie Bier, und er hat eine Art, sich die Bissen mit einem schnellen Schwupp in den Mund zu schieben, die Anna den Appetit verdirbt. Gewissermaßen wie ein Fisch schnappt er zu, manchmal bleibt etwas an seinem Bart hängen, und sie kann gar nicht anders, als hinzusehen, bis er es merkt und mit der Serviette in den Barthaaren tupft.

Anna muß ihn nicht auffordern, von Sybille zu sprechen, er tut es freiwillig, inbrünstig, zwischen den Schwupp-Bissen, den vielen Schlucken Wein, auch noch beim Dessert, das er in zu vielen Worten lobt, von dem er zuviel ißt. Und wieder malt er das Bild der unverstandenen Intellektuellen, der geistigen Gemeinsamkeiten, der ganze Rilke-Scheiß noch einmal. Drei Flaschen Wein hat Anna schon aufgemacht, jetzt trinkt er ihren Cognac und schlürft Kaffee dazu.

«Wie war eigentlich Sybilles Verhältnis zu Evangelista?» Anna unterbricht ihn bei der Beschreibung eines gemeinsamen Besuches einer Ballettaufführung.

«Wie bitte?» Antons große, verträumte Augen blinzeln hinter der Brille.

«Na, das Hausmädchen, die Kinderfrau, die Filipina für alles. Sybille muß ihr doch sehr vertraut haben.»

«Tja.» Ein Schluck aus dem Cognacglas verzögert die Antwort.

«Sie war eben die Hausangestellte.» Anton Laubwitz überlegt, die Evangelistas dieser Welt interessieren ihn nicht sonderlich. «Sie hat einmal gesagt, daß das Mädchen ein bißchen zu tüchtig sei. Sie würde sich irgendwie aufdrängen, reindrängen, sowas in der Art.»

«In die Familie reindrängen?»

«So ähnlich.»

«Wenn sie den ganzen Tag im Haus beschäftigt ist, ist der Effekt wohl kaum zu vermeiden.» Anna sieht ihm an, daß Hausarbeit oder Kinderbetreuung nicht zu den Dingen gehören, die für ihn zählen. «Und Fabian? Wie war Sybilles Verhältnis zu ihrem Sohn?»

Sie fragt wie ein Staatsanwalt, denkt Anton Laubwitz. Während er gekommen ist, sich bei ihr auszuweinen, ist sie auf völlig uninteressante Einzelheiten fixiert. «Sie sagte immer, der Junge sei sehr schwierig. Irgendwie beziehungsgestört...» Anton senkt seine Stimme zu einem Flüstern: «Der Junge war dabei, als die Tochter ertrank.»

Anna starrte ihn an: «Was wollen Sie damit sagen?»

Antons Kuhaugen schimmern geheimnisvoll. «Gar nichts will ich damit sagen. Ist noch was Wein da?»

Es ist eine letzte Flasche im Kühlschrank, Anna holt sie und denkt dabei, daß sie nüchtern bleiben sollte. Antons Anspielung auf eine Möglichkeit, daß Fabian an dem Tod des Mädchens beteiligt war, ist grausam. Sybille würde sowas doch nicht ernsthaft behaupten, auch nicht, um sich in Szene zu setzen...? Anna denkt an den Vorfall mit dem gestohlenen Liebesbrief. Aber das war vor langer Zeit... Und jetzt sieht er sie wieder so triefend an, wie konnte Sybille bloß an Anton geraten?

Antons Stimme bebt vor Entrüstung: «Sybille hat Schreckliches durchgemacht. Jonathan, das Baby, ist das Produkt einer Vergewaltigung. Ihr Mann hat sie vergewaltigt, verstehst du? Sie wollte das Kind nicht, aber er hat sie gezwungen, es auszutragen.»

Es ist ein bißchen zuviel Unglück für Annas Geschmack. Ein bißchen zuviel Dramatik, die Anton da vor ihr ausbreitet.

Sybille war kein Opfertyp, denkt Anna, und wenn es Tragödien in ihrem Leben gegeben hat, dann hat sie die nicht passiv hingenommen und heimlich geweint. So war Sybille nicht. Anton ist entweder entsetzlich naiv, oder er erzählt Märchen. Und jetzt rückt er näher, sie kann direkt in seine feuchten Augen sehen, und wenn er meint, daß dies eine erotische Situation sei, muß er verrückt geworden sein.

Anna steht auf und holt ein Stück alten Gouda aus dem Kühlschrank. Aus sicherer Entfernung sagt sie: «Erzählen Sie mir mehr über die angeblichen Waffengeschäfte, Anton. Hat es was mit seiner Arbeit im Ministerium zu tun?»

Anton setzt seine Brille wieder auf; er lächelt wissend: «Ich sage nur eines: Kolofsky. Hubert Blank hat Beziehungen zu allen Rüstungsfirmen der Welt. Und er hat Angst. Wissen sie, daß er mir mit einem Anwalt gedroht hat, falls ich etwas von meinem Wissen preisgebe? Blank hat Angst vor mir, ist das nicht komisch? Und außerdem glaubt er, daß Sybille bei mir ist.» Er greift beschwörend nach Annas Hand, die das Käsemesser nicht losläßt. «Aber sie ist nicht bei mir, das wissen Sie doch.»

Auch seine Hand ist feucht. Anna schüttelt sie ab und zeigt mit dem Käsemesser auf sein Herz. «Erzählen Sie mir von Blanks Geschäftsbeziehungen, Anton. Es ist doch möglich, daß Sybilles Verschwinden damit zu tun hat.»

Anton ist nicht so betrunken, daß er ihr auf den Leim geht. Sie ist eine Journalistin, denkt er, und sie interessiert sich überhaupt nicht für Sybille, sondern ist hinter einer Story her. Sie hat mich nur eingeladen, um mich auszuhorchen, aber so dumm bin ich nicht. Wenn etwas Schreckliches passiert ist, dann werde ich es herausfinden. Ich werde Sybille rächen, niemand sonst. Oh Gott, wie schrecklich die Welt ist, kalt und böse. Die Frau ist eine Spionin, denkt Anton. Mata Hari fällt ihm ein, und noch etwas, das sein Leben auf fatale Weise begleitet: Man unterschätzt ihn. Alle Leute glauben, daß er ihnen unterlegen sei. Und weil das so ist, behandeln sie ihn wie einen Idioten. Selbst Sybille... Mein armer Schatz, hat sie das nicht öfter gesagt? Wie alle anderen hat sie den Fehler gemacht, Selbstbewußtsein mit Stärke gleichzusetzen. Das war böse von ihr – und dumm. Die meisten Frauen sind dumm, würden sie sonst immer die falschen Männer wählen...

«Anton?!»

Ihre Stimme holt ihn zurück in die Gegenwart und befreit ihn von quälenden Erinnerungen. «Ich sage nichts mehr», sagt Anton, als Anna ihm den Teller mit Käse und Brot reicht. Er blinzelt, weil die Stücke vor seinen Augen verschwimmen. Die gelbe Masse erinnert ihn irgendwie an Brüste, so, denkt er, sehen sie aus, wenn man das Fleisch abzieht, das Fleisch...

«Geht es Ihnen nicht gut?»

Ihre Stimme kommt aus weiter Ferne, nein, er muß sich auf die Frau konzentrieren, sie ist gefährlich, aber ihm natürlich unterlegen. Alle Frauen. Jetzt fragt sie ihn, ob er eine gewisse Babette Hönig kenne? Das ist so komisch, sie hat keinen Humor, wie alle Frauen. Er beginnt zu lachen, erst leise, dann lauter, bis er auf Annas erstaunten Blick hin verstummt.

«Babette Hönig war eine von seinen widerlichen Affären. Sybille hat es mir erzählt. Eine häßliche Person, die er nur verführte, um Sybille zu demütigen. Das war das einzige, das er mit Leidenschaft betrieb: seine Frau zu demütigen.»

Anton nimmt seine Brille ab und putzt sie mit Annas Serviette. Sie sieht ihm schweigend zu und denkt, die arme Babette ist doch kein Typ für eine Liebelei.

«War eine Affäre oder ist eine Affäre?»

Anton Laubwitz zuckt die Achseln. Sie sind sehr schmal, und er betont es durch schlecht geschnittene Jacketts. Ein Typ, dem man Schulterpolster leihen möchte, wenn überhaupt.

Seine Gesprächspausen machen Anna nervös. Dann starrt er durch sie hindurch und formt mit seinen Lippen Worte, die sie nicht hören kann. Betrunken und ein wenig verrückt, denkt Anna, und vielleicht sogar ein bißchen gefährlich, obwohl ihr das vor einer Stunde noch lächerlich erschienen wäre.

Sie sieht ihn fragend an, und er weiß es nicht. Er kennt Hubert Blank und seine Häßlichkeiten nur aus Sybilles Erzählungen: die Affären, die emotionale Kälte, der Geiz und die Pedanterie. Die Selbstgefälligkeit und schließlich der Haß, den nur eine Ehe gebären kann. Anton hat Sybilles Darstellungen ihrer Leiden nie angezweifelt, versetzten sie ihn doch in die Rolle des Guten und Gütigen, den sie brauchte, um ihr Ego wieder aufzubauen. Natürlich hat sie ihn benutzt, Frauen sind so. Es war ein Irrtum, zu glauben, daß es helfen würde, über Sybille zu sprechen. Er will nicht mehr reden. Er will, daß diese Frau ihm sagt, daß sie ihn bewundert. Daß sie ihm zeigt, wie sie ihn bewundert.

Er schweigt und trinkt Annas Wein, und sie ist müde. Wenn sie müde ist, raucht sie eine Zigarette nach der anderen, Laubwitz wird ihr unheimlich, es ist nach Mitternacht, und sie will nichts mehr hören von seinem dummen Geschwätz. Anna glaubt nicht, daß Anton Sybille umgebracht hat. Er ist so unpraktisch. Er würde – wie sie – nicht wissen, wohin mit der Leiche. Also bleibt Hubert

Blank. Oder Babette. Oder der/die große Unbekannte... ein Waffenlobbyist ist durchaus imstande, Annas mörderische Phantasien zu beflügeln. Aber nicht um diese Zeit, nicht neben dem betrunkenen Anton, der jetzt wieder ihre Hand ergreift und sie an seine Wange legt.

«Du bist so verständnisvoll, Anna.»

Duz mich nicht, du Depp, denkt sie und versucht, ihm ihre Hand zu entziehen. Aber Anton ist viel stärker, als sie meint, er zieht die ganze Anna an sich, und bevor sie sich wehren kann, hat er seinen komischen Mund auf ihren gepreßt. Barthaare nimmt sie wahr, eine unglaubliche Fahne und den spontanen Ekel vor Antons Kuß.

«Du bist so süß», murmelt er in ihr Gesicht, ein wenig Speichel bleibt kleben, es ist widerlich, und Anna holt mit ihrer freien Hand aus und boxt ihn in den Bauch.

Ein K.-o.-Schlag war es nicht, aber er bewirkt immerhin, daß er sie vor Schreck losläßt. Anna springt auf, stößt dabei die leere Weinflasche um, die mit häßlichem Klirren auf dem Boden rollt.

«Raus. Aber ganz schnell!!»

Anton hält seinen Bauch mit beiden Händen und stöhnt. Ihm ist schlecht, wenn ihm nicht so übel wäre, würde er sie jetzt schlagen, ihr in die breite Fresse schlagen...aber alles dreht sich und ihm ist übel, er hat nicht die Kraft... Wie eine Furie steht sie vor ihm, zeigt mit dem Finger zur Tür.

«Sitz hier nicht so blöd rum. RAUS!»

Schrecklich sieht sie aus. Anton steht langsam auf, nimmt vorsichtig seine Handtasche, ohne Anna aus den Augen zu lassen. Sagt: «Du bist eine dumme Kuh», meint es auch so, und er huscht an ihr vorbei zur rettenden Tür. Erst dort dreht er sich um. «Meinst du, nach einer Klassefrau wie Sybille würde ich mich mit dir einlassen?»

Er ist weg, bevor sie etwas erwidern kann. Er geht langsam die Treppe hinunter, sein armer Bauch schmerzt von dem brutalen Schlag und von der Zurückweisung einer harmlosen Zärtlichkeit.

«Laß dich hier nie wieder blicken, du Arschloch.»

An der offenen Tür steht sie, keift ihm lauthals nach, aber Anton ignoriert sie und wirft die Haustür hinter sich zu. Es ist kalt, und er hatte vorgehabt, sich ein Taxi rufen zu lassen. Anton tut sich leid, es sind mindestens zwanzig Minuten bis zu seiner Wohnung, und er haßt Spaziergänge sommers wie winters. Er haßt Frauen. Sie können nichts anderes, als Männern weh zu tun, sie sind egoistisch, verschlagen, widerlich…

Die Gedanken verlaufen im Alkoholnebel, er friert, und seine Schritte sind unsicher, als er über die Oxfordstraße in Richtung Stadthaus geht. Er winkt einem Taxi, es fährt vorbei. Die Welt ist schlecht, und niemand versteht ihn. Nur Sybille, aber sie ist weg, hat ihn verlassen. Anton weint, als er in der Ecke des Pornokinos ein Liebespaar sieht. Er sieht nicht, daß er die Aufmerksamkeit von drei jungen Männern auf sich gezogen hat. Er sieht nicht, daß sie ihm langsam folgen. Die jungen Männer tragen Lederjacken und Springerstiefel, sie tragen sehr kurze Haare, und selbst im trüben Licht der Straßenlaternen wirken ihre Gesichter leer und böse.

Doch Anton sieht das nicht. Er dreht sich erst um, als sich eine Hand auf seine Schulter legt und ihn zum Stehenbleiben zwingt.

«He Kumpel, haste Feuer?»

Alkohol verdrängt Angst. Anton verspürt keine Angst, als er dem Jungen ins Gesicht sieht, nur Ärger darüber, daß man ihn in seinem Schmerz gestört hat. «Verpiß dich», sagt er laut. Zu laut, seine Stimme hallt in der menschenleeren Straße, und jetzt erst sieht er die anderen beiden, die drei sehen einander so ähnlich, daß er zu lachen beginnt, aber auch das Lachen scheint nicht die richtige Reaktion zu sein, denn der Junge mit dem Bürstenschnitt packt Anton am Kragen und zieht ihn brutal zu sich.

«Sag das nochmal.»

Kein Gesicht, sondern eine aggressive Fratze ist das letzte, das Anton bewußt wahrnimmt, bevor der Schmerz jeden Gedanken verdrängt. Sie stoßen ihn zu Boden, und dort schlagen sie auf ihn ein, wortlos, nur Antons Stöhnen ist zu hören und das erregte Keuchen seiner Peiniger.

«Hilfe.» Zu leise und zu spät formt Anton das Wort mit blutendem Mund. Er weiß nicht, was mit ihm geschieht, nur daß es so weh tut. Seine Hände, die ihn nicht schützen können, liegen auf seinem Gesicht, seine Beine sind angewinkelt, Anton spürt den Tod und findet ihn unverständlich, aber nicht schrecklich.

Ein Taxi fährt langsam vorbei, es hält nicht an, doch der Fahrer verständigt über Funk die Zentrale, die den Notruf an die Polizei weitergibt.

Kapitel 13

Alleinstehende Damen um die Vierzig sehen sonntags morgens nicht sehr sexy aus. Annas Augen sind angeschwollen (der Wein), und ihr Atem pfeift (die Zigaretten). Sie sitzt in ihrem Bett, schlürft geräuschvoll Kaffee und liest einen Krimi von Montalbán. Sein Detektiv ist nach ihrem Geschmack, aber eben eine Kunstfigur. Richtige Männer muß man erfinden, doch Annas Phantasien sind zur Zeit auf Vernichtung, nicht auf Schaffung programmiert. Und der Abend mit Anton Laubwitz, er war nicht eben der heterosexuelle Lichtblick ihres Lebens.

Sie versucht, sich an alles zu erinnern, was er ihr erzählt hat. Das Gedächtnis läßt nach, und nicht nur das. Da war diese Geschichte mit Babette, und die Sache mit dem Waffenhändler, wie hieß er noch…???

Das Schellen an der Tür ist laut und aufdringlich. Man könnte es ignorieren, aber Anna kann nicht. Sie hebt sich behäbig aus dem Bett, sucht in dem Chaos nach dem Morgenmantel, schlurft zur Tür.

«Ich kaufe nichts», sagt sie in die Sprechanlage. Per Knopfdruck hört sie die Stimme aus der Außenwelt. Sie sagt etwas, das nach Götterbote klingt. Hauptkommissar Hermes. Hermes?

«Ich bin nicht angezogen», sagt Anna in die Sprechanlage.

«Das macht gar nichts.»

Aber es macht ihm doch etwas aus, denn als er vor ihr steht, sieht er sie an, als sei sie das Schreckgespenst seiner schlaflosen Nächte.

«Noch nie 'ne ungeschminkte Frau gesehen?» Anna bedeutet ihm mit einer Handbewegung, einzutreten, schlurft voraus in ihr Schlafzimmer, knallt die Tür hinter sich zu. Ihre Stimme aus dem Schlafzimmer klingt aggressiv: «Während ich mich anziehe, können Sie mir erzählen, wo Sie Sybilles Leiche gefunden haben.»

Hauptkommissar Hermes steht etwas verloren in Annas Wohnzimmer, er hört das Knallen von Schranktüren, leise Flüche. Er ist zum ersten Mal in ihrer Wohnung, sieht sich neugierig um: Schwarzweiß sind die vorherrschenden Farben, ein paar schöne alte Möbel, die restauriert werden müßten, ein überdimensionaler Schreibtisch, moderne Sessel, die nicht zum Sitzen einladen. Und das Übliche: Bücherregal, Fernsehapparat, Stereoanlage. Die Lampen sehen teuer aus, aber insgesamt scheint die Marx ihr Geld nicht in Schöner Wohnen zu investieren.

«Ich hör nichts.»

Ihre Stimme ist noch rauher als sonst. Er verflucht seinen Bereitschaftsdienst, seine Idee, persönlich hierher zu fahren, sein zartes Verlangen nach einer Frau, die größer ist als er, zu fett und zu selbstbewußt. «Blank hat seine Frau als vermißt gemeldet. Aber natürlich haben wir ihre Leiche nicht gefunden.»

Anna öffnet die Schlafzimmertür. Sie trägt schwarze Jeans und einen schwarzen Pullover, der sehr weit ist. Sie hat ihre wilden Haare zu einem Pferdeschwanz gebunden, und ihr Gesicht sieht immer noch so aus, als habe sie eine Nacht lang durchgetrunken. Sie kommt auf ihn zu und mildert den verheerenden Gesamteindruck mit einem Lächeln.

«Was tun Sie dann hier? Wollen Sie mit mir frühstücken?»

Die Einladung ist leicht übertrieben: Anna hat nur Kaffee, altes Brot und Überreste von Käse in der Wohnung. In die Küche kann sie ihn auch nicht führen, sie trägt noch die Spuren der Nacht. «Kaffee?»

Gottlieb Hermes nickt und setzt sich in einen der unbequemen Sessel. Anna serviert ihm Kaffee, verschüttet ein wenig Flüssigkeit auf den Unterteller, blinzelt entschuldigend und setzt ihre Tasse mit leicht zitternden Händen auf den Glastisch. Während Hermes überlegt, wie er jetzt trinken soll, ohne weiteren Kaffee zu verschütten, setzt sie sich ihm gegenüber, die Beine übereinandergeschlagen, und sieht ihn erwartungsvoll an.

Diese Augen... sie sollte morgens dunkle Sonnenbrillen tragen. «Kennen Sie Anton Laubwitz?» fragt Hermes.

«Warum?»

Das macht sie immer, erst die Gegenfrage, dann der erstaunte Blick, dann schnelles Überlegen... Nach den Regeln seiner Kunst sollte er jetzt stur weiterfragen, aber er weiß, daß er der Marxschen Neugierde nicht gewachsen ist.

«Weil er tot ist. Innere Verletzungen... sie müssen auf ihn eingetreten haben wie die Verrückten. Man hat ihn heute morgen gegen zwei Uhr etwa in der Oxfordstraße gefunden. Und in seinem Notizbuch fand sich ein Vermerk, daß er den Abend bei Ihnen verbracht hat, Frau Marx.»

«Mein Gott.» Der Ausdruck ist passend im Angesicht des Todes, doch das Entsetzen hält sich in Grenzen. Jemand hat Anton totgeschlagen. Armer Anton: Zu mehr ist sie nicht fähig.

«Kennen Sie ihn schon länger?» Wie gut, das wagt er nicht zu fragen.

Ein Verhör, und Hermes ist die Situation nicht gerade angenehm, das merkt man ihm an. «Nein. Ich kenne ihn eher flüchtig. Ich hab ihn eingeladen, weil er ein Freund von Sybille Blank ist, war... aushorchen wollte ich ihn, das ist alles.» Warum sieht er sie so mitleidig an? Anna greift nach ihrer Krücke, der Zigarettenpackung. «Glauben Sie etwa, daß ich ihn erschlagen habe?»

Leicht erhobener Ton im letzten Satz. Hermes gibt ihr Feuer, zieht seinerseits Sonnenblumenkerne aus der Tasche. Die Frau macht ihn irgendwie nervös, das will er nicht näher analysieren. «Aber Sie hatten Streit mit ihm gestern abend.» Er steckt eine Handvoll Sonnenblumenkerne in den Mund. «Ich habe zufällig eine Nachbarin im Flur getroffen. Sie sagte, daß Sie nach Mitternacht Türen geknallt und Unflätiges im Treppenhaus gerufen haben, als Laubwitz ging. Sie haben Ihre Nachbarin damit aufgeweckt.»

«Meine Nachbarin schläft nicht. Entweder sie sieht fern oder sie schnüffelt im Haus rum.» Lebendig oder tot, der Zorn auf Anton kocht wieder hoch. Anna springt auf, zielt mit dem Finger auf Hermes. «Der Typ wollte sich bei mir trösten, wenn Sie verstehen, was ich meine, also habe ich ihn kurzfristig verabschiedet. Vielleicht hab ich ihm auch was Unnettes nachgerufen. Aber er war noch verdammt lebendig, als er ging.»

«In der Tat. Circa in der Höhe des Gerichts wurde er buchstäblich zu Tode getreten. Der Taxifahrer, der uns den Vorfall gemeldet hat, sah drei junge Männer weglaufen. Lederjacken und Stiefel, das war alles, was er erkennen konnte.»

Sowas passiert in Bonn doch nicht, denkt Anna in ihrem sozialen Elfenbeinturm. Neonazis? Skins? Die Begriffe kommen schnell, sie gehören schon zum Alltagsvokabular. Anton war Jude, aber was hieß das schon, das konnten die Schweine doch nicht wissen. Armer Anton, denkt Anna ein zweites Mal. Er war so ein Feigling, bestimmt hatte er nicht mal versucht, wegzurennen oder sich zu verteidigen.

Und du, Anna? Was würdest du tun? Ganz laut schreien, kämpfen, um Gnade winseln?

Hermes beobachtet sie. Sie sieht aus, als ob sie Angst hätte. «Wenn wir Pech haben, ist er zufällig gestorben.» Nein, der Ausdruck ist unglücklich, Hermes korrigiert sich: «Laubwitz war zufällig an einem Ort, an dem drei Idioten ihr Gewaltpotential austoben mußten. Wir werden also die entsprechende Klientel durchkämmen... und vielleicht werden wir zufällig fündig.»

Es klingt nicht vielversprechend: «Gibt's denn so viele von der Sorte in Bonn?»

Hermes zuckt die Achseln. «Grob geschätzt tausend, aber sie vermehren sich. Außerdem: Sie müssen ja nicht aus dem Bonner Raum kommen. Sie müssen überhaupt nicht aus der rechtsradikalen Szene kommen. Haben Sie irgendwelche Informationen, daß dieses Verbrechen kein... sagen wir mal... Zufall war?»

Sehr offiziell klingt das. Hermes sieht sie aus seinen blauen Augen durchdringend an, er kaut Sonnenblumenkerne und sieht ein bißchen aus wie der Nußknacker aus dem Nachlaß ihrer Mutter. «Sie meinen, ob Antons Tod mit dem Verschwinden von Sybille Blank zusammenhängt?»

Hermes seufzt: Schon wieder eine Gegenfrage. «Ich meine gar nichts. Wissen Sie was, was ich wissen sollte?»

Anna schüttelt langsam den Kopf. «Eigentlich nicht. Laubwitz war ein komischer Typ, ein bißchen verklemmt und ein bißchen aggressiv. Er hat Sybille wohl angebetet, und er behauptet natürlich, daß sie eine schreckliche Ehe geführt hat.»

Sind das nicht alle Ehen, denkt Hauptkommissar Hermes. Der gedankliche Ausrutscher in sein Privatleben mißfällt ihm, und er sagt schnell: «Es laufen die bei Vermißtenanzeigen üblichen Nachforschungen, aber...»

Er hat so eine nette Art, Hilflosigkeit vorzutäuschen, wenn er seine Schultern hebt, denkt Anna. «Waren Sie bei Blank?»

Hermes denkt: Sie glaubt, daß ich bei der Polizei für jeden Dreck zuständig bin. «Ich habe die Akte gelesen, die ein Kollege angelegt hat. Blank war wohl lange Zeit davon überzeugt, daß seine Frau in ihrem Haus in der Toskana ist. Seine Aussagen sind nachvollziehbar, aber...»

Sätze, die nicht mit Ausrufungszeichen, sondern mit Zweifeln enden, findet Anna sehr sympathisch. Hermes scheint weder von sich noch von der Welt überzeugt zu sein, das läßt auf eine verwandte Seele schließen. Vielleicht könnte man ihn ganz beiläufig über perfekte Morde aushorchen, überlegt Anna. Vielleicht sollte sie sich vorher etwas schminken… «Haben Sie Lust, mit mir am Rhein spazierenzugehen? Ich erzähl Ihnen, was Laubwitz so alles von sich gegeben hat, und Sie erzählen mir, was man im Fall Blank unternehmen könnte. Außerdem ist es ein so schöner Tag.»

In der Tat, er hat es noch nicht wahrgenommen, aber draußen scheint die Sonne, und die Marx lächelt ihn an. Ihr Mund ist sehr schön, man darf nur nicht zu weit nach oben sehen und… «Eine Stunde hätte ich schon Zeit.»

Anna springt auf. «Ich richte mich nur etwas, dann können wir…»

Als Anna aus dem Zimmer ist, spuckt Hermes seine Sonnenblumenkerne mit Zielsicherheit in Annas großen schwarzen Abfallkorb neben dem Schreibtisch. Er kann nicht wissen, daß sie darin ihre ungeputzten Schuhe verwahrt. Schließlich kennt er sie kaum, aber er würde sie gerne kennenlernen. Ein Satz mit Ausrufungszeichen.

Kapitel 14

Evangelista serviert Steaks mit Pommes frites. Sie lächelt und setzt sich zu den beiden Männern an den Tisch.

«Jonathan schläft», sagt sie mit mütterlichem Gesichtsausdruck, und Hubert Blank denkt, daß sie ihre neue Rolle als einzige Frau des Hauses sehr zu genießen scheint. Selbst ihre Kochkünste haben sich verbessert, das Steak ist leidlich zart, auch wenn Fabian es mit angewidertem Gesichtsausdruck in sich hineinschaufelt. Sein Sohn hat schreckliche Tischmanieren, seit Sybilles Abgang benimmt er sich wie ein störrisches Findelkind, und sein ohnehin sparsamer Wortschatz hat sich auf Grunzlaute reduziert.

Mein Sohn, denkt Hubert Blank, und erinnert sich an zärtlichere Zeiten, an ein zumindest harmonisches Familienleben, das mit Lydias Tod zu Ende gegangen war. Wie unfair von Sybille, Fabian zurückzuweisen, auch ihn zu bestrafen, so als ob der Junge irgendeine Schuld trüge. Und Fabian zog sich zurück in diesen Tagen, in seine eigene Welt, von der sein Vater keine Ahnung mehr hat. Und Sybille zog sich zurück und trieb ihn in die Arme anderer Frauen. So war das und nicht anders.

«Schmeckt es?» Evangelista fischt nach Komplimenten und erntet Huberts knappes «Ja». «Iß nicht soviel Pommes frites, das ist nicht gut für den Teint», sagt er zu seinem Sohn, dessen Pickel ihn irritieren bis anekeln.

Fabian ignoriert ihn, spießt drei Pommes frites auf und schiebt sie in den Mund. Er sieht Evangelista herausfordernd an.

«Dein Vater meint es gut», sagt sie. Sie sagt es in einem Ton der harmoniesüchtigen Frau und Mutter. Sie findet das Schweigen am Tisch schrecklich. Bei ihr zu Hause, da war es nie still, und Essen war ein Fest für alle, bei dem viel gelacht und geredet wurde. Der Junge ist so undankbar, er hat doch alles, denkt sie wütend. Seit Sybille nicht mehr da ist, hat sich Fabians Verhalten ihr gegenüber verändert. Er begreift nicht, daß sie jetzt Sybilles Stelle einnehmen muß. Sie ist nicht mehr der *underdog*, den er mitleidig mochte. Sie ist jetzt sozusagen die Frau des Hauses, wer sollte sich sonst um die drei Männer kümmern. Sieht er denn nicht, wie sehr sie sich bemüht, alle glücklich zu machen?

Hubert Blank schiebt seinen Teller weg. Evangelista steht sofort auf und räumt ab. «Was wünschst du dir zum Geburtstag?» fragt er seinen Sohn, diese Frage wird er wohl nicht ignorieren.

«Einen neuen Computer. Die Unterlagen liegen schon auf deinem Schreibtisch.» Fabian sieht seinen Vater mit einem Ausdruck unendlicher Überlegenheit an. Friß oder stirb, sagt sein Gesicht. Er sieht, wie Hubert an dem fetten Bissen kaut, den er ihm vorgeworfen hat. Und er kann dessen Gedanken lesen: undankbar, unmäßig, unmöglich. Seines Vaters Blicke wandern zu Evangelista, die die Spülmaschine füttert. Er findet meine Pickelfresse unerträglich, denkt Fabian. Sein Vater, der Ästhet: Wie er Sybille immer kritisiert hatte, wenn ihre Erscheinung nicht seinen Ansprüchen entsprach. Bei seinen Freundinnen ist er weniger wählerisch gewesen.

Man sollte nicht soviel über andere wissen, denkt Fabian. Es gibt zwei Dinge in seinem Leben, die er bereut: Er hätte besser auf seine Schwester achtgeben müssen, und er hätte Huberts Arbeitszimmer nicht verwanzen sollen. Eines Tages, wenn ich von hier weggehe, werde ich es ihm sagen, daß ich all seine kleinen und großen Geheimnisse kenne, oder zumindest fast alle, denkt er, und weiß nicht genau, ob er diese Szene genießen oder schrecklich finden wird.

Komisch, daß er Sybille kaum nachspioniert hat. Er hat sozusagen ihre Trauer respektiert, er wollte nicht mehr über sie wissen, als sie ihm zu geben bereit war. Und dennoch erfuhr er zuviel über sie. Komisch auch, wie er sie vermißt. Die Szenen, die sie oft machte, selbst die fehlen ihm, jetzt wird alles schweigend übergangen. Niemand mehr, der ihn anschreit, weil er spät nach Hause kommt oder laute Musik macht. Keine Sybille, die wenigstens an manchen Tagen stundenlang in der Küche steht und mit angewidertem Gesicht wundervolles Essen serviert. Nur Evangelista ist geblieben – und die Lautlosigkeit dieses Hauses, die sein Schweigen absurd erscheinen läßt. Niemand mehr, der Hubert in seine Schranken weist.

«Möchte noch jemand Nachtisch?» Evangelista hat eine sehr leise Stimme, aber ihre Worte hallen in der Großraumküche.

«Du weißt doch, daß der Junge keine Süßigkeiten essen soll.» Hubert tupft sich mit der Serviette seinen Mund ab, steht auf. «Ich bin im Arbeitszimmer.»

Er haßt es, wenn er ihn vor Evangelista «Junge» nennt. «Hat die Polizei was herausgefunden?» Fabian ist entzückt darüber, daß sein Vater und Evangelista zusammenzucken. Er sitzt ganz lässig da und sieht seinen Vater aus zusammengekniffenen Augen an. Der Augenblick seines Triumphes wird durch Jonathans Schreien unterbrochen, auf das Evangelista mit einem Blitzstart ins Kinderzimmer reagiert. Hubert wartet, bis sie die Treppe hochgegangen ist. «Evangelista hat es schwer genug, du mußt sie nicht noch quälen», erwidert er barscher als beabsichtigt. «Aber um deine Frage zu beantworten: Nein. Hat sie nicht. Es laufen die üblichen Nachforschungen, und ich werde dich selbstverständlich informieren, wenn es etwas Neues gibt.»

Fabian findet die ministerialen Wendungen gräßlich und setzt noch einen drauf: «Ich vermisse sie sehr. Du nicht?»

Es ist ein Augenblick, um Mauern niederzureißen. Doch der Augenblick verstreicht ungenutzt, als Hubert «Natürlich, sicher doch» murmelt und die Küchentür hinter sich zuzieht. Er weiß, er hätte es anders sagen sollen, mit mehr Trauer und mehr Liebe. Doch als er sich an seinen Schreibtisch setzt und die Computerunterlagen sieht, kommt der Zorn wieder hoch. Achttausend Mark soll Fabians Geburtstagsgeschenk kosten. Was denkt sich der Junge eigentlich? Es ist Sybilles Schuld: Sie hat die Mängel dieser Familie immer mit materiellen Dingen wettmachen wollen und nicht nur die eigenen Ansprüche rücksichtslos durchgeboxt. Daß seine Erbschaft dabei draufging, war ihr egal. Und wie er den Lebensstil der Familie finanzierte, darum kümmerte sie sich einfach nicht. Männersache: Die Rolle der nicht-emanzipierten höheren Tochter spielte sie mit perfektem Selbsthaß. Und wie sagte sie immer? Qualität hat ihren Preis. O ja, denkt Hubert, und er wünschte jetzt, sie stünde vor ihm, damit er ihr sagen könnte, wie hoch der Preis ist.

Bei ihrem letzten Treffen hatte sich Kolofskys Verhalten subtil, aber unmißverständlich geändert. Ihre Bekanntschaft, die sich auf Respekt gründete und das Verfolgen eines gemeinsamen Zieles, schien plötzlich in ein Abhängigkeitsverhältnis abzudriften, und Kolofsky ließ keinen Zweifel daran, wer jetzt wen in der Hand hat. Er verlangte von ihm, daß er den Bericht an den Minister fälscht. Nein, das war zu hart gesagt: Kolofsky deutete an, daß gewisse Nachteile der V-12-B gegenüber der Konkurrenz keine Erwähnung finden sollten. Konkret gesagt die Kosten der Ersatzteile, die nach Huberts Meinung stark überteuert sind. Kolofsky widersprach diesem Vorhalt keineswegs, aber er machte deutlich, daß die versteckten Folgekosten, die Hubert nicht entgangen waren, in dem Bericht nichts zu suchen hatten.

«Dieser lächerliche Punkt könnte die Entscheidungsfindung in einem Maße beeinflussen, das *wir* nicht für wünschenswert halten.» O-Ton Kolofsky.

Dieser lächerliche Punkt kostet Milliarden. Hubert Blank ist im Gegensatz zu Kolofsky nicht davon überzeugt, daß er der einzige ist, der die raffiniert getarnten Kosten entdeckt. Das hat er ihm auch gesagt, und Kolofsky hatte lauthals gelacht. «Na wenn schon. Dann kann man Ihnen allenfalls vorwerfen, daß Sie etwas übersehen haben. Eine Bagatelle, Blank. Ich finde es nicht sehr loyal der Sache gegenüber, daß Sie diese Kleinigkeit so aufbauschen.»

Eine Bagatelle? Der Mann hat keine Ahnung, wie es in einem Ministerium zugeht, denkt Blank in einem eher seltenen Anflug von Selbstmitleid. Flog die Sache auf, so würde man ihn kaltstellen. Keine interessanten, verantwortungsvollen Projekte mehr, keine Reisen, keine Spesen. Aber natürlich war es möglich, daß niemand etwas bemerkte. Vielleicht sollte man in dem Bericht eine zarte Andeutung machen, nur zur Absicherung – und dann sozusagen das Schicksal entscheiden lassen? Schließlich: Der Bericht würde ja nicht auf direktem Weg dem Minister zugehen, sondern noch drei übergeordnete Stellen passieren, die ebenfalls Schicksal spielen könnten.

Er beginnt, sich mit diesem Gedanken anzufreunden. Nicht nur, weil er ihn vor einer klaren Entscheidung bewahrt, sondern auch, weil er damit seine Selbstachtung bewahren kann. Jawohl. Er ist nicht illoyal. Er steht zu seinen Zielen, wie er es Kolofsky gegenüber formuliert hat. Und er ist kein Betrüger. Er überläßt es seinen Vorgesetzten, diesen Bericht zu interpretieren und zu werten, und in ihrer Verantwortung wird es liegen, seinen Erkenntnissen zu folgen oder zwischen den Zeilen zu lesen und weitere Unterlagen anzufordern...

Mit diesen Überlegungen hat er seine Nachgiebigkeit gegenüber Kolofskys Forderungen sozusagen im nachhinein sanktioniert. Und sich des Vertrauens würdig erwiesen, das der Mann ihm entgegenbrachte, denn er hatte ihm ein Geschenk gemacht, das er angesichts seiner finanziellen Lage nicht ausschlagen kann. Hubert weiß, wie lächerlich diese Summe von fünfzigtausend Mark ist angesichts dieses Milliardenprojektes. «Peanuts», wie Kolofsky sagen würde. Der Mann ist ein wenig vulgär und von schrecklicher Gestalt, aber er ist überaus zielstrebig, clever, der Typ des Siegers, ein Mann, der über Leichen geht. Bildlich gesprochen.

Die Assoziation bringt dennoch Sybille in diesen Raum. Hubert sieht sie vor sich, wie sie neugierig ihre Nase in die Tür steckt, ihn spöttisch nach seinem Befinden fragt und so tut, als könne sie seine geheimsten Gedanken lesen. Manchmal machte sie merkwürdige Andeutungen über seine «Geschäftsbeziehungen», obwohl er nie mit ihr darüber gesprochen hatte. Er hatte es ignoriert, so wie ihre ständig steigenden Ansprüche ans Leben überhaupt.

Glück? Dieser Laubwitz, diese Schießbudenfigur, das war ja wohl der Gipfel ihres Selbstbetrugs gewesen. Was glaubte sie denn, was sie damit erreichen würde? Seine Eifersucht? Besitzansprüche? Die große Versöhnung nach so vielen bitteren Jahren? Daß es zu spät sei, war ein Satz, der Sybille nie erreicht hatte. Sie hatte einfach nicht begreifen wollen, daß alle Züge abgefahren waren und sie auf dem Abstellgleis einer traurigen Ehe stand. Oder glaubte sie etwa, er hätte ihr das Haus im Falle einer Scheidung überlassen? Das Haus seiner Eltern?

Jetzt, aus der Distanz von fünfunddreißig Tagen, erkennt er ihren Kardinalfehler: Sybille hat nie abstrakt denken können, sondern sie hat aus dem Bauch, sie würde es Herz genannt haben, überlegt, gesprochen und gehandelt. Gnadenlos verfolgend, was sie Glück nannte, hatte sie die Familie terrorisiert, ihm noch ein Kuckucksei ins Nest gelegt, bildlich gesprochen, denn Jonathan ist sein Kind, diese Nacht hatte sie vorzüglich arrangiert, um ihm hinterher vorzuwerfen, daß er sie vergewaltigt habe. Die Fähigkeit, die Wahrheit zu verdrehen, war immer eine ihrer großen Stärken gewesen, das Kernstück unendlicher, unbefriedigender Streitereien. Und begonnen hatte die Entfernung von der Realität mit Lydias Tod und Sybilles Unfähigkeit, einen Schicksalsschlag zu akzeptieren.

Sie war eine schlechte Ehefrau und eine schlechte Mutter: Hubert Blank ist überzeugt davon, seine Kinder zu lieben, aber eben anders als Sybille, nicht so hemmungslos emotional, nicht mit Sentimentalität, die aus Dummheit geboren ist. Er hat auch gelitten, als die Kleine starb. Aber er hat weitergelebt, kraft seiner Vernunft und seines Willens, zu vergessen. Auch dies war ihr nie möglich – zu vergessen und zu verzeihen.

Merkwürdig, daß er selten so intensiv über seine Frau nachgedacht hat. Hubert meint, daß er sie in den letzten Jahren einfach hingenommen hat, wie eine unvermeidbare Katastrophe, wie Lydias Tod oder das qualvolle Dahinsiechen seiner Mutter. So wie Fabians Schweigsamkeit und Evangelistas hirnloses Zwitschern. Es ist alles in Ordnung, solange die Fassade hält. Und er wird Fabian seinen Computer schenken, warum nicht, wenn er damit den häuslichen Frieden erkaufen kann. Auch Evangelista würde er beschenken, ein Schmuckstück vielleicht oder einfach einen Scheck, um Fabians spöttischem Lächeln zu entgehen.

Sybille hatte zu ihren Geburtstagen immer ein Schmuckstück erwartet und auch bekommen. Merkwürdig eigentlich, daß Kolofsky nie nach seiner Frau fragte. Der Mann ist doch so gut informiert, der muß doch wissen, daß sie vermißt wird. Hubert Blank läßt die Frage unbeantwortet, weil das Telefon läutet. Er hebt nach dem ersten Klingelton ab, das tut er immer, und er meldet sich mit seinem vollen Namen. Er verzieht das Gesicht, denn Babette Hönig um zehn Uhr abends am Telefon läßt Böses erwarten. In der Tat schlägt sie vor, ihn zu besuchen, faselt etwas von Einsamkeit und daß er des Trostes bedürfe. Das ist komisch, aber er lacht nicht, sondern erklärt ihr in wohlgesetzten Worten, daß er müde sei, abgespannt nach einem anstrengenden Arbeitstag. Er würde sie anrufen. Sie ist enttäuscht, vielleicht auch böse, doch er gähnt ins Telefon, sagt ein bestimmtes «Gute Nacht» und legt auf.

Hubert Blank ist davon überzeugt, daß Frauen unfähig sind, eine

Affäre anständig durchzuziehen. Vor allem deshalb, weil ihre Fähigkeit zum Selbstbetrug so groß ist wie ihr Kinderglauben an die Liebe. Und die arme Babette erscheint ihm als Paradebeispiel für die Inkonsequenz weiblicher Gefühlswelt. Es hat ihm durchaus Vergnügen bereitet, sie zu verführen, doch ihre unbeugsame Leidenschaft irritiert ihn zusehends. In Babettes Alter Liebesgedichte zu schreiben, das ist doch lächerlich.

Mit seinem Schlüssel öffnet er die Schublade, in der Babettes Gedichte, seine wichtigsten Papiere, seine Pistole und die beiden falschen Pässe liegen. Die Gedichte sind von ekelhafter Sentimentalität, und er zerreißt die engbeschriebenen Seiten in feine Schnipsel, die Evangelista nicht mehr identifizieren könnte. Dann streichelt Hubert Blank seine Pistole, die er durchaus als eine Art Statussymbol betrachtet, ebenso wie die beiden Pässe, die diejenigen Beamten erhalten, die in geheimen Missionen außer Landes reisen müssen. «Friedrich Marx» und «Karl Engels» sind die Namen, die er sich ausgesucht hatte, in ironischer Anlehnung an längst vergangene Zeiten und Überzeugungen. Glühende Ideologien sind ihm heute ein Greuel. Seine derzeitige Befindlichkeit ist maßvolle Lebensgier, gepaart mit dem Wissen, daß die letzten Jahrzehnte nichts mehr Neues bringen werden. Und was die Frauen anbelangt: Er hat sie immer gebraucht für die Bestätigung seiner Männlichkeit, aber sie alle haben mehr von ihm gewollt, als er ihnen geben konnte. Alle.

Friedrich Marx und Karl Engels: Die Leute vom Nachrichtendienst hatten zwar gestutzt, aber seinen Wünschen bezüglich der Pässe entsprochen. Es war, soweit er sich erinnern kann, seine letzte dienstliche Verrücktheit. Lange her. Seitdem war es – dienstlich – nur noch aufwärts gegangen, die Projekte wurden wichtiger und damit seine Person, und er genießt es durchaus, daß man ihn in seinen Kreisen für wichtig nimmt und hofiert, jawohl, soviel darf man vor sich zugeben.

Vielleicht wäre alles anders gekommen, wenn Sybille gearbeitet und von draußen Selbstbestätigung erhalten hätte. Vielleicht.

Hubert Blank verschließt seine Schublade, in deren hinterster Ecke Pornobücher liegen. Er löscht das Licht auf seinem Schreibtisch und verläßt sein Arbeitszimmer. Das Haus ist still, als er in sein Schlafzimmer geht. Er sieht Licht in Fabians Zimmer und widersteht einem halbherzigen Wunsch, mit seinem Sohn zu reden. Kein Laut kommt aus Jonathans Raum, der früher Lydia gehört hat.

Auch Evangelista scheint zu schlafen, er hört sie nirgendwo mehr rumoren, die ebenso unwichtige wie unentbehrliche Frau seines Hauses. Im Schlafzimmer, das jetzt ihm allein gehört, muß er nicht mehr halbe Nächte diskutieren, streiten, sich durch Angriff verteidigen. Angenehme, einschläfernde Ruhe erfüllt ihn mit Wohlbehagen und vorübergehender Zufriedenheit. Evangelista hat ihm den seidenen Pyjama aufs Bett gelegt, eines von Sybilles phantasielosen Geschenken. Evangelistas Fürsorglichkeit, an die er sich sehr gewöhnt hat, gilt sein vorletzter Gedanke beim Einschlafen. Sein letzter: Man darf auch dieser Frau nur den kleinen Finger geben, niemals die ganze Hand.

Kapitel 15

Friedwald Kössler und Ministerialdirektor Klaus Wertheim sind ein Paar, das sich nicht aus Neigung, sondern aus Notwendigkeit gefunden hat. Der alte, eitle Journalist und der alte, eitle Beamte haben wenig gemeinsam außer Existenzangst und Selbsterhaltungstrieb. Beides hat mit Hank Kolofsky zu tun, genauer gesagt mit jenem Dokument, das dieser Kössler zur öffentlichen Hinrichtung Wertheims übergeben hat.

Es ist gefälscht. Kössler hat es geahnt und ist damit zu Wertheim gegangen. Der Ministerialdirektor hat sich erst geziert, ihn zu empfangen, änderte seine Meinung bei der Erwähnung des «Konservativen Gesprächskreises», und nun sitzen sie bei einer Flasche Wein in Wertheims Haus und beschnuppern einander wie mißtrauische Hunde. Für Wertheim ist Kössler ein Typ, der bei Hofe durchfallen würde. Journalisten hält er gemeinhin für unseriös. Selbst die konservativsten Leitartikler der *FAZ* sind ihm suspekt und von jenem Geist falsch verstandener Objektivität durchdrungen, den er bei politischen Kommentatoren verabscheut.

«Man muß doch in diesen Zeiten Flagge zeigen», sagt er zu Kössler, der Wertheim als ein sich maßlos überschätzendes Arschloch einschätzt. Was Wertheim mit «Flagge zeigen» meint, ist ihm durchaus klar. Doch was Kössler verabscheuungswürdig findet, muß er noch lange nicht ahnden, wenn es ihn seine Karriere kosten kann. Er ist verunsichert, fühlt sich von Kolofsky betrogen und sucht nach neuen Wegen der Selbstbehauptung.

«Eine unbrauchbare Fälschung», schnarrt Wertheim, nachdem er die Kopie eingehend studiert hat. Kössler bestätigt, daß auch er diesen Verdacht hegte, und harrt nun der Erklärung. Er hat Duftmarken gesetzt, das Papier präsentiert und bei einer entsprechenden Erklärung Wertheims zugesagt, seinen Informanten zu verraten. Nun ist Wertheim dran.

«Ich bin kein Gründungsmitglied.» Klaus Wertheim mustert sein Gegenüber mit einschüchterndem Blick. «Ich bin später dazugestoßen, die Fälschung meiner Unterschrift läßt sich durchaus beweisen.» Das Funkeln in Kösslers Augen richtig deutend, fügt er hinzu: «Dieser Kreis, mein Lieber, setzt sich aus honorigen, einflußreichen *und* durchaus demokratisch gesinnten Freunden zusammen. Er hat weitreichende Verbindungen – auch in Politik, Wirtschaft und Medien. Glauben Sie einem alten Mann: Es wäre ein fataler Fehler, sich leichtfertig und unvorbereitet mit diesen Leuten anzulegen.»

«Eine Art Geheimloge?» Kössler grinst, aber sein Lächeln trägt Spuren der Unsicherheit.

«Seien Sie nicht albern. Nennen wir es eine lockere Interessengemeinschaft gleichgesinnter Patrioten. Ihre Kopie entspricht im übrigen dem Original – aber niemand hat das Original unterschrieben, insofern ist Ihr Papier nichts wert. Wenn Sie Namen nennen, werden Sie Schwierigkeiten bekommen, Kössler.»

Die Arroganz erbost ihn. «Glauben Sie im Ernst, daß ich mich einschüchtern lasse?»

Wertheim leistet sich ein überlegenes Lächeln. «Bestimmt nicht von mir. Ich habe gestern die Mitteilung meiner frühzeitigen Pensionierung erhalten. Nein, lieber Kössler, ich erkenne nur an Ihrer Initiative, daß Sie ein erfahrener und verantwortungsbewußter Vertreter Ihres Standes sind. Sie sind doch zu mir gekommen, weil Sie keinen Fehler machen wollen.»

«Ich mache nie Fehler», erwidert Kössler. Er will keinen Zweifel daran lassen, daß in diesem Gespräch er der Überlegene ist. Daß Wertheim so cool auf das Papier reagiert, ärgert ihn über alle Maßen. Der Frühpensionär müßte ihn jetzt anflehen, nichts über seine Faschistengruppe zu schreiben, statt dessen versucht er, mit ihm zu spielen. «Die Information ist durchaus von öffentlichem Interesse, lieber Wertheim.»

Bonn wird von vielen Ministerialdirektoren dirigiert, die ihr Orchester besser kennen und beherrschen als ihre Vorgesetzten. Klaus Wertheim gibt den Taktstock nur ungern aus der Hand, doch er hat für die alten Tage längst vorgesorgt und Beziehungen zu einem europäischen Rüstungskonzern vertieft, der interne Berater mit guten Kontakten fürstlich zu honorieren pflegt. Dies und seine Funktion im «Gesprächskreis» lassen die Zukunft keineswegs grau erscheinen. Und was Kössler betrifft: Er weiß längst, aus welcher Quelle der alte Knabe schöpft. Kolofsky hat das Papier von Ministerialrat Blank, den einer der Kameraden zu einem Treffen mitgebracht hatte. Blank hatte Interesse bekundet, und Wertheims Warnungen bezüglich eines Mannes mit marxistisch-sozialistischer Vergangenheit hatte man ja in den Wind geschlagen. Ein höchst überflüssiger Lapsus, den man sich da geleistet hatte. Blank, bekanntermaßen ein Verfechter der V-12-B-Lösung, war mit dem Papier zu Kolofsky gelaufen, und der hatte eine Chance gewittert, über den «Gesprächskreis» die Lobbyisten des J-2000 auszuschalten. Gut gedacht, aber infolge der Fälschung der Unterschriften ein Rohrkrepierer. Der gute Kolofsky konnte sich nicht von seinen kriminellen Neigungen lösen, das würde ihm eines Tages das Genick brechen.

Wertheims Schweigen irritiert Kössler, der mit den Fingern auf den Eichenholztisch trommelt. Er glaubt, daß der alte Mann Erinnerungen an bessere Zeiten nachhängt und nebenbei überlegt, wie er ihn beruhigen könnte. «Sind Sie nun bereit, mir Informationen über den Gesprächskreis zu geben – oder nicht? Ziele, Aufgaben, Mitglieder, Strukturierung...Sie wissen schon...»

Wertheim beugt sich vor: «Ich mache Ihnen einen Vorschlag, über den Sie in Ruhe nachdenken sollten: Als Gegenleistung dafür, daß Sie die Recherchen über unsere kleine Gesprächsrunde noch eine Zeitlang zurückstellen, werden wir Sie mit Top-Informationen aus dem politisch-militärischem Bereich versorgen. Und wenn ich sage Top-Informationen, dann meine ich das auch so.»

Friedwald Kössler bemüht sich um ein Pokerface mit vier Assen. «Ein Beispiel?»

Sein Gesprächspartner hat es längst parat, gibt jedoch vor, zu überlegen: «Wie wäre es für den Anfang mit...einem hausinternen Bericht über Korruptionsfälle, der Ihnen zugespielt würde? Es versteht sich ja wohl von selbst, daß im Falle einer Zusammenarbeit Ihre Quellen geheim bleiben.»

«Selbstverständlich.» Der Journalist empfindet diese Bemerkung als überflüssig, das Angebot jedoch sehr verlockend. Statt einem Exklusivbericht viele, viele Artikel, die ihm quasi zufliegen… Er schließt seine Augen, gibt vor, tief nachzudenken. Er öffnet sie: «Ich will es mir überlegen, Herr Dr. Wertheim. Geben Sie mir zwei Tage.»

«Einen Tag.» Fische, die an der Angel zappeln, müssen frisch verspeist werden, denkt Wertheim und steht auf, um seinem Gast zu bedeuten, daß die Audienz beendet ist. Er geleitet Kössler zur Tür, um erst dort seinen letzten Pfeil abzuschießen. «Ich habe übrigens gehört, daß Sie passionierter Sportflieger sind. Ein Bekannter von mir ist in der Branche tätig, und wenn Sie Interesse haben, neue Typen zu fliegen, könnte ich da durchaus ähh… vermitteln.»

Ritsch. Er spürte förmlich, wie der Haken in das gierige Maul eindringt und sich im Gehirn festsetzt. Kössler verabschiedet sich mit einem beinahe strahlend zu nennenden Gesicht und verspricht, am nächsten Morgen anzurufen. Er pfeift, als er zu seinem Auto geht.

Wertheim sieht ihm nach, bevor er bedächtig die schwere Haustür schließt. Er ist Witwer, kinderlos, und er hat nicht viele Passionen im Leben. Eine davon ist die Politik, die andere der Sieg seines brillanten Geistes über die Durchschnittsintelligenz seiner Mitmenschen. Während er die Weinflasche und die Gläser abräumt und in die Küche trägt, denkt er über notwendige Strategien nach, die Kolofsky und Blank betreffen. Natürlich sollte man Verräter erschießen, aber in diesen Zeiten empfehlen sich andere Vernichtungswaffen. Er zweifelt keinen Augenblick daran, daß er die richtigen finden wird.

Kapitel 16

Anna sollte längst bei einem Empfang sein, doch sie wartet in ihrem Wagen unweit des Blankschen Anwesens auf Fabian, der um diese Zeit aus der Schule kommen sollte. Nicht direkt vor dem Gartentor steht sie, sondern um die nächste Ecke. Sie raucht ihre dritte Zigarette, denn Anna haßt Warten. Ganz besonders, wenn sie mit ihrem Einkaufswagen in einem Supermarkt steht, ausgerechnet in der Schlange mit der langsamsten Kassiererin und den umständlichsten Kunden. Sie hat eine kurze und unwichtige Periode des Skilaufens beendet, weil sie es nicht ertragen konnte, vor Skiliften anzustehen und mit Stöcken, Skiern und Ellbogen die drängelnden Skiterroristen abzuwehren. Das war noch in Zeiten, in denen Anna versuchte, Sport zu treiben. Einige Jahre her; das Tennisspielen gab sie auf, weil der Lehrer ihr glaubhaft versicherte, daß sie das Ballgefühl eines blinden Huhns habe.

Was man nicht kann, muß man abwerten. Zu Annas brüchigen Überzeugungen gehört die strikte Ablehnung jeglicher körperlichen Betätigung mit Ausnahme von Sex.

Sex as Sex can... Man kann es auch zu zweit treiben, denkt Anna, aber die Aussichten sind trübe. Man kann doch nicht allen Ernstes eine Affäre mit einem Mann beginnen, der Gottlieb heißt. Hauptkommissar Gottlieb Hermes ist überdies verheiratet. Ihn scheint das nicht zu stören, während Anna Ehebrüche als schmerzhaft empfindet. Nicht noch einmal erleben, als Reserverad auf den Schrottplatz geworfen zu werden. Nicht noch einmal so ein Brief, so ein Abschiedsbrief, den man wutentbrannt zerreißt, um ihn dann Wort für Wort wiederzukäuen, nur weil man immer noch hofft, daß irgendeine Interpretation irgendeines Wortes doch noch eine Hintertür bietet. War nicht. Ist nicht. Anna raucht ihre vierte Zigarette und wartet auf Fabian Blank.

Hermes ist nett. Wenn es nur einen Mann auf der Welt gibt, der dich begehrenswert findet, kommst du nicht umhin, ihn nett zu finden. Er hat ihr nicht viel erzählen können, was Sybille Blank anbetrifft, die ihn im übrigen nicht zu interessieren scheint - tot oder lebendig. Anna hat ihm alles erzählt, was sie von Anton Laubwitz weiß. Und dann, als er über seine Ehe lamentieren wollte, hat Anna ihn geschickt abgelenkt und das Thema auf den perfekten Mord gebracht.

Hauptkommissare leiden nicht an überschäumender Phantasie. Ein gut getarnter Unfall ist Hermes' Idee des perfekten Mordes, wenn man nicht gerade den Traumberuf eines Arztes ausübt. «Ich würde mit ihr ins Gebirge fahren, an irgendeinen Ort mit plausibler Absturzgefahr, Segeln ginge auch, und dann den entscheidenden Stoß geben. Sehr schwer zu beweisen, daß es kein Unfall war.» Sagte Hermes, und er sprach immer von «sie» und «ihr» in bezug auf das Mordopfer, so daß Anna sich recht gut vorstellen konnte, in welchem Zusammenhang er seine Mordphantasien entwickelte.

Ihren Einwand, daß man dafür das potentielle Opfer doch sehr gut kennen müsse, konterte er sofort: «Es nicht zu kennen, ist doch noch besser. Dann muß man sich die Zeit nehmen, das Opfer zu beobachten, ihr zu folgen, und dann, im geeigneten Moment, spontan handeln.»

«Und wenn man das Opfer ein bißchen kennt?» hatte Anna gefragt, und er hatte sie sehr, sehr mißtrauisch angesehen und das Thema gewechselt. Nicht sehr ergiebig, ihre Recherchen in eigener Sache. Woher sollte sie die Zeit nehmen, Philipp zu beschatten? Und überhaupt würde der sie sofort entdecken, so wie sie gebaut ist. Einen Detektiv anheuern? Anna denkt an Hermes' Worte: Keine Mitwisser in Mordgeschichten, sowas muß man ganz alleine und verschwiegen durchziehen.

Dennoch findet Anna die Highsmith-Geschichte immer noch sehr attraktiv, die Story der beiden Fremden, die jeweils für den anderen einen Mord begehen, scheinbar Morde ohne Motiv. So wie der Mord an Anton... So furchtbar einfach: Man stellt sich nachts an eine Ecke und drischt auf jemanden ein...

Annas Schaudern über Antons Ableben vermischt sich mit der Erkenntnis, daß es für das Opfer letztlich keine Rolle spielt, ob man es nun brutal erschlägt oder elegant in den Abgrund stößt. Der Unterschied ist nur beim Täter auszumachen, bei seinen Motiven: blinde, ziellose Gewalt oder überlegte, zielgerichtete Rache. Letzteres, so meint Anna bar jeglichen juristischen oder moralischen Denkens, ist die entschuldbarste Form des Verbrechens. Klassisch. Alttestamentarisch fast. Anna denkt an «Zahn um Zahn» und verspürt dabei einen ziehenden Schmerz in ihrer rechten Backe.

Ihre präventiven Theorien der Absolution werden durch Fabians Auftauchen jäh unterbrochen. Er schlendert auf das Auto zu, eine Schultasche lässig im Arm, von weitem noch ein sehr attraktiver junger Mann, beim Näherkommen ein Pubertätsopfer. Fabian bleibt neben Annas Auto stehen, und sie öffnet die Wagentür, wobei sie einen Muskel im Kreuz strapaziert. Alte Damen sollten Autos mit Komfort fahren.

«Kein Zufall?»

Anna schüttelt den Kopf. «Sollen wir eine kleine Fahrt machen? Ich lad dich zum Essen ein.»

Beides recht verlockend. Fabian streichelt den Jaguar und denkt an Evangelistas Einheitsfraß. Er liebt sie, aber kochen kann sie wirklich nicht. Er steigt ein, wirft die Schulmappe auf den Rücksitz. «Wohin?»

«Wohin du willst.»

«Zum Japaner», sagt Fabian.

Sie bestellen Sushi und Tempura, was Europäer beim Japaner so essen. Fabian trinkt Bier, Anna eine Weinschorle. Fabian erzählt ihr in äußerst knappen Worten, daß er Japanisch lernen und später in Tokio studieren möchte, weil er die japanische Lebensart und Philosophie gut findet. «Die bringen es», sagt Fabian, und Anna gibt sich mit der Vereinfachung seiner Verehrung zufrieden. Aus Fabians spärlichen Informationen fügt sich ein Zukunftsbild, das aus Sushis, einer japanischen Frau, einem alten Jaguar und einem Managerjob in der Elektronikindustrie besteht. Wenn Anna bei einem Sushi mit rohem Lachs die Augen schließt, sieht sie einen Kirschbaum vor sich, der mit Wanzen gespickt ist.

«Find ich geil», sagt Anna, als sie die Augen wieder öffnet.

«Das Wort ist out», erwidert Fabian und zielt mit seinen Stäbchen auf Annas Kopf.

Hör auf, ihm um den Bart zu gehen, Anna, frag ihn direkt: «Wieso hast du gesagt, daß Sybille nicht wiederkommt?»

Fabian klaut ihr das letzte Stück mit Lachs vom Teller. «Sie ist tot. Wenn sie nicht tot wäre, hätte sie ihren ganzen Schmuck mitgenommen. Sie hing an ihrem Schmuck.»

Das klingt einleuchtend, aber warum ist der Typ so maßlos cool? «Sag mal, macht dir das nichts aus oder was?»

Fabian sieht Anna ernst an. «Klar. Sie war meine Mutter. Hubert tut es nicht leid. Glaub ich jedenfalls. Er hat... andere Sorgen.»

Der Kellner bringt Tempura, knusprig gebackenen Fisch und Gemüse. «Was für Sorgen?» Mein Gott, mußte man diesem Jungen jedes einzelne Wort aus der Nase ziehen?

«Kann ich zurückfahren?»

Anna antwortet nicht, nickt unbestimmt. Wie sie solche Entscheidungen haßt. ihr Auto oder ihre Neugierde? Fabian schiebt Tempura-Stücke in den Mund, als ob er einen Geschwindigkeitsrekord aufstellen wollte.

«Er hat Ärger. Da gibt es irgendwelche Faschisten im Ministerium, die wollen ihn fertigmachen. Und Kolofsky will die Faschisten alle kriegen. Es geht um Flugzeuge und Geld.»

Oh, mein Gott. Das Tempura-Stück fällt aus Annas Stäbchen in die Sauce. Kolofsky?! Den Namen hatte auch Anton genannt. «Wer ist Kolofsky, Fabian?»

«Kolofsky handelt mit Flugzeugen. Er gibt meinem Vater Geld, damit der erreicht, daß die seine Flugzeuge kaufen.»

Fabian spricht mit vollem Mund, aber immerhin, er spricht, und Anna übersetzt seine infantile Ausdrucksweise in ihre Sprache und wittert eine Story. Weiß der Junge nicht, daß er seinen Vater ans Messer liefert?

«Das bleibt unter uns, sonst sag ich nichts mehr.» Fabian verlangt von Anna, daß sie dies beschwört, und er beobachtet ihre andere Hand, als ob sie idiotischerweise die Finger kreuzen würde.

«Was hat Kolofsky mit Sybille zu tun?»

Fabian lächelt Anna strahlend an. Sie ist scharf im Denken, die rothaarige Alte. Sie gefällt ihm, nicht so gut wie ihr Auto, aber immerhin. Und sie gibt ihm das Gefühl, Macht zu haben. Wie sie an seinen Lippen hängt und auf jedes Wort von ihm wartet... Er kann sie quälen, wenn er nichts sagt, und er kann sie glücklich machen, wenn er ihr erzählt, was sie hören will. Hat er seine Sprache nicht deshalb so reduziert, weil er immer das Gefühl hatte, daß niemand wissen will, was er sagt? Jetzt ist das anders:

«Ich weiß es nicht. Aber sie hat sich mit ihm am Telefon verabredet, ins *Maritim-Hotel*. Das war drei Tage, bevor sie verschwunden ist.»

«Wußte dein Vater davon?»

Fabian weiß es nicht. Natürlich hat er oft gelauscht, wenn sie Streit hatten, fast immer. Aber über Kolofsky haben sie miteinander nie gesprochen. Nur immer von Geld und von Vaters Weibern und von diesem Anton. Gezerre und Gezänke, eklige Worte, Streitereien, die ihn ankotzten und denen er doch immer wieder zuhörte, auch wenn er sich manchmal hinterher übergeben mußte. Worte sind das Zerstörerischste, das Fabian sich in seiner Welt vorstellen kann. Bevor er mit dem Studium beginnt, wird er in ein buddhistisches Kloster gehen und ein halbes Jahr schweigen.

«Aber sie haben sich gefetzt in der Nacht, bevor Sybille... weg ist. Ich war im Kino, und so hab ich nur das Ende gehört. Sybille schrie, daß sie sich scheiden läßt und ihm das Haus wegnimmt. Hubert schrie zurück, daß sie keinen Pfennig von ihm kriegt und das Haus schon gar nicht. Und sie sagte, daß sie von seinem Konto in der Schweiz wüßte und ihn bei der Steuerfahndung anzeigen könnte.»

Wenn Anna die Augen schließt, kann sie sich die Szene vorstellen.

Und Fabian serviert ihr ein Motiv für einen Mord sozusagen auf dem Silbertablett. Er mußte doch wissen, daß er seinen Vater schwer belastet. «Und was hat dein Vater dazu gesagt?»

«Er ist ganz still geworden.» Fabian kaut an seinem letzten Stück, und sie ordert ihm ein zweites Bier. Sie behandelt ihn wie ihresgleichen, das ist okay. Sybille hat ihn auch behandelt wie einen Erwachsenen, aber von ihr wollte er das nicht. Sie hat sich einfach nicht wie eine Mutter benommen, das hat er ihr oft übelgenommen. Hubert, das ist eine Sache unter Männern. So wie Hubert möchte Fabian nie werden, immer dem Geld und den Weibern nachlaufen und in einem Büro sitzen und sich von Vorgesetzten rumkommandieren lassen.

«Warum erzählst du mir das alles?» fragt Anna.

Sie stellt auch dumme Fragen, aber natürlich kann sie nicht wissen, daß sie Teil seines Plans ist. «Weil es Sie doch interessiert», antwortet er und begegnet ihrem zweifelnden Blick mit Gelassenheit.

«War dein Vater eifersüchtig auf Anton Laubwitz?»

Achselzucken. «Dieses Schwein? Der wollte doch nur Mamas Geld. Der war doch viel jünger als sie.»

Fabians Gesicht sieht aus, als wolle er jeden Moment losheulen. Er frißt alles in sich hinein, denkt Anna, seit Jahren schon, und wehe, die ganze Scheiße schwappt nach oben. Fabians modischer Kurzhaarschnitt weckt in Anna Assoziationen, denen sie lieber nicht nachgehen will.

«Du sagst also, daß du Sybille als letzter gesehen hast. Du hast kurz nach ein Uhr Schritte im Treppenhaus gehört und deine Tür geöffnet. Du sahst Sybille mit zwei Koffern die Treppe hinunter in den Flur gehen. Dann hörtest du die Haustür ins Schloß fallen. Der Wagen deiner Mutter war in Reparatur. Wie ist sie weggekommen, kannst du mir das sagen?»

«Mit dem Taxi. Der Stand ist nicht weit von uns.»

Anna schüttelt den Kopf. «Das hat die Polizei gecheckt, sie hat keine Taxe genommen. Sie ist also entweder zu Fuß gegangen, was ich nicht glaube, oder jemand hat auf sie gewartet. Anton Laubwitz vielleicht. Hat sie nochmal telefoniert, nach dem Streit mit deinem Vater?»

Eigentlich möchte er nicht an diese Nacht erinnert werden. An diesen furchtbaren Streit, den er irgendwann nicht mehr ertragen konnte. Er hatte die Anlage eingeschaltet und Musik gehört, Guns N' Roses, mit Kopfhörern und so laut, daß die Welt draußen nicht mehr zu hören war. Er sagt «Ich weiß es nicht», und ihr mißtrauischer Blick kränkt ihn. Noch so ein Blick, und er wird gar nichts mehr sagen, dann soll sie an ihrer verdammten Neugierde krepieren.

Ich verschwende meine Zeit mit dem Idioten, denkt Anna, dann sieht sie in sein verletztes, trauriges Gesicht und schämt sich. «Findest du es nicht merkwürdig, daß sie so mitten in der Nacht... Ich meine, warum hast du sie nicht aufgehalten oder zumindest gefragt, wohin sie geht?»

Sie braucht ihn. Ohne ihn würde sie gar nichts wissen, nur das bißchen, das die Polizei weiß. Evangelista war in ihrem Zimmer geblieben, als die Bullen kamen, die hatte vor Angst gezittert, daß die sie mitnehmen und ausweisen würden. Hubert war ganz cool gewesen, und die Bullen nicht sehr interessiert, als er seine Story runterleierte. Fabian denkt an seinen neuen Computer und sieht Anna offen ins Gesicht. «Es ging alles so schnell, bevor ich kapierte, was los war, war Sybille schon draußen.» Er setzt nach: «Ich wußte auch nicht, was ich sagen sollte.»

Vielleicht stimmt es. Anna möchte Fabian glauben, weil er ihre beste Quelle ist. Hubert Blank hat die Polizei wenig bis nichts erzählt, der Streit blieb unerwähnt. Auch von Evangelista hat Hermes nichts gesagt... Evangelista?

Anna fragt ihn, und Fabian antwortet, daß Evangelista geschlafen und nichts gesehen und gehört habe. Er sieht wieder so aus, als wolle er gleich losheulen. Er leidet furchtbar, denkt Anna mitleidig, aber da ist manchmal ein Ausdruck in seinem Gesicht, der ihr mißfällt. Angst? Haß? «Du kannst mich jetzt nach Hause fahren», sagt sie, nachdem sie die Rechnung bezahlt hat.

Erst im Auto fragt sie Fabian nach Anton Laubwitz. Ob er nicht gelesen habe, daß Anton brutal erschlagen wurde?

Fabian sieht glücklich aus, er fährt die Kurve wie ein Profi und unterläßt es diesmal, bei Rot Gas zu geben. «Ich hab's gelesen. Berührt mich nicht.»

Soll sie Fabian fragen, wo ER in dieser Nacht war? Anna denkt an ihren Wagen und schweigt. Fabian fährt langsam, er scheint jede Sekunde zu genießen, für Anna sehr lange Sekunden, die sie starr und mit zunehmenden Zahnschmerzen neben ihm sitzt. Als er vor dem Haus parkt, sieht Anna Evangelista mit dem Kinderwagen auf dem Weg vom Haus zur Gartentür. Fabian läßt den Motor laufen, steigt aus, sagt «Danke fürs Essen», bevor er die Tür schließt. Anna sieht ihm nach. Er scheint etwas zu Evangelista zu sagen, als er am Gartentor steht. Sie kann es nicht hören, aber die Filipina zuckt zusammen. Fabian geht ins Haus, während Anna aussteigt und zum Fahrersitz wechselt. Sie grüßt Evangelista, die sie erschreckt ansieht, kurz den Kopf neigt und davonhuscht, bevor Anna auch nur ein Wort sagen kann. Sie schiebt den Kinderwagen auf das Haus zu, fast im Laufschritt. Anna beobachtet sie, wie sie in der Handtasche nach dem Schlüssel sucht, die schwere Holztür aufsperrt und im Haus verschwindet. Aus Annas Perspektive wirkt es wie eine Festung.

Kapitel 17

«Seit wann interessierst *du* dich für das Frauenhaus? Ich dachte immer, du schreibst nur Klatsch und Tratsch.»

Babette Hönig legt genug Verachtung in ihre Stimme, um Annas Zorn zu erregen. Sie sitzt Babette gegenüber, in einem Büro, das von schöpferischem Chaos und Geldmangel zeugt. Babettes Kanzlei liegt in einem renovierungsbedürftigen Haus in der Bonner Altstadt, und Anna denkt bösartig, daß auch die Mieterin dringend einer Renovierung bedürfe. Ein Frisör wäre ein guter Anfang, Babettes Haare sind strähnig und ausgefranst; das hagere Gesicht, das im merkwürdigen Kontrast zum birnenförmigen Körper steht, ist absolut ungeschminkt. Ein gutes Gesicht, wenn sie öfter lachen würde, denkt Anna. So wirkt es einfach vernachlässigt, ganz anders als bei jenem Treffen im *Bistro*, als sie ihre launige Rede gehalten hatte. Als Sybille sehr abfällige Bemerkungen über Babette machte, die Anna jetzt versteht.

«Leg mal diese Arroganz des guten Menschen ab, und laß uns vernünftig miteinander reden. Also gut, ich bin nicht besonders am Frauenhaus interessiert, aber ich spende jedes Jahr 1000 Mark für gute Zwecke, und wenn du mal jemanden hast, der Hilfe braucht, würde ich nicht Nein sagen.»

«Oh, vielen Dank.»

Anna überhört den Sarkasmus. «Aber zur Zeit bin ich hinter Sybille her. Ich will wissen, was mit ihr passiert ist. Kannst du das nicht verstehen?»

Die Anwältin sucht in dem Chaos auf ihrem Schreibtisch nach den Cigarillos, findet sie nicht und nimmt eine von Annas Zigaretten. Sie läßt sich Zeit mit ihrer Antwort, bläst Anna erst Rauch ins Gesicht. «Nein, ich versteh's nicht ganz. Was geht dich das alles an? Ist es Sensationslust? Willst du 'ne Story über diese unwichtige Person schreiben? Mensch Anna: Hast du nichts Besseres zu tun? Wir suchen noch ehrenamtliche Mitarbeiterinnen – zum Beispiel.»

Anna auf sozialen Pfaden im Frauenhaus. O nein, denkt sie, ich will nicht mehr vom Unglück anderer mitbekommen, als unbedingt nötig ist. Wenn überhaupt, dann in kleinen Portionen, so wie in diesem Fall, und ich lasse mich von der dummen Kuh nicht anmachen, auch wenn sie sich wie 'ne Mischung aus Rosa Luxemburg und Mutter Teresa aufführt. Soll ich ihr sagen, daß ich von der Affäre mit Blank weiß? Nur um diesen überheblichen Gesichtsausdruck wegzuzaubern?

«Meine liebe Babette. Du hast doch auch mit dieser Geschichte zu tun, immerhin hattest oder hast du ein Verhältnis mit dem Ehemann.»

Der Schuß ist abgefeuert. Still ist es im Raum, man hört irgendwo das Miauen einer Katze. Anna hat Angst vor Katzen, denkt, sie muß irgendwo zwischen den Papierstapeln und Akten hocken, und sie beobachtet Babette mit einem ziemlich häßlichen Gesichtsausdruck. Sie sieht aus, als ob Annas Schuß ins Herz getroffen habe. Sie ist noch bleicher geworden, ringt nach Luft.

«Woher weißt du das?»

Eine Frage des Zeitgewinns, die Anna mit einer unbestimmten Handbewegung beantwortet. «Ist doch egal. Willst *du* nicht wissen, was mit Sybille geschehen ist? Wär doch möglich, daß sie deinetwegen abgehauen ist, obwohl ich mehr zu der Ansicht neige, daß Sybille ihre allerletzte Reise angetreten hat. Das kann ich nicht beweisen, das ist nur so ein Gefühl.»

Anna redet und gibt Babette Zeit, nachzudenken. Es wäre schrecklich, wenn *er* es ihr gesagt hätte. Babette überlegt sogar eine Sekunde, ob Hubert und Anna...? Aber nein, das ist nicht möglich, das würde er ihr nicht antun. Nicht nach allem, was geschehen ist...

«Mord ist häufig eine sehr familiäre Angelegenheit», sagt Anna jetzt, und Babette wünscht, sie könnte ihre Katze auf sie hetzen. «Was willst du damit sagen?»

«In der Nacht, als Sybille verschwand, hatte sie einen heftigen Streit mit ihrem Mann. Sie wollte sich angeblich scheiden lassen und zu ihrem Liebhaber ziehen, zu Anton Laubwitz.»

«Ist das der Typ, den man umgebracht hat?»

Anna nickt. Babette ist jetzt nicht mehr bleich, sie hat hektische rote Flecken im Gesicht. «Glaubst du vielleicht auch, daß Hubert diesen... Laubwitz...? Du bist eine lausige Journalistin, Anna, und eine lausige Detektivin obendrein.»

In dem Duell der verletzenden Schüsse hat Babette einen Gegentreffer gelandet. Anna ist zusammengezuckt, sie sieht wütend aus. «Du warst immer nur mittelmäßig, Anna, in jeder Beziehung. Jaja, sieh dich nur um in diesem Büro: Ich arbeite verdammt hart, und ich arbeite für Frauen, die keine fetten Honorare zahlen können, die ich in Statussymbole umsetzen könnte. Aber ich habe im Gegensatz zu dir eine Aufgabe und ein Ziel, nicht bloß einen dämlichen Job.»

Anna ist aufgestanden. Sie hat Babettes Brieföffner in der Hand, ein schweres, häßliches Ding, das sie wahnsinnig gern in Bewegung gesetzt hätte. «Ich gehe jetzt, du selbstgefälliges, fettes, bösartiges Luder. Wenn ich nämlich nicht gehe, schleudere ich dir das Ding in dein großes Maul mit den schiefen Zähnen...»

Schweigen. Anna hält immer noch den Brieföffner in der Hand, und Babette sitzt da wie ein ratloser Buddha. Jetzt lacht sie. Babette schüttelt sich vor Lachen, die ganze Frau bebt. Schließlich sagt sie: «Fett bist du aber auch.»

Anna läßt den Brieföffner sinken. Babette lacht immer noch, und Anna hat jetzt die Wahl eines lächerlichen Abgangs oder...

Sie setzt sich auf den Stuhl und stimmt ein in das Gelächter. Zwei fette Frauen in hysterischer Lautstärke reizen die Katze, aus ihrem Versteck hervorzukommen. Sie springt auf den Schreibtisch und faucht Anna an, die sich die Tränen aus den Augen wischt.

«Nimm die Katze da weg. Sie ist humorlos.»

Babette scheucht ihre Promenadenmischung vom Tisch, ein Rassetier hätte nicht zu ihren Überzeugungen gepaßt. Jemand, der Verlierer um sich schart und aus ihrem Unglück den Sinn des Lebens zieht, holt die Katze aus dem Tierheim. Müßig, Anna zu erklären, daß tierische Lebensläufe nicht den Humor fördern.

Babette bemüht sich um das, was andere Frauen Contenance nennen, und denkt, ein Cognac kann jetzt nicht schaden. Sie steht auf, holt die Cognacflasche und zwei Gläser, stellt sie auf den Schreibtisch vor Anna. «Du doch auch, oder?»

Zwischen zwei Schlucken sagt Anna: «Ich nehme kein Wort zurück. Auch nicht, wenn du mir jetzt erzählst, was du über Sybille weißt.»

Die Anwältin grinst, dann wird sie ernst. «Hör mal, wir waren keineswegs befreundet, auch wenn wir uns ein paarmal gesehen haben. Daß dann die Sache mit Hubert geschah: Nun, ich kann nicht behaupten, daß ich stolz darauf bin. Aber so etwas passiert eben. Ja, sieh mich nicht so blöde an, so was passiert auch Frauen wie mir. Und weiß der Teufel, wie sie es erfahren hat. Sybille haßte mich, denn sie war wahnsinnig eifersüchtig. Natürlich hatte Hubert Affären, das fing an, als sie ihm das Leben zur Hölle machte, weil sie ihm die Schuld am Tod ihrer Tochter gab. Sie hat seine Leidensfähigkeit überstrapaziert, ganz einfach, und da hat er sich seine Streicheleinheiten anderswo geholt. Er ist kein übler Typ, ein Mann eben, aber als sie kapierte, was sie provoziert hatte, da fing der Zoff erst recht an. Warum die zwei sich nicht scheiden ließen, kapier ich nicht.»

«Das Haus», sagt Anna. «Ich glaube, er hängt an dem Haus.»

Ein kurzer, mißtrauischer Blick. Wie gut kennst du ihn, fragen Babettes Augen.

«Er ist nicht mein Typ, ehrlich», sagt Anna schnell. «Schöne Männer deprimieren mich.»

Babette ist an Annas Depressionen nicht interessiert. «Ich behaupte jetzt mal, daß sie ihre Kinder benutzt hat, um Hubert unter Druck zu halten. Sogar den tragischen Tod ihrer Tochter. Egomanisch hat sie sich und die Kinder in Szene gesetzt, nur um seine Aufmerksamkeit oder Fürsorge oder Liebe zu erregen. Sieh her, Hubert: Ich bin deine Frau und die Mutter deiner Kinder, unentbehrlich und unersetzlich...»

«Normalerweise urteilst du nicht so hart über Frauen, denke ich.»

«Ach Anna. Erlaube mir, in diesem Fall parteiisch zu sein wie in allen anderen Fällen auch. Sybille war überaus schwierig, und sie war wahnsinnig eifersüchtig.»

Die Katze schnurrt um Annas Beine, und sie fürchtet um ihre

Strümpfe. «Ihr redet alle über sie, als ob sie tot wäre. Aber keiner spricht es aus.»

Babette spielt mit dem Brieföffner. Anna denkt, sie hat kräftige Hände, und sie ist bestimmt nicht jemand, der sich die Butter vom Brot nehmen läßt. Ist Hubert die Butter?

«Ich weiß es nicht, verdammt. Aber wenn sie tot wäre, würde ich nicht behaupten, daß es mir besonders naheginge. Sie war... also irgendwie unnütz. Ich meine, sie hat nichts Positives in ihrem Leben getan. Es bestand hauptsächlich darin, anderen Leuten die Schuld für ihr Unglück zu geben und sich selbst leid zu tun.»

Anna schluckt. Könnte man diesen Nachruf, so es einer ist, auch auf ihre Person anwenden?

«Liebst du ihn?»

Babettes offenes Gesicht wird verschlossen, abweisend. «Es war keine Beziehung, sondern eine Freundschaft, die ein einziges Mal ins Sexuelle ausgerutscht ist.» Sie versucht ein Lächeln. «Oder kannst du dir vorstellen, daß ein Mann wie Hubert Blank sich in *mich* verliebt?»

Man hat schon Pferde kotzen sehen, denkt Anna. Der Spruch ist uncharmant, und so sucht sie nach gefälligen Worten. «So schön ist er wieder auch nicht», erwidert sie schließlich, und Babette lacht, diesmal kurz und nicht sehr fröhlich.

«Sagen wir es mal so: Er benutzt mich als seelischen Mülleimer, und blöd wie ich bin, bin ich auch noch dankbar für diese Rolle in seinem Leben. So etwas würde ich meinen anderen Frauen nie erzählen, aber bei dir ist es ja egal.»

Anna trinkt den letzten Schluck Cognac aus dem Wasserglas und sieht Babette aus sehr grünen Augen an. Philipp hat immer behauptet, daß ihre Augen farbintensiver werden, wenn sie verletzt oder wütend ist. Philipp! Frauen sind sowas von blöd, denkt Anna, wenn es um Männer geht. Babette ist hoffnungslos verliebt, und sie leidet darunter, aber solange er ihr nicht den finalen Tritt gibt, wird sie sich zweiteilen und die Weibchenrolle weiterspielen.

«Wie hat die Geschichte angefangen? Ich meine, wie bist du auf Sybille gekommen? Ihr habt euch doch in der Schule nicht gemocht.»

Babette greift nach der Cognacflasche, zuckt dann in letzter Sekunde zurück. «Das war die Filipina in ihrem Haus. Evangelista Morales. Es ist ein bißchen kompliziert...»

Anna sieht sie neugierig an. «Ich mag komplizierte Geschichten – und solche mit einem Happy-End. Aber ich nehme an, du hast nicht viele in deinem Repertoire.»

Babette sieht auf ihre Armbanduhr. «In zwanzig Minuten hab ich einen Termin, auf den ich nicht vorbereitet bin, aber gut... Evangelistas Schwester kam zu mir, weil sie von einem Typen ganz widerwärtig ausgebeutet wurde. So 'ne Art Schlepperorganisation, die den Filipinas Einladungsbriefe besorgt, so daß sie mit einem Dreimonatsvisum reinkommen und dann untertauchen können. Die vermitteln den Mädchen auch Jobs, meistens Putzstellen, aber auch in Bars und so, und dafür behalten sie die Hälfte ihres Lohns ein. Die letzten Schweine sind das – aber was kümmert das die Arbeitgeber, solange sie ihren Putzbedarf oder Schweinkram befriedigen?»

Über so was sollte sie berichten, denkt Babette. Das nenne ich Journalismus, nicht die blödsinnige Kolumne, die sie schreibt. «Also: Mary Morales wollte von mir beraten werden, was sie dagegen tun könne – ihr gesamter Clan bezahlte an diese Typen, unter anderem auch Evangelista. Ich will es kurz machen: Ich hab die Leute so unter Druck gesetzt, daß der Morales-Clan seither keinen Pfennig mehr an die abführt.»

«Das wäre 'ne tolle Story», sagt Anna.

Ein kurzer, abschätziger Blick: «Sei nicht so naiv, Anna. Natürlich konnte ich die Leute nicht anzeigen, dann wäre die gesamte Sippschaft zurück auf die Philippinen verfrachtet worden. Sind ja alle illegal hier, bis auf zwei, die bei Diplomaten putzen. Du glaubst gar nicht, was für eine Scheißangst die vor einer Abschiebung haben, dafür ließen sie sich über Jahre von denen den halben Lohn abnehmen. Und du brauchst nicht zu glauben, daß die was zurückbekommen haben... Der Deal, den ich mit dem feinen Sklavenhändlerbüro machte, ist, daß der Morales-Clan nichts mehr zahlt. Mary hat wohl noch andere Filipinas aufgestachelt, sich zu wehren, ich glaube, insgesamt war es ein relativer Erfolg.» Zuwenig, denkt Babette. Es ist immer zuwenig, und ich mache mir immer was vor, um nicht vor Wut zu krepieren.

«Und Evangelista?»

«Als die Sache hochkochte, bin ich zu ihr gefahren, weil sie wegen des Babys angeblich nicht wegkonnte. Ich sag dir, die wird auch ganz schön ausgebeutet im Hause Blank. Sybille hat sie mal behandelt wie die beste Freundin – und dann wieder wie einen Putzlumpen.»

«Du warst also öfter da.»

Babette seufzt. «Ja, ich war dann öfter da, ich habe dadurch die Kontakte mit Sybille aufgefrischt und mich dabei in ihren Mann verliebt. Hubert ist so... verletzlich, sensibel, ein im Grunde seines Herzens einsamer Mann.»

«Ich fand ihn kalt», sagt Anna.

Das war nicht gut. Babette sieht Anna wieder feindselig an, sagt: «Es ist mir klar, daß wir zwei nicht den gleichen Geschmack haben. Jedenfalls solltest du mir glauben, daß Hubert sich mittlerweile große Sorgen macht... Mensch, Anna, ich muß jetzt was tun. Du mußt wirklich gehen.» Sie sieht anklagend auf die Uhr, und Anna steht widerwillig auf.

Nach allem, der Abwehr, dem Lachen, dem Erzählen, hat sie den Eindruck, daß Babette etwas zurückhält. Ihr Gesicht ist wieder verschlossen, ihre Augen fixieren einen Punkt hinter Anna, ihre Hände bewegen nervös ein Stück Papier. «Tut mir leid, daß ich zu deiner Spurensuche nichts Wesentliches beigetragen habe.»

«Du verschweigst mir was», sagt Anna.

«Tue ich nicht. Und wenn du jetzt nicht gehst, hetz ich meine Katze auf dich.» Babette ist aufgestanden, ihr Scherz ist als abschließende Bemerkung gemeint. Anna denkt, man müßte es aus ihr herausprügeln, manche männlichen Detektive tun das ja, zumindest in Büchern, aber wenn ich mich jetzt auf sie stürzen würde, wäre das eine lächerliche Veranstaltung mit Fettflecken.

«So übel bist du gar nicht», sagt Anna, als sie ihr die Hand zum Abschied hinstreckt. Babette hat einen kräftigen Händedruck, sie bleibt ernst. «Sag sowas nicht. Manchmal könnte ich vor mir ausspucken.»

Jetzt zum Beispiel: Kaum hat sie die Tür hinter Anna geschlossen, greift Babette Hönig zum Telefon. Sie wählt eine Nummer, die besetzt ist, und kaut nervös an ihren Fingernägeln.

Kapitel 18

Es hat sich etwas verändert. Hubert Blank spürt es mit allen Instinkten, die ein Beamter im Lauf seiner Karriere entwickelt. Da ist zum Beispiel die Sekretärin des Staatssekretärs, immer zu einem Scherz aufgelegt und ausgesprochen hilfsbereit, wenn es um einen kurzfristigen Gesprächstermin geht – sie hat ihn am Telefon kühl abgefertigt und auf den Dienstweg verwiesen. Oder Ministerialrat König: Er hat ihn in der Kantine, ja man kann es so nennen, geradezu geschnitten. Die Kollegen im Referat, so kommt es Blank jedenfalls vor, treten ihm gegenüber distanzierter auf, er bildet sich sogar ein, daß ihn der eine oder andere mitleidige Blick gestreift hat. Und warum hat ihn niemand in die Kaffeerunde gebeten, die soeben in Königs Zimmer stattfindet?

Hubert Blank legt seinen Stift mit pedantischer Bewegung auf den ihm zugedachten Platz, dreht sich in seinem Ministerialratsstuhl zum Fenster und blickt auf die Betonklötze, ohne sie wahrzunehmen. Er denkt an Wertheim, der in sechs Wochen geht: Ausgerechnet Ministerialdirektor Wertheim behandelt ihn seit neuestem mit ausgesuchter Freundlichkeit. Er hat sich sogar den Scherz erlaubt, Blank zu fragen, ob er sich nicht für seine Nachfolge bewerben wolle, wo doch jeder weiß, daß dies gemäß den Beförderungsrichtlinien und parteilichen Dispositionen schier unmöglich ist. Feinde, die dir schmeicheln, sollst du doppelt fürchten. Und was sollte diese Frage, ob er ihm ein Hotel in Zürich empfehlen könne?

Er hat ihm geantwortet, daß er sich in Zürich nicht auskenne, und Wertheim hatte sonderbar gelächelt und anschließend den Bericht über die V-12-B gelobt, den er an das Ministerbüro weitergeleitet habe. Feinde, die dich loben, mußt du dreifach fürchten.

Ob es der Bericht ist? Hatten sie entdeckt, daß er sozusagen unvollständig ist, haarscharf an der Wahrheit vorbeiformuliert, da, wo es um die Ersatzteilfinanzierung geht? Der Bericht ist erstklassig. Blank kann einfach nicht glauben, daß sie ohne die Unterlagen seines Referats die entsprechenden Schlüsse ziehen können. Der Bericht ist so brillant, daß man ihn selbst hinterher, wenn die Kosten anfallen, nicht der Fahrlässigkeit zichtigen kann.

Unmöglich, daß Wertheims Verhaltensänderung aus dieser Quelle stammt. Sein Interesse, dem «Gesprächskreis» beizutreten? Ist es das? Hat man nicht von äußerster Diskretion gesprochen?

Möglich, daß Wertheim Blanks diesbezügliche Vorstöße honoriert, es wäre eine Erklärung, mit der er leben kann. Den Gerüchten, daß Wertheim nicht mehr so vehement für den J-2000 votiert, mag Blank nicht glauben. Oder doch? Hat Kolofsky einen weiteren Coup gelandet, sozusagen den Feind erst zur Strecke gebracht und dann gekauft?

Kolofsky würde ihm nie sagen, wer alles auf seiner «Gehaltsliste» steht. Blank wünscht sich in berechtigtem Eigeninteresse, daß eine solche Liste gar nicht existiert, und wenn, dann irgendwo im fernen Amerika, im Safe eines stellvertretenden Generaldirektors von *Willbright*. Manchmal verursachte diese Liste Alpträume, aus denen er schweißgebadet erwacht. Dann beruhigt er sich mit Erklärungen, daß er nicht wirklich Unrecht begangen hat, sondern nur die Chance wahrnahm, persönliche Überzeugungen mit finanziellen Interessen zu verbinden. Und wären da nicht Sybilles Konsumorgien gewesen, es wäre nie dazu gekommen. Blank denkt, daß letztlich das System schuld ist, das Menschen dazu treibt, ihr Glück in materiellen Werten zu suchen. Dann soll sich das System nicht moralisierend erheben über jene, die die Philosophie der Geldvermehrung zum konsequenten Ende gedacht haben. Und wenn Kolofsky eine Symbolfigur des Systems ist: Der Mann verkehrt in den höchsten Kreisen, man akzeptiert seinen Beruf, ja man ignoriert sogar, mit welchen Mitteln er ihn ausübt. Das System ist falsch, und wer sich dem System anpaßt, kann gar nicht falsch handeln.

Hubert Blank sieht auf die Betonklötze, und sie verwandeln sich in riesige Ameisenhügel, in denen die kleinen Tierchen ihren Pflichten nachkommen, jedes auf seinem Platz, und jedes mit Geheimnissen, Hoffnungen, Ängsten, Begierden. Gäbe es Mikrofone dafür, würden sie in voller Lautstärke übertragen, die Welt ginge unter in einem Geschrei, das niemand ertragen könnte.

Frau Siemens klopft und bringt ihm ein Tablett mit Kaffee und Keksen, die sie selber backt und die er nur aus Freundlichkeit ißt. Sie sind fett und mit harter Schokoladenglasur überzogen, und manchmal wickelt er sie in Papier und wirft sie weg. Heimlich, um ihr nicht wehzutun. War er nicht immer nett zu Frauen? Und haben sie ihn nicht immer dafür bestraft?

Frau Siemens trägt einen kurzen Hosenrock, der zu weit über den knochigen Knien endet. Sie stellt das Tablett auf seinen

Schreibtisch und sagt «frisch gebacken», und wie immer lächelt er dankend und läßt sich Kaffee einschenken.

«Fühlen Sie sich nicht wohl?» fragt Frau Siemens, das fragt sie in letzter Zeit öfter, und er sagt mit leidendem Lächeln: «Es geht schon, Frau Siemens, vielen Dank.»

«Ach ja, Ministerialrat König hat anrufen lassen. Bei der Donnerstagsrunde soll es nur um technische Spezialfragen gehen, und Ihre Teilnahme sei nicht unbedingt erforderlich.» Frau Siemens hat die Unterschriftenmappe an sich genommen, die auf seinem Schreibtisch liegt. Ihr entgeht nicht, daß ihr Chef seine Lippen zusammenkneift, und mit Erschrecken stellt sie fest, daß auch er faltig wird, jetzt, als das Sonnenlicht auf ihn fällt, sieht sie die Linien in seinem Gesicht, und sie entstellen ihn zu ihrer herben Enttäuschung. Er hat Sorgen, das ahnt und weiß sie, aber irgendwie hat sie immer geglaubt, daß seine Attraktivität zeitlos sei.

«Gibt es etwas Neues von Ihrer Frau?» Sie steht schon an der Tür, die Unterschriftenmappe ans Herz gepreßt, das tut sie immer, und ihr Gesicht von jener Anteilnahme gezeichnet, die für eine Sekretärin schicklich ist.

«Leider nicht, Frau Siemens.» Hubert Blank hat seine Stimme und sein Abschiedslächeln völlig in der Gewalt. Als sie die Tür schließt, atmet er tief durch. Die Siemens hat geredet, natürlich, das muß es sein. Und nun wissen alle, daß ihm seine Frau abhanden gekommen ist, vermutlich gibt es Gerüchte von Mord und Totschlag, und das ist der Grund, warum sie ihn alle behandeln wie ein rohes Ei, das mit Salmonellen verseucht ist. Die Erklärung ist simpel und sehr beruhigend. Klar, daß niemand ihn darauf ansprechen möchte, also wird er selbst die Sprache darauf bringen, schließlich ist er vor der Welt das Opfer, und diese Rolle muß man ausspielen, um die Welt auf seine Seite zu ziehen.

Die Opferrolle ist ihm nicht unsympathisch bei genauerer Betrachtung. Sie entspricht einer gewissen passiven Grundhaltung, die er als solche nie definiert, aber nicht lustlos ausgelebt hat. Schließlich hat Hubert Blank sich niemals als der große Verführer gefühlt, ganz im Gegenteil waren es doch immer die Frauen, die den ersten Schritt machten und seine Schwäche, nein zu sagen, für sich ausnutzten. Sybille konnte das perfekt, aber eben auch all die anderen, die Täterinnen seiner Affären. In gewisser Weise war er so auch in Kolofskys Sog gerutscht, als Opfer, nicht als Täter. Und es war ein großes Unrecht von Sybille, daß sie dies nicht erkannte, sondern immer nur von Schuld sprach, von Schuld und Sühne...

Das Telefon läutet, und er hebt nach dem ersten Klingeln ab. Kolofsky ist am Apparat, es ist ihm unangenehm, daß er so oft im Büro angerufen wird, und er sagt es ihm.

«Es gibt ein paar Dinge, über die wir dringend sprechen müssen», erwidert Kolofsky unbeeindruckt.

«Aber nicht am Telefon.»

Hubert Blank akzeptiert ein Treffen im *Negroni* um 22 Uhr, obwohl er weiß, daß Evangelista ihren freien Abend hat, den ersten seit fünf Wochen. Wenn Fabian nicht bereit ist, auf seinen kleinen Bruder aufzupassen, wird er Evangelista bitten müssen, ihren freien Abend zu verschieben. Er weiß, daß sie es tun würde. Er weiß auch, daß er in der einen oder anderen Form dafür bezahlen muß.

Kapitel 19

Der Empfang zum Abschied des Militärattachés findet im *Amerikanischen Club* statt. Anna Marx ist nur deshalb vor Ort, weil sie noch zehn Zeilen für ihre Kolumne braucht. Außerdem hatte man ihr am Telefon versichert, daß Oskar Lafontaine zugesagt habe, ohne Gründe dafür anzugeben. Warum soll er in seinem Bekanntenkreis nicht auch einen Militärattaché haben, denkt Anna Marx. Sie sucht nach einem farbigen Tupfer inmitten von vielen Uniformierten, Diplomaten, Ministerialen und den unvermeidlichen Ehefrauen im *Kleinen Schwarzen*.

Sie steht neben einem Botschaftssekretär, der ihr vom Golfspielen erzählt, und hört ihm kaum zu, weil sie die Tür im Visier hat und auf Oskar wartet. So viele Uniformen, sie hat nichts dagegen, solange sie nicht im Krieg getragen werden. Annas Kriege finden im Fernsehen statt, und sie kann sie abschalten, wenn sie die Bilder und Worte nicht mehr ertragen kann. Manchmal wünscht sich Anna diese Fernbedienung in realen Szenen: Man ist mittendrin, fühlt sich schrecklich, und da ist kein Knopf, auf den man drücken kann, um sich wegzuschalten oder den anderen einfach stumm zu machen.

Der scheidende Militärattaché begrüßt seine Gäste, Anna steht nah genug, um die Begrüßungsfloskeln zu hören. Anna mustert die

Uniformen, kann aber Leutnants von Generälen nicht unterscheiden.

«In Südafrika gibt es ganz ausgezeichnete Golfplätze», sagt der Botschaftssekretär.

«Nice to see you, Kolofsky. How is business?», sagt der Militärattaché zu einem Mann ohne Uniform, aber von der Statur eines Orson Welles.

Anna starrt auf den Dicken und verfolgt ihn mit den Augen, bis er in der Menge verschwindet. Den find ich wieder, denkt sie und unterbricht die Beschreibungen von saftigen Wiesen in Südafrika. «Kennen Sie den Dicken, den der Gastgeber eben begrüßt hat?»

«Hank Kolofsky? Er ist ein exzellenter Golfspieler, Frau Marx.»

«Kann er sonst noch was?»

Der Botschaftssekretär macht ein etwas betretenes Gesicht. «Ich weiß nicht so genau. Er vertritt amerikanische Firmen, ein Geschäftsmann...»

Anna behält die Tür im Auge. «Sind das zufällig Waffengeschäfte? Der Mann ist doch Lobbyist für eine Flugzeugfirma, wenn ich richtig informiert bin.»

Ihr Gegenüber hält die Zeit reif für einen diplomatischen Abgang. «Ich habe keine Ahnung. Aber ich muß mich jetzt um den Staatssekretär kümmern, wenn Sie mich bitte entschuldigen wollen...»

Rund vierhundert Leute sind geladen. Anna, die sich in militärischen Kreisen wenig auskennt, identifiziert höchstens ein Zehntel der Gäste. Die Gäste halten Gläser in den Händen, sprechen über Krieg, Golfspielen oder Politik, und sie bewegen sich jetzt in Richtung des Buffets, wie magisch angezogen von der kostenlosen Durchfütterungsmaschinerie des Gesellschaftslebens. Man beurteilt die Empfänge nach der Qualität der Gäste und in zweiter Linie nach dem Aufwand an Speisen und Getränken. Natürlich sind die Zeiten härter geworden, aber in der Roastbeef-Klasse lassen sich auch Solidaritätszuschläge ertragen. Bonn schwelgte noch nie in Kaviar und Champagner, man muß sich also nicht kasteien. Der Sozialstaat war immer sozial zu seinen engsten Dienern. Darauf muß man sich verlassen können, und schließlich: Auch höhere Beamtenheime lassen sich mit höheren Mauern schützen, wenn es noch härter kommen sollte.

Wortfetzen dringen an Annas Ohr, sie klingen ähnlich, erschrekkend ähnlich. Die Worte verschmelzen in Annas Kopf zu einer teigigen Masse, aus der sie später kleine Brötchen backen wird, unbedeutende Zeilen für ihre unbedeutende Kolumne. Kein Lafontaine in Sicht, er wäre auch nicht zu übersehen, Anna nähert sich also dem Gastgeber und entlockt ihm Abschiedsworte, die weder ehrlich noch originell sind.

«Diplomaten führen leider ein Zigeunerleben», sagt die Gattin, die das Goethe-Institut zum Erlernen der deutschen Sprache besucht und sich in Bonn tödlich gelangweilt hat.

Der Vergleich hinkt, denkt Anna, und folgt dem Sog in Richtung des Buffets, in Richtung eines dicken Mannes, der sich einen Platz freigeschaufelt hat und Lachsbrötchen auf seinen Teller hievt. Anna hält ihm ihren Teller unter die Nase. «Geben Sie mir auch noch eines, bevor Sie die Platte leerräumen?»

«Warum nicht?» Hank Kolofsky legt ihr ein Brötchen auf den Teller. «Aber Sie sollten nicht soviel essen.»

«Und Sie haben eine Ähnlichkeit mit Orson Welles.»

Er lacht und zieht sich mit Anna zurück in eine strategisch günstige Ecke. Sie hat immer noch den Eingang im Auge, doch die Hoffnung auf Oskar schon aufgegeben. Der Mann neben ihr konzentriert sich auch nicht aufs Essen, er beobachtet das Geschehen wie ein Adler, der nach Beute sucht. Er ißt schnell und gierig, sagt: «Ich hasse Buffets und diese Unsitte, im Stehen zu essen.»

«Suchen Sie jemanden?» Anna stellt ihren leeren Teller neben einen Blumentopf.

«Meinen Sie, ich bin wegen des Buffets hier?»

Anna sieht in sehr offene, dunkelbraune Augen, in ein gemütliches, fettgepolstertes Gesicht, und sagt: «Sie sind doch Rüstungslobbyist, oder?»

«Wollen Sie ein Flugzeug kaufen? Wenn nicht, verschwenden Sie nicht meine Zeit, gute Frau.»

Er bricht in dröhnendes Gelächter aus, als er Annas dummes Gesicht sieht. «Das war gut, nicht? Und Sie? Sind Sie in der Friedensbewegung oder was?»

Anna findet ihn abstoßend und komisch. Er benutzt seinen Umfang als Prellbock für seine Beleidigungen, denkt sie, und liegt damit völlig falsch. Kolofsky hat lediglich einen skurilen Sinn für Humor und keine Neigung, Charme und Höflichkeit an Leute zu verschwenden, die ihm nichts bringen. Sie sei Gesellschaftskolumnistin, sagt die Rubensfrau jetzt, und daß sie in der Friedensbewegung wäre, wenn sie nicht grundsätzlich etwas gegen Bewegung hätte.

Na und? denkt Kolofsky. Aber mahnt sich zur Vorsicht, die Journalisten gegenüber immer angebracht ist.

«Ich wollte immer schon mal 'ne Story über Lobbyismus machen. Haben Sie nicht Lust, mir ein Interview zu geben?»

Kolofsky ist hergekommen, weil er einen Abgeordneten des Haushaltsausschusses und einen Generalmajor treffen will. Ihr Ansinnen findet er naiv bis unverschämt. Und für Sex ist sie ihm zu fett. «Es gibt nichts, wozu ich weniger Lust hätte, Frau... Wie war der Name noch gleich?»

Warum zögere ich bloß, denkt Anna, sagt dann laut und deutlich ihren Namen, den Kolofsky unter «unwichtige Begegnung» speichert. «Na gut, wenn Sie mir kein Interview geben wollen, erzählen Sie mir wenigstens was über Sybille Blank.»

«Kenn ich nicht.»

«Die Frau von Ministerialrat Hubert Blank. *Den* kennen Sie doch wohl, Herr... Kolofsky.»

Grüne Augen. Jetzt starrt sie ihn so triumphierend an, die dumme Kuh. Es ist nicht gut, wenn Fremde sich in seine Angelegenheiten mischen. Kolofsky stellt seinen Teller achtlos zur Seite, baut sich vor Anna auf. «Ich kenne die Dame flüchtig. Ist was mit ihr?»

«Sie ist seit ein paar Wochen verschwunden», sagt Anna und zeigt mit der Gabel auf seinen Bauch.

«Meinen Sie, daß ich sie verschluckt habe?» Kolofsky lächelt auf seinen Bauch herab, obwohl ihm nicht danach zumute ist. Die Erinnerung an Sybille Blank ist dank eines vorzüglichen Gedächtnisses sehr frisch. Eine extrem neugierige, sich selbst überschätzende und wichtigtuende Person. Eine Frau, die zu alt ist, um noch wirklich begehrenswert zu sein, und zu dumm, dies richtig einzuschätzen. Alles in allem eine gefährliche Frau. Und er mag es nicht, wenn sie sich in Männerdinge einmischen. So wie diese Journalistin, die ihn jetzt anstarrt, als ob sie irgendein Geständnis erwartet. «Glauben Sie mir, ich habe Wichtigeres zu tun, als mich mit verschwundenen Beamtenfrauen zu beschäftigen.»

Er entschuldigt sich nicht, als er sich von ihr abwendet und in Richtung der Menschentraube watschelt. Er läßt Anna einfach stehen. Und er läßt eine Schachtel Streichhölzer liegen, die er benutzt hatte, um Annas Zigarette anzuzünden. Sie steckt die Streichhölzer achtlos ein.

Fett, unhöflich, gefährlich: Sie ärgert sich über die Abfuhr, nicht viele Leute wagen es, sie so zu behandeln, schließlich steht Anna Marx für eine Zeitschrift mit hoher Auflage. Noch, denkt Anna: Man hat ihr längst zugetragen, daß eine gewisse Jungredakteurin an ihrem Stuhl sägt. Solidarität unter Frauen? Das ist das Komischste, das Anna je gehört hat. Die Frauen in der Redaktion kämpfen mit feineren Waffen, aber nicht weniger gemein als Männer, wenn es um Vorteile geht, die nur auf Kosten anderer erreicht werden können. Wer nicht für mich ist, ist gegen mich: Anna ist längst zum Gegenangriff angetreten. Einladungen, die sie nicht wahrnehmen kann oder will, wirft sie weg, statt sie weiterzugeben. Kleinkrieg in den Redaktionskonferenzen: Würde man uns Waffen geben, denkt Anna, sie würde mich von hinten erschießen, während ich sie von vorne niederknüppeln würde. Die Überlegung läßt auf ein Ungleichgewicht der Kräfte schließen. Das Recht ist natürlich auf Annas Seite, weil sie nicht angreift, sondern verteidigt. Sind militante Pazifisten bessere Menschen?

Kein Oskar in Sicht. Anna empfiehlt sich und fährt zurück in die Redaktion, wo sie ihre zehn Zeilen in den Computer tippt, ihre Post sortiert, nach Udo Mertens sucht, den sie in der Kantine findet.

Daß sie sich zu ihm setzt, scheint ihn zu erstaunen. «Erzählen Sie mir, was Sie über einen gewissen Hank Kolofsky und Waffengeschäfte wissen», sagt sie und löffelt Linsensuppe, während sie ihn mit großen Augen erwartungsvoll ansieht.

Das ist typisch für sie: Wenn sie was von ihm will, fällt sie gleich mit der Tür ins Haus und meint, ein freundliches Lächeln würde genügen. «Sagen Sie bloß nicht, daß Sie wieder in der Politik wildern, Frau Marx. Oder sind Waffengeschäfte schon gesellschaftsfähig?»

Udo Mertens hält sich für klug und geistreich – das tut Anna nicht, aber in Fällen wie diesen kann sie schmeichlerisch lachen und ihn bewundernd ansehen. «Es ist eine private Geschichte», sagt Anna, und er beugt sich neugierig vor und fragt: «Schon wieder ein Mord?»

Anna zuckt geheimnisvoll mit den Achseln. Er ziert sich ein wenig, aber dann kann er nicht widerstehen, sie an seinem Wissen teilhaben zu lassen, hängt sie doch an seinen Lippen wie eine hungrige Katze am Milchtopf. «Er vertritt die Firma *Willbright*, deren V-12-B als einzige ernsthafte Konkurrentin des J-2000 gilt.»

Natürlich hat sie keine Ahnung. «Taktische Kampfflugzeuge», sagt Mertens. «Es ist eine lange und teure Geschichte um ursprünglich 250, heute 120 Jäger zum Stückpreis von 105 Millionen Mark. Die Geschichte begann 1982 und ist seither ein unentwirrbares Knäuel aus militärischen, politischen und wirtschaftlichen Interessen. Im Grunde blickt keiner mehr durch, interessant ist nur, daß bloß zwei Konkurrenten übriggeblieben sind: das deutsch/europäische Konsortium und *Willbright*. Die Amis sollen das bessere Flugzeug haben, aber die Deutschen bzw. Europäer haben die besseren Argumente.»

«Also werden sie gewinnen.»

Die Marx und ihre simplen Denkweisen... Udo Mertens zuckt die Achseln wie einer, der mehr weiß, als er sagt. «So einfach ist das nicht. Kolofsky versucht alles, um das Konsortium mit Schmutz zu überziehen – Bestechung, überteuerte Forschung und Studien, technische Mängel usw. Wenn er damit Erfolg hat, wird *Willbright* aus dem Haufen Dreck emporfliegen wie Phönix aus der Asche.»

«Interessant», sagt Anna und lächelt Mertens aufmunternd zu.

«Kolofsky ist ein schlauer Hund mit einer sehr abenteuerlichen Vita. Es heißt, daß er früher bei der CIA war und dort gefeuert wurde, weil er einen überflüssigen Mord beging. Dann wurde er Waffenhändler und schließlich Rüstungslobbyist. Ihm eilt der Ruf voraus, selten und ungern zu verlieren. Als er es zuletzt tat, ich glaube irgendwo im arabischen Raum, da soll er die Frau des zuständigen Ministers so kompromittiert haben, daß sie Selbstmord beging. Aber das sind alles nur Gerüchte, versteht sich, Kolofsky pflegt keine Interviews zu geben.»

«Ich weiß.» Anna hätte sich auf Mertens' erstaunten Blick hin am liebsten die Zunge abgebissen.

«Was haben ausgerechnet *Sie* mit Kolofsky zu tun?»

«Es hat etwas mit Ministerialrat Blank zu tun beziehungsweise mit seiner Frau. Die ist nämlich verschwunden.» Anna sagt es widerwillig und setzt sofort mit einer Frage nach. «Kennen Sie Hubert Blank?»

Sie ist verrückt, denkt Mertens. Statt sich um ihren Klatsch zu kümmern und darum, nicht in die Kirchenredaktion versetzt zu werden, spielt sie wieder Detektivin. Ihr das auszureden würde keinen Sinn haben, weil sie starrköpfig ihre verschlungenen Wege geht, bis zum Ende. Mertens verspürt wenig Lust, sich Anna Marx in den Weg zu stellen, sie würde es ihm gewiß nicht danken. Fast tut sie ihm leid, aber eben nur fast. «Er ist seit zwei Jahren Projektleiter in Sachen TKF.»

«Taktisches Kampfflugzeug», erklärt er ihr, und sie sagt, daß sie Abkürzungen haßt, jede Form von Insidervokabular. Sie pflegt ihre altmodischen Weisen, denkt Mertens und überlegt, ob er ihr Grubers Entscheidung verraten soll, die Jungredakteurin zur nächsten Auslandsreise des Bundespräsidenten anzumelden. Fräulein Voss, nicht Anna Marx. Wenn das nicht die Schrift an der Wand ist… Arme Marx, einen Tobsuchtsanfall würde sie bekommen… nein, soll ihr das ein anderer sagen.

Udo Mertens fragt Anna jedoch, was eine verschwundene Ehefrau mit Waffengeschäften zu tun haben könnte, und diesmal zuckt sie mit den Achseln. Die Blank-Kolofsky-Verbindung möchte sie nicht preisgeben, nicht an Mertens, so weit geht die Liebe nicht. «Ich suche nach Spuren und tappe im Dunkeln.»

«Seien Sie bloß vorsichtig.» Udo Mertens meint es anders, als Anna dies versteht. Anna sieht Fräulein Voss in die Kantine kommen, sie sagt immer «Fräulein» zu ihr, nur um sie zu ärgern, und Anna nimmt ihr Tablett und stellt es auf das Laufband. Sie sieht durch Fräulein Voss hindurch, als diese sie grüßt, eine spontane und dennoch drittklassige Reaktion, auf die die Voss mit einem gemeinen Grinsen antwortet.

Fräulein Voss ist jünger, hübscher und ehrgeiziger als Anna Marx. Sie hat während ihres Studiums gelernt, je nach Bedarf Ellenbogen oder Charme einzusetzen. Sie ist eben *tough*, wie ihre Freunde und Bewunderer sagen. Fräulein Voss hat persönlich nichts gegen Anna Marx, sie findet sie sogar exzentrisch und originell. Aber die Marx sitzt nun mal mit ihrem dicken Hintern da, wo sie selbst hinwill. Fräulein Voss ist davon überzeugt, besser zu sein als die Marx, und diese Überzeugung gibt ihr das moralische Recht zu kämpfen – und zu gewinnen.

Anna fährt zum *Maritim-Hotel*. Die Streichhölzer, die Kolofsky liegenließ, stammen aus diesem Hotel, und der Gedanke liegt nahe, daß eine schillernde Figur in einem schillernden Hotel absteigt. Außerdem kennt Anna einen der Portiers: Fritz heißt er, und für wenig Geld und viele gute Worte ruft er sie manchmal an, wenn exklusive Gäste im Hotel absteigen.

Fritz kennt Kolofsky. Anna schiebt ihm fünfzig Mark zu. «Ein ständiges Kommen und Gehen bei diesem Gast», flüstert Fritz und behält dabei die Hotelhalle im Auge. «Der scheint halb Bonn zu kennen – dienstlich und zum Essen kommen allerdings nur Herren; die Damen kommen später und gehen in der Regel direkt in seine Suite.»

So wie er die «Damen» ausspricht, ahnt man, daß es keine sind, jedenfalls nicht im landläufigen Sinn. Anna fragt nach Sybille Blank, beschreibt sie ihm, und Fritz zieht sein Portiersgesicht in Denkerfalten. «Da war mal eine, muß so fünf, sechs Wochen her sein. Sie war erheblich älter als seine sonstigen, äh... Bekanntschaften, deshalb ist sie mir aufgefallen. Und sie hat mit ihm zu Mittag gegessen, in unserem Gourmet-Restaurant. Anschließend hat er sie zur Tür gebracht.»

«Keine besonderen Vorkommnisse?»

«Doch, ja. Sie ist nicht auf sein Zimmer wie all die anderen.»

Anna fragt Fritz, ob er sich nicht an das genaue Datum erinnern könne, und er verspricht ihr, in seinem Dienstplan nachzusehen und sie anzurufen. Sie fragt ihn nach den männlichen Besuchern, ob er da welche erkannt habe?

Fritz überlegt, überlegt... «Das kostet einen Tausender, tut mir leid.»

«Ein Tausender?» Annas Stimme bebt vor Entrüstung. Tausend Mark hat sie nicht mal auf dem Konto, geschweige denn in ihrer Brieftasche. «War der Papst hier? Oder der Bundespräsident? Fritz: Sie sind doch sonst nicht so ... materiell.»

«Och, man muß sehen, wo man bleibt. Ich sage nur eines: hochrangige Persönlichkeiten, Frau Marx.»

Jetzt überlegt Anna: «Das muß ich in der Redaktion checken... Können Sie mir nicht wenigstens einen Namen nennen – als Vorspeise sozusagen?»

Fritz, der Portier, schüttelt bedauernd sein Haupt. Er mag die Marx, aber man darf in diesen materiellen Zeiten das Geschäftliche nicht vergessen. Außerdem: Kolofsky gibt gutes Trinkgeld. Jetzt wendet sie sich enttäuscht ab, so will er sie denn doch nicht gehen lassen. «Da war noch was, Frau Marx...»

Anna bleibt stehen.

«Sie sind nicht die erste, die sich nach Kolofsky und seinem Umgang erkundigt. So ein Spitzeltyp hat einen Kollegen von mir über ihn aushorchen wollen. Wissen Sie, was der dafür löhnte? Fünfhundert Mark. Für ein paar Informationen!»

«Ich hab wohl den falschen Beruf... Vergessen Sie nicht, das Datum zu checken und mich anzurufen... und... danke, Fritz!»

Dafür kann man sich nichts kaufen. Aber es klang nett. Fritz sieht ihr nach, wie sie sich durch die Schwingtür schwingt, bevor er sich den Belangen seiner Gäste widmet. Sie für Sekunden am Hoteltresen stehen zu lassen, Sekunden nur, in denen er ihre Ungeduld wittert und vortäuscht, sie nicht zu sehen oder anderweitig beschäftigt zu sein... es bereitet höllisches Vergnügen.

Kapitel 20

Sie ist kein abgebrühter Killer, und sie reagiert auf das Schreckliche mit Grauen. Der Mann, der vor ihren Augen von der Couch rollt, hält die Hände an den Magen gepreßt, seine Gesichtszüge sind entgleist und sein furchtbares Röcheln bringt sie dazu, sich die Ohren zuzuhalten. Aber sie kann den Blick nicht von ihm wenden, sein Todeskampf ist von so furchtbarer Intensität, daß sie meint, daran teilzuhaben. Was sie in gewisser Weise auch tut, denn sie hat das E 605 in die Schnapsflasche geträufelt, sie hat ihn unter dem Vorwand eines klärenden Gespräches zu sich gelockt und ihm ein Glas von dieser Flasche angeboten.

«Ex auf die Ex-Beziehung» hatte sie zu ihm gesagt und gewartet, bis er das Glas leergetrunken hatte. Was für eine gräßliche Art, zu sterben, auch wenn er es verdient hat. Sie wünscht sich vom Leben zumindest einen schmerzfreien Tod.

Jetzt liegt er auf dem Teppich wie ein Embryo, sie hört nichts mehr, und seine Glieder zucken nicht mehr, so daß sie einen Schritt näher tritt und mit der Fußspitze prüft, ob noch Leben in ihm ist. Nichts. Aus dem Mund läuft eine Schleimspur, und seine Augen sind leer. Er ist der erste Tote, den sie so aus der Nähe sieht. Nicht alle Toten lächeln friedlich, weil sie glauben, das Leben überstanden zu haben.

Nach dem Grauen fühlt sie nun ein Gefühl des Triumphes. Es ist gelungen, das Projekt ist nach Plan verlaufen, sie hat bisher keinen

Fehler gemacht. Der Idiot ist in die Falle getappt, weil sie an sein Mitleid appelliert hat. «Eine letzte Begegnung» – wie konnte er den Doppelsinn ihrer Worte verstehen, er, der sie doch immer so unterschätzt hatte. Ob er in seinen letzten Sekunden kapierte, daß er an Ungeziefervernichtungsmittel krepierte – und wenn, durchblickte er die Ironie des Ganzen?

Als er zu schreien anfing, war sie ohne Eile ans Telefon gegangen und hatte den Notarzt angerufen. Sie hört die Sirene, die jetzt lauter wird, und blickt aus dem Fenster. Sie wartet auf das Klingeln, sie öffnet die Tür und wartet auf die Männer, die zu spät kommen. Sie stürmen in ihr Wohnzimmer, sie zeigt auf den leblosen Körper auf ihrem Teppich, und dann beginnt sie zu weinen.

Weinende Frauen, die einen Toten im Zimmer haben, werden zunächst mit Rücksicht behandelt. Natürlich wird man die Polizei holen. Man wird sie fragen, was geschehen ist, und sie wird sagen, daß sie diesen Mann empfangen und bewirtet hat. Er wollte Grappa trinken, sie schenkte ihm ein Glas ein, und für sich einen Calvados, weil sie keinen Grappa mag. Sie wird unter Schluchzen weiter erzählen, daß ihr diese Flasche von einem oder einer Unbekannten zugeschickt wurde. Wie konnte sie ahnen, daß die Flasche präpariert war?

Man wird es überprüfen, den Postboten befragen, und er wird sich daran erinnern, daß er ihr ein Paket mit einer Flasche zugestellt hat, weil sie beim Empfang des Pakets dieses geschüttelt und eine Bemerkung dahingehend gemacht hatte, wer ihr wohl eine Flasche zukommen lasse?

Der Postbote ist Teil des Planes. Der Plan ist, die Polizei glauben zu lassen, daß *sie* das Opfer sein sollte und daß *er* nur zufällig daran starb.

Der Absender des tödlichen Geschenks? Natürlich anonym, sie hatte sich sehr große Mühe gegeben, die Flasche anonym an ihre Adresse zu senden.

Ein perfekter Plan, denn die Polizei würde sich darauf konzentrieren, Motive für ihre potentielle Ermordung zu finden. Ein perfekter Mord, wenn sie nur überzeugend ihre Rolle spielt, die sie bis ins Detail geübt hat. Die Rolle des Opfers, das noch einmal davongekommen ist. Oh, wie furchtsam wird sie sein, wie fassungslos darüber, daß jemand ihren Tod wünschen könne. Sie weiß, daß sie überzeugend sein muß. Sie weiß, daß sie es kann.

Anna kocht Borschtsch für Hauptkommissar Gottlieb Hermes, und sie hat, während sie die rote Bete in Würfel schnitt und in Balsamessig, Wein und Zucker marinierte, die geeignete Methode gefunden, Philipp Handke zu ermorden. Ein von A bis Z vollendeter Plan, fast so gut wie die Suppe, die zwar vom Original abweicht, aber von Anna dennoch Borschtsch genannt wird. Sie kocht sie mit einer kräftigen Rinderbrühe, in der Rindfleischwürfel noch zwei Stunden köcheln. Sie fügt die marinierte rote Bete hinzu, Kartoffelwürfel, grob gehackten Kohl. Keine Gewürzorgie, nur Salz und Pfeffer sowie ein Hauch Tomatenmark – das Ganze einkochen lassen, mit Schmand und Sahne binden, mit Crème double und Dill servieren. Ganz einfach, so wie dieser Plan…

Sie hat Hermes eingeladen, weil man Borschtsch nicht für eine Person kochen kann, es wäre Verschwendung. Kolli hat keine Zeit, Freundin Elsa ist verliebt und unansprechbar, niemand liebt Anna und ihren Borschtsch. Dabei hat sie beim Kochen immer die besten Ideen.

Sie hat Hermes eingeladen, weil er gerade anrief, als sie Lust zum Kochen hatte. Nein, er ist kein Objekt ihrer Begierde, vielmehr ein Mann, den sie benutzt, um auf dem Boden der Realität zu bleiben. Das Spiel in ihrem Kopf macht euphorisch – und es macht auch angst. Gedanken setzen sich fest und fangen an, einen zu beherrschen. Anna weiß nicht, wie weit sie gehen will und kann. Die Mörderin in Anna Marx ist eine Person, die ihr das süße Gefühl der Rache verspricht und das Ende irrwitziger Hoffnungen. Diese Person behauptet, daß mit Philipps Tod auch die Leiden ein Ende haben. Anna halt dagegen, daß dies nicht sicher ist und in jedem Fall die extremste Form der Selbstverteidigung. Anna pflegt keine Selbstgespräche über moralische Fragen mit ihrer Mörderin. Ihre Argumente wären langweilig. Das Gute ist zuweilen langweilig und das Böse immer aufregend, faszinierend wie die verbotenen Höhlen der Kindheit oder die Höllenqualen der Sünder.

Das Leben ist anders, als wir denken. Es besteht darin, Gottlieb Hermes einen zweiten Teller Borschtsch aufzutragen, mit ihm Bordeaux zu trinken, für den sie sich herzlichst bedankte, als er ihn mit stolzem Lächeln auf ihren Tisch stellte. Das Leben ist reichlich verlogen, denn Anna spricht mit ihm über Dinge, die sie erst in zweiter Linie interessieren. Sie erzählt ihm von ihrer Begegnung mit Hank Kolofsky und von dessen Begegnung mit Sybille Blank. Wenn es eine Verbindung gibt zwischen dem Waffenhändler und Hubert Blank, und wenn Sybille Blank davon wußte und ihren Mann erpreßte, wäre dies nicht ein vorzügliches Motiv für einen Mord?

«Einen Mord aus Leidenschaft würde ich ihm auch kaum zutrauen», sagt Hermes, «denn diese emotionale Schweinerei paßt ganz und gar nicht in das Bild dieses Mannes.»

Anna schluckt und sagt gar nichts.

Sie sieht verwirrt aus, denkt er zärtlich, und daß sie zu den altmodischen Frauen gehört, die noch kochen können und sich dafür Zeit nehmen, statt lieblose Mikrowellenküche mit Papierservietten auf den Tisch zu knallen. Frau Hermes behauptet, daß er sie nicht als Köchin engagiert habe und daß ihr ihre Zeit zu schade sei für solche Dienstleistungen. Dem Argument ist schwer zu begegnen, und er weiß natürlich, daß ihr Engagement in der Partei, der Friedens- und Umweltbewegung wichtiger ist als sein leibliches Wohl. Trotzdem reibt er sich mit zunehmender Verbitterung an ihrem Anspruch, die Welt zu verbessern statt die Künste einer Ehefrau.

«Gibt es Neues im Fall Laubwitz?» Anna denkt noch einmal an Anton und diesen verunglückten Abend, der sein letzter war.

«Eine vage Spur, nicht mehr... Wir haben an die fünfzig Leute aus der einschlägigen Szene vernommen, aber...»

Jetzt sieht sie enttäuscht aus, und um sie zu trösten, erzählt er ihr, was er nicht dürfte: «Die Staatsanwaltschaft ermittelt gegen Hubert Blank.»

«Wegen Mordes?»

Gottlieb Hermes schüttelt den Kopf. «Nein, und das muß wirklich unter uns bleiben. Es geht um Vorteilsnahme beziehungsweise Bestechung in einem äußerst geheimen Rüstungsprojekt, an dem auch der BND beteiligt war. Fällt in den Bereich Militärisches Nachrichtenwesen.»

Nun hat er ihre ungeteilte Aufmerksamkeit, und er gesteht sich ein, daß ihm dies schmeichelt. «Ich kann Ihnen nicht sagen, um welches Projekt es sich handelt, die Sache ist auch schon vier Jahre alt, aber vermutlich hat Blank als zuständiger Projektleiter... zu enge Kontakte mit der Industrie gepflegt. Reisen, vermutlich ein Konto in der Schweiz... das Übliche.»

Das Übliche, denkt Anna und fragt sich, wo die Emporung bleibt? Die vielen Hände, die in Deutschland einander waschen, sind kaum noch der Aufregung wert. Ein paar Staatsanwälte ermitteln, ein paar Journalisten schreiben, ein paar Bürger gehen nicht zur Wahl. Wer unten ist, findet das ungerecht, und wer oben ist, ist selbstgerecht. Die freie Marktwirtschaft ist so frei... «Halten Sie es für üblich?»

Sie sollte ihn nicht absichtlich mißverstehen. Gottlieb Hermes hält sich für einen treuen Diener dieses Staates, und er will es nicht zulassen, daß Einzelfälle seine positive Grundhaltung kaputtmachen. «Natürlich nicht. Aber wenn es um soviel Geld geht und um ein Projekt, das aufgrund der Geheimhaltung kaum kontrollierbar ist, dann kann dies die Beteiligten schon in Versuchung führen. Blank jonglierte mit Millionen, die zwischen Ministerium, dem BND und der beteiligten Industrie flossen. Er war eben, weil alle Fäden bei ihm zusammenliefen, der goldene Mann für die Industrie.»

«Ein kleiner Ministerialrat?»

«Ein kleiner Ministerialrat am richtigen Platz. Es wird natürlich sehr schwer zu beweisen sein, weil die beteiligten BND-Leute vermutlich keine Aussagegenehmigung bekommen. Und die Geldgeber haben sich bereits mit teuren Anwälten bewaffnet. Bleibt nur der Weg über Blank. Das Ganze geht übrigens auf eine anonyme Anzeige zurück.»

Anna denkt sofort an Sybille, fragt sich aber, warum diese eine Gans schlachten sollte, die goldene Eier legt? Sie zündet sich nachdenklich eine Zigarette an und ignoriert seinen strafenden Blick. Ein Mann, der Gottlieb heißt und Sonnenblumenkerne kaut, sollte nicht mit Steinen werfen. «Sehen Sie eine Verbindung zu Sybille oder Kolofsky?»

Er bemüht sich, die Rauchringe zu ignorieren. Sie hat die Teller nicht abgeräumt, sondern bloß zur Seite geschoben. Ihr Küchentisch ist groß, überhaupt ist der Raum gemütlich, und die Situation wäre perfekt, wenn auch sie Sonnenblumenkerne kauen würde. «Kolofsky ist erst später auf den Plan getreten, aber es ist durchaus möglich, daß sich die Ermittlungen auch auf dieses Projekt ausdehnen. Wer einmal nimmt... Sie wissen schon.»

Ich weiß nichts, denkt Anna. Ich gehöre zu den Idioten, die keiner für bestechungswürdig hält. Ich schreibe dumme Geschichten über langweilige Leute, und ich stürze mich auf spannende Geschichten, die meist eine Nummer zu groß sind. Vielleicht wirst du mich eines Tages wegen Mordes verhaften, lieber Gottlieb Hermes, und ich werde gar nicht erst versuchen, dich zu bestechen, weil du auch zu den Dummen gehörst, die Feigheit mit Anständigkeit verwechseln.

«Wird es eine Hausdurchsuchung geben? Ich meine, dann wäre es doch möglich, daß man...»

«...die Leiche im Keller findet? Wäre das Ihre Vorstellung eines Happy-End?» Hermes grinst, denkt dabei, daß der Staatsanwalt ganz andere Leichen im Sinn hat. Die Spur führt von Blank weiter nach oben, zu Männern, die auch an dem Projekt beteiligt waren, wichtiger noch als Blank... Aber das kann er ihr nicht sagen, er hat ihr schon viel zuviel erzählt. Natürlich hat er den Staatsanwalt über das mysteriöse Verschwinden der Frau Blank informiert. Natürlich ist es möglich, daß es Querverbindungen gibt... alles ist möglich, sogar, daß Anna Marx eines Tages Sonnenblumenkerne kaut und jeden Tag für ihn kocht...

Anna räumt ab und stellt Käse auf den Tisch, dazu Bauernbrot und eine Flasche alten Genever. «Sie sollten sich mal Fabian Blank vornehmen. Der Junge weiß mehr, als er sagt...»

Hermes hört ihr nicht richtig zu. Kann er ihr sagen, daß er zutiefst davon überzeugt ist, daß Sybille Blank noch lebt? Mit Fakten kann er das nicht belegen, aber was spricht dagegen, daß Sybille Blank sozusagen als Vorhut mit all dem Geld vorausgereist ist, auf die Kayman-Inseln beispielsweise? Je nachdem, wieviel Geld Hubert Blank im Lauf der Jahre kassiert hat, wird es für ein Rentnerdasein in der Sonne reichen. Für beide. Er hat dem Staatsanwalt, mit dem er auch befreundet ist, dringend geraten, einen Haftbefehl gegen Blank zu erwirken.

Er sagt es ihr, und weil sie eine störrische Person ist, die sich noch in jedem Fall in einer Spur verrannte, schüttelt sie den Kopf und murmelt unidentifizierbare Laute der Ablehnung. «Diese Ehe war eine Hölle», sagt sie. «Wenn Blank Geld für seine alten Tage zur Seite geschafft hat, dann bestimmt nicht, um sie mit Sybille zu verbringen. Sie war maßlos eifersüchtig, also muß sie ihn geliebt haben, also verläßt sie ihn nicht einfach oder reist als Vorhut auf irgendwelche Inseln.»

«Sie hatte einen Liebhaber, Marx.»

Annas Augen sind sehr grün. «Mein Gott, von Frauen verstehen Sie gar nichts, Hermes.»

Die Worte kennt er wohl, und aus ihrem Mund sind sie besonders verletzend. Er schweigt beleidigt, trinkt den Genever in einem

Zug leer. Denkt, daß die Blank womöglich mit Geld abgehauen ist, um sich mit ihrem Liebhaber irgendwo zu treffen, ein Plan, der von törichten Totschlägern vereitelt wurde. Aber nichts, was er sagen könnte, würde in diesen rothaarigen Kopf hineingehen. Ein markanter Kopf, der jetzt vor seinen Augen leicht verschwimmt, so daß ihm schwindelt. Zuviel Wein, zuviel Schnaps, zuviel Marx. Er bemüht sich, nicht zu schwanken, als er aufsteht und etwas davon murmelt, daß er am nächsten Morgen Frühdienst habe.

Jetzt sieht er aus wie Marlene Dietrich, falls man ihr je gesagt hätte, daß sie keine schönen Beine habe, denkt Anna. Soll er doch gehen, ich wollte ohnehin nicht mit ihm ins Bett.

Anna schlägt ihm immerhin vor, ein Taxi zu bestellen. «Der letzte Mann, der bei mir zum Essen war, lebt nicht mehr.»

Der Scherz klingt frivol, doch er wartet mit ihr an der Tür auf das Taxi, lobt noch einmal das Essen, legt ihr ans Herz, seine Informationen vertraulich zu behandeln. Das Leben ist sehr verlogen, denn eigentlich denkt er an Sex und daran, daß alles möglich gewesen wäre, wenn er nicht soviel getrunken und über erotischere Themen gesprochen hätte. Die Ansammlung verpaßter Gelegenheiten findet Gottlieb Hermes mittlerweile beunruhigend. Wenn sie sich zur Geschichte seines Lebens verflechten, hätte er jeden Grund, zu Fuß nach Hause zu gehen und das Schicksal herauszufordern.

Kapitel 21

Als Anna am nächsten Morgen erwacht, ist sie sechsundvierzig Jahre alt und einmal mehr verkatert und verquollen. Das Leben bietet keine Perspektiven, die dazu Anlaß gäben, das Gesicht im Spiegel anzulächeln. Anna sagt laut und deutlich «Scheiße», bevor sie die Rituale der Säuberung und schlampigen Restaurierung vollzieht. Das positive Denken will sich nicht einstellen, während sie in schwarze Kleidung steigt. Sie sollte sich mal was Neues, Farbiges kaufen, aber die roten Zahlen sprechen dagegen. Anna vermeidet den Anblick ihrer chaotischen Küche und verläßt die Wohnung frühstücklos. Sie steigt in ihr Auto, das gnädig anspringt.

«Wenn Sie mir etwas zu sagen haben, tun Sie es jetzt», sagt Annas

Stimme auf dem Anrufbeantworter. Dann piepst es, bevor ein Rauschen ertönt, das auf weite Entfernung schließen läßt.

«Sybille hier. Mach dir keine Sorgen, mir geht es gut», sagt eine Stimme, sehr schnell und sehr durchrauscht von sphärischen Tönen. «Danke für ihren Anruf», sagt Annas Stimme nach dem finalen Piepston.

Hubert Blank sitzt dem Staatsanwalt gegenüber. Er ist bleich, aber gesammelt und fühlt sich in Gegenwart seines teuren Anwalts einigermaßen sicher. Die beiden sprechen über den Fall, als wäre er, die Hauptperson, gar nicht vorhanden. Der Staatsanwalt, ein kleines Männchen mit billigen Schuhen und der Mimik eines Großwildjägers vor dem Abschuß eines Elefanten, sagt etwas von einem Haftbefehl, wenn das Schweigen, Blanks Schweigen, andauere.

Der Anwalt spricht von seinem Mandanten, als sei er ein «kleiner Fisch im großen Haifischteich». Hubert Blank findet den Vergleich anstößig, er will etwas sagen, aber seine Gedanken gleiten immer wieder ab zu der Frage, wer sich gegen ihn verschworen hat. Wertheim? Oder Kolofsky, aber welchen Grund sollte er haben, ihn mit einer alten Geschichte zu denunzieren, wo er doch alles für die aktuelle Sache unternommen hatte? Sie können mich nicht fallen lassen, denkt Blank: Ich weiß doch zuviel. Die glauben doch nicht, daß ich mir das gefallen lasse?

Evangelista putzt die Küche und singt dabei, um Jonathan zu unterhalten, der in seinem Laufstall mit farbigen Hölzern spielt. Er ist ein so lieber Junge, er ist ihr ans Herz gewachsen wie ein eigenes Kind. Wenn er bei ihr ist, dann verliert sie die Angst vor der Polizei und vor der rothaarigen Frau, die herumschnüffelt, so sagt Fabian jedenfalls, und er hat ihr dieses Wort erklärt, weil sie es nicht kannte.

Fabian sitzt am Eßtisch und hört Musik aus Kopfhörern, denn ihr Singen mag er nicht, das hat er schon oft gesagt. Warum sitzt er dann da und beobachtet sie?

Er macht sie nervös. Er stört sie bei der Routine des Arbeitens, die ihr auch hilft, die Angst wegzudrängen. Zweimal war die Polizei jetzt da, aber Fabian ist bei seiner Version geblieben, daß er Sybille aus dem Haus gehen sah. Zweimal hat sich Evangelista in ihrem Zimmer versteckt gehalten, und es ist gutgegangen. So wie Hubert gesagt hat: Kein Mensch interessiert sich für eine Filipina ohne Papiere. Sie vertraut seiner Klugheit. Denn er war es, der Fabian überredet hat, ihre Beobachtung als seine auszugeben. Als sie Hubert erzählte, daß sie Sybille gesehen habe, da wußte er sofort, daß sie als Zeugin nicht gut ist, daß sie dabei selbst in Gefahr kommt.

Natürlich weiß Evangelista, daß es auch für Hubert nicht angenehm ist, wenn sie abgeschoben würde. Man würde ihn bestrafen, aber was für eine Strafe wäre das im Vergleich zu einer Rückkehr auf die Philippinen. Was sollte sie dort machen ohne Jonathan, ohne Geld… Die Familie hat sich ein Haus gebaut, das ist gut, aber von diesem Haus kann sie nicht leben…

«Du solltest einen Deutschen heiraten, damit du endlich legal hier bist», hat Hubert gesagt. Ob er damit jemanden Bestimmten gemeint hat? War das ein Versprechen? Sie hat doch niemanden außerhalb dieser Familie. Selbst Fabian, vor dem sie Angst hat, manchmal, ist ein Teil von ihr geworden, sie kennt ihn so gut, viel besser, als er glaubt.

So wie er jetzt sehen Männer Frauen an, wenn sie mit ihnen ins Bett gehen wollen. Evangelista legt das Poliertuch zur Seite und nimmt Jonathan in den Arm, als Schutz sozusagen. Fabian sieht sie unentwegt an, und dabei bewegt sich sein Kopf im Takt der Musik. Sie mag seine Musik nicht, aber das würde sie ihm nie sagen. Sie muß ihm dankbar sein dafür, daß er sie vor der Polizei gerettet hat. Es war Huberts Idee, aber der Junge hätte auch nein sagen können. Sie wäre nie auf den Gedanken gekommen, daß er in sie verliebt ist, bis… Jetzt sieht sie es in seinen Augen. Warum hat sie solche Angst? Es ist doch nichts Besonderes, daß ein Mann eine Frau will. Sie wird es Hubert erzählen, und er wird die Sache in die Hand nehmen und zu ihr sagen «Alles ist in Ordnung».

Jonathan gibt ihr einen feuchten Kuß. Diese Liebe ist ohne Angst, dieses Kind ist ihre große Liebe. Selbst Fabian respektiert, daß Jonathan vollkommen von ihr abhängig ist. Jetzt legt er seine Kopfhörer weg, wippt mit verschränkten Armen auf seinem Stuhl, schweigt sie an. Evangelista hält Jonathan fest, aber er wehrt sich gegen die Umarmung, will wieder auf den Boden, strampelt so fest, daß sie nachgibt, so wie sie seinem Willen immer nachgibt. Auch diese Liebe funktioniert nicht nach Evangelistas Regeln.

«Die perfekte Mutter», sagt Fabian jetzt spöttisch. «Aber an deiner Stelle würde ich Hubert nicht alles glauben. Die Polizei wird wiederkommen – und ewig kannst du dich nicht verstecken.»

Sie hockt neben Jonathan auf dem Boden, sieht zu ihm hoch. Fabian ist groß aus dieser Perspektive, sehr groß. Evangelista weiß, daß er recht hat, aber sie will nicht darüber nachdenken. Wenn sie nachdenkt, kommen diese Kopfschmerzen, das furchtbare Hämmern in ihrem Kopf, das schließlich alle Gedanken ausschaltet und sie nur auf den Schmerz reduziert. Sie hat diese Krankheit, seit sie in Deutschland ist, aber es gibt Pillen dafür. Gegen jeden Schmerz gibt es Pillen in Deutschland. Sie will nicht zurück.

«Dein Vater wird mich schützen», sagt sie.

Fabian lächelt gemein. «So wie er Sybille geschützt hat?»

Sie weiß nicht, was er damit meint, aber die Worte klingen drohend, und in ihrem Kopf beginnt es zu hämmern, und sie möchte Jonathan dafür anschreien, daß er auf den Boden gespuckt hat, den sie gerade geputzt hat. Schleimige Milchreste auf den italienischen Fliesen, die so schwer zu putzen sind. Wie oft hat sie es getan... tausendmal, Fliese für Fliese...?

Evangelista holt ein feuchtes Tuch, während Jonathan mit kleinen Fingern sein Erbrochenes verschmiert. «Wenn du mich heiratest, bist du alle Sorgen los», sagt Fabian, während sie dem Kleinen die Finger saubermacht.

«Du hast sie doch gehaßt.» Evangelista sieht nicht hoch, während sie auf den Knien den Boden schrubbt. Sie versteht nicht oder will nicht verstehen.

«Du bist dumm, Evangelista. Ich hab sie nicht gehaßt. Sybille hat mich enttäuscht, weil sie ein Typ war, der Liebe nicht gleichmäßig verteilen konnte. Hubert und Lydia, mehr war bei ihr nicht drin, gefühlsmäßig... Und was sagst du zu meinem Angebot?»

Der Boden ist sauber, doch Jonathans Pullover ist verschmiert. Jetzt schreit er, weil sie ihn hochnimmt. Evangelista hält ihn als Schutzschild zwischen sich und Fabian: «Du bist zu jung. Und Hubert würde das nie erlauben.»

Ihr kleiner, schmaler, zäher Rücken ist ihm jetzt zugewandt. Sie trägt Jeans und ein T-Shirt, und seines Bruders Gesicht greint ihn von vorne an. Jonathan hat noch keine Pickel, seine Haut ist glatt und rosig, und Fabian denkt, daß der Bastard jeden Grund zum Weinen hat, bei dem, was ihm alles noch bevorsteht.

«Das ist mir scheißegal, was Hubert sagt», ruft er ihr nach. «Und es gibt verdammt vieles, wofür ich nicht zu jung bin.»

Sie antwortet nicht. Im Kinderzimmer legt sie Jonathan auf den

Wickeltisch und säubert ihn, während er schreit. Sie liebt ihn, aber jetzt gibt sie ihm einen Klaps auf den nackten Po. Nicht allzu hart, aber doch so, daß sich das Weinen in Brüllen steigert. Evangelista will nicht darüber nachdenken, daß dieses Kind das einzige Wesen ist, über das *sie* Macht besitzt. Jemand, der ihren Ängsten ausgeliefert ist. Sie könnte Jonathan sehr weh tun, aber sie tröstet ihn jetzt, singt ihm vor, bis er ruhig ist.

Kapitel 22

«Ich weiß nicht, ob das ihre Stimme ist. Aber es könnte sein. Es ist so ähnlich wie ihre Stimme.»

Hubert Blank läuft weiter, während Anna ihm das Tonband unter die Nase hält, sie läuft neben ihm und fühlt sich wie Zatopeks Großmutter. «Können Sie nicht stehenbleiben, verdammt noch mal, wenn Sie mit mir reden.»

Er läuft weiter, langsamer allerdings. Er trägt einen sehr teuren Jogginganzug und die entsprechenden Schuhe, und er ist sportgestählt, während Annas Raucherlungen gefährlich pfeifen. Sie sind allein auf diesem Weg im Kottenforst, und er erwägt den großen Sprint, um die Marx endlich loszuwerden.

«Warum ruft Sybille nicht zu Hause an? Warum bei mir? Und woher sollte sie denn wissen, daß ich mir Sorgen mache?»

Sie ist jetzt schon einen Schritt hinter ihm, er füllt seine Lungen mit Luft, um sie endgültig abzuhängen, davonzulaufen, vor ihr und all den anderen, die ihm auf den Fersen sind wie Bluthunde. Er dreht sich nicht nach ihr um, sondern sieht starr geradeaus auf den Weg vor ihm, eine Strecke, die endlos sein kann, wenn er einfach nicht aufhört zu laufen…

Es ist sinnlos. Hubert Blank bleibt stehen und wartet auf Anna Marx, die betont langsam auf ihn zugeht, immer noch dieses lächerliche Tonband in der Hand. Jetzt steckt sie es in ihre Tasche. Jetzt steht sie vor ihm und sagt: «Wenn es einen Hinweis dafür gibt, daß Sybille tot ist, dann ist es dieser Anruf. Woher sollte sie denn wissen, daß ich mir Sorgen mache?»

Soll er ihr sagen, wie kalt ihn das läßt? Sybille, tot oder lebendig, weckt keinen Funken Gefühl mehr in ihm. Das ist die Wahrheit. Alle anderen Wahrheiten sind so kompliziert, daß nur er sie verstehen kann. Wie könnte er sie einem Staatsanwalt erklären oder einer Journalistin mit roten Haaren? «Gehen Sie zur Polizei, machen Sie, was sie wollen. Aber bitte lassen Sie mich in Ruhe.»

Manchmal kann sie erbarmungslos sein: «Sie haben Probleme mit dem Staatsanwalt, nicht wahr? Ein Bestechungsvorwurf, habe ich gehört.»

Er könnte sie umbringen. «Was hab ich Ihnen getan, daß Sie mich verfolgen...»

Als er einen Schritt auf sie zugeht, weicht Anna einen Schritt zurück. Keine Feigheit vor dem Feind, bloß eine Vorsichtsmaßnahme. Wir sind ganz allein im Wald, denkt sie, bevor sie einen jungen Mann mit großem Hund sieht und beruhigt ausatmet. «Ich glaube, daß Sie mich von Anfang an belogen haben. Sie wußten, daß Sybille nicht... verreist ist. Hat sie von Ihren... Geschäften... gewußt? Ich meine, sie war doch so neugierig, es war bestimmt schwer, vor ihr Geheimnisse zu haben.» Und vor Fabian, denkt Anna. Fabian, der Spion im Haus. Fabian, der Sybille als letzter gesehen hatte...

«Ich bin unschuldig», sagt Hubert Blank jetzt. «Ich bin Opfer einer infamen Intrige.» Er blickt Anna an, als sei sie Teil der großen Verschwörung, wie ein gehetztes Wild sieht er aus, aber auch wie ein beleidigter Ministerialrat. Die Mischung ist nicht mitleiderregend. Warum mag sie ihn nicht? Oder ist es nur Philipp, den sie in ihn hineinprojiziert?

Annas junger Mann mit Hund ist hinter den Bäumen verschwunden. «Sind Sie nie auf den Gedanken gekommen, daß Kolofsky damit zu tun hat? Sybille war bei ihm. Was wollte er von ihr – oder sie von Kolofsky?»

Das ist neu, das sollte ihn erschrecken. Doch Hubert Blank hat den Punkt bereits überschritten, an dem Überraschungen Schocks auslösen. Der Anwalt verlangt dreißigtausend Mark Vorschuß für seine Bemühungen. Evangelista pestert ihn mit ihrer verdammten Anhänglichkeit. Sein Sohn beobachtet ihn mit Argwohn und vielleicht Haß. Und selbst Babette, die loyale Freundin, stellt bohrende Fragen. Es ist so: Die Ratten, die ihn umgeben, verlassen das sinkende Schiff. Diese Frau hier, die ihm in anderen Zeiten vielleicht zugeflogen wäre, auch sie will seinen Untergang beschleunigen. Es war alles in Ordnung, denkt Blank, bis Kolofsky auf den Plan trat und mich in seine Machenschaften verwickelte. Hubert Blank war einer, der sein Leben immer unter Kontrolle hatte, im Gegensatz zu

Sybille. Das ist nicht mehr so. Die Ordnung löst sich auf in ein Chaos, das in Wellen über ihm zusammenschlägt...

«Hat Kolofsky mit Sybilles... Tod zu tun?»

Hubert Blank kehrt von einer furchtbaren Reise ins Innere zurück. «Ich weiß es nicht. Vielleicht hat sie sich mit ihm getroffen, um in unserem Ehekrieg neue Waffen zu schmieden.» Er lächelt böse: «Und Kolofsky wollte Sybille möglicherweise aushorchen. Ist das nicht alles sehr unwichtig geworden?»

Natürlich nicht. Anna fragt sich, ob da noch jemand seinen Realitätsbezug verloren hat. Opfer oder Täter vermischen sich einmal mehr zu einem Gebräu schaler Leidenschaften. Aus seiner Sicht, denkt Anna, hat Sybille den Tod durchaus verdient. Aber kann sich einer wie Blank über sein beinahe ordentliches Leben hinwegsetzen, um sich extreme Wünsche zu erfüllen? «Sie tun mir leid», sagt Anna, und auch das ist falsch. Männer mögen es nicht, wenn Frauen sie bemitleiden.

«Ich wäre Ihnen sehr verbunden, wenn Sie sich jetzt entfernten.» Blank sagt es und tut es, indem er Anna stehenläßt und in Richtung Wald sprintet. Er entfernt sich sehr schnell von ihr, und sie hat weder Lust noch Chance, ihn einzuholen. So dreht sich Anna also um und geht den Weg zurück, den sie hinter ihm hergelaufen war. Als sie zum Parkplatz kommt, sieht sie einen Mercedes einparken. Am Steuer sitzt ein massiger Mann, und als er aussteigt, erkennt sie ihn: Es ist Hank Kolofsky, der Waffenhändler. Anna duckt sich hinter ihrem Auto, als er in einiger Entfernung an ihr vorbeigeht. Er geht in die Richtung, aus der sie gekommen ist, und es sieht so aus, als ob er sie nicht entdeckt hat.

Anna denkt, jetzt müßte ich hinter ihm herschleichen und das Gespräch zwischen Orson Welles und Robert Redford belauschen. Sie ist überzeugt davon, daß die beiden sich treffen. Aber sie ist auch davon überzeugt, daß sie keinesfalls unbemerkt in die Nähe der beiden käme. Kahle Bäume, sie kann sich ja nicht gut anrobben, und selbst dann würde man sie sehen. Feigheit ist auch immer ach so vernünftig.

Und jeder ist seines Glückes Schmied. Einer von Mutters dummen Sprüchen. Anna hat sich oft genug die Finger verbrannt, soviel ist dazu zu sagen. Annas Finger umklammern das Lenkrad, und eine Welle des Selbstmitleids überschwemmt sie mit gnadenloser Sentimentalität. In dieser Welle befindlich fährt sie rückwärts und bremst in letzter Minute, als sie zwei Kinder im Rückspiegel sieht. Die Kinder sehen erschrocken aus, und Anna denkt, was für ein verdammtes Glück sie eben gehabt hatte. Man darf sich eben nicht vom Leben ablenken lassen. Vielleicht ist das die Formel zur Relativitätstheorie des Glücks.

Die beiden Männer im Wald haben Bremsen quietschen hören, und Hubert Blank zuckte zusammen. «Sie sollten Ihre Nerven besser im Griff haben», sagt Kolofsky. Ein konspiratives Treffen dieser Art ist allerdings auch nicht nach seinem Geschmack. Zuviel Natur macht ihn kribbelig. So wie der Mann vor ihm: Ein Hubert Blank, der in Panik gerät, kann ihm gefährlich werden. Es ist einiges nicht nach Plan gelaufen in den letzten Tagen, auch Kössler scheint vom Ruder zu gehen, und die Pressekampagnen über «Waffengeschäfte und Bestechung» haben eine Reihe von Leuten veranlaßt, sich am Telefon verleugnen zu lassen. Hank Kolofsky bevorzugt Länder mit angepaßten Presseorganen. Aber er ist keineswegs gewillt, jetzt aufzugeben, allenfalls, kurzzeitig Deckung zu suchen.

«Ich bin sicher, daß Wertheim oder einer von Wertheims Leuten mich denunziert hat.» Hubert Blank sieht ihn an, als ob er, Kolofsky, an seiner Unbill schuld sei. Nun ja, er hat ihn dazu bewogen, das Gründungspapier des «Konservativen Gesprächskreises» zu besorgen. Schon möglich, daß Wertheim zum Gegenschlag ausgeholt hatte. Auch wenn es ein krasser Fall von ministerialer Nestbeschmutzung wäre.

«Oder einer Ihrer Kollegen, der neidisch auf Ihre hervorragenden Industriekontakte war. Mein lieber Blank, es ist müßig, nach Schuldigen zu suchen. Sie müssen aus dieser Sache bestmöglich rauskommen, darum geht es. Und bitte vergessen Sie nicht, man will Sie mit einer alten Sache festnageln. Das V-12-B-Geschäft steht nicht auf dem Spiel.»

Hubert Blank starrt auf einen Himmel von eisigem Blau. «Noch nicht. Wenn die erst einmal anfangen zu graben...»

Kolofsky legt ihm eine schwere Hand auf die Schulter: «Unsinn. Nehmen Sie sich ein Beispiel an Ihren Politikern: Augen zu und durch. Alles belastende Material muß natürlich weg. Am besten geben Sie es einem guten Bekannten, mit dem man Sie nicht in Verbindung bringt. Und dann erzählen Sie in Gottes Namen von zwei Reisen, die Sie auf Kosten der Industrie unternommen haben. Ein bißchen Futter für den Staatsanwalt; Sie waren mit dem Industrieboß befreundet, wer könnte etwas dagegen haben? Wenn Sie den Zusammenhang nachweisen können, wird man Sie deshalb nicht hängen. Oder war damals etwa Geld im Spiel?»

Hubert Blank hat keinen Sinn für die Ironie dieser Frage. «Nicht direkt. Es hat natürlich gewisse Geldverschiebungen zwischen uns und den Firmen und dem BND gegeben.»

Erzähl mir nichts von deinen kleinen Schweinereien, du miese, korrupte Ratte. Kolofskys kleine Knopfaugen fixieren eine Tanne, die am Verrecken ist, und er findet es sehr erfreulich, daß das allgemeine Siechtum auch die Natur erfaßt hat. «Geheimdienst ist gut, die werden nichts sagen. Wo, lieber Freund, liegt also das Problem?»

«Was ist, wenn sie uns beide in Verbindung bringen?»

Kolofsky kann die Angst förmlich riechen. Sie durchdringt die kalte Waldluft, die ihm unangenehm genug ist. Er tritt einen Schritt zurück. «Ich habe mit diesen alten Geschichten nichts zu tun. Und niemand, Blank, ist zur Zeit daran interessiert, die Sache mit den Kampfflugzeugen hochkochen zu lassen. Dazu haben zu viele Beteiligte zuviel Dreck am Stecken. Auch unser Freund Wertheim. Das Schlimmste, was passieren kann, ist, daß die Entscheidung nochmals verzögert wird.»

Der Typ hat zuviel Angst für kalte Logik. Kolofsky ist durchaus in der Lage, den Entwicklungen der letzten Tage positive Seiten abzugewinnen. Wenn deutsche und europäische Rüstungsfirmen durch Skandale diskreditiert werden, kämen einer amerikanischen Lösung durchaus größere Chancen zu. Das hat er auch den Idioten in Phoenix gesagt, die sich schon in die Hosen machen, wenn Journalisten die Geschäftspraktiken der Rüstungsindustrie recherchieren. Hubert Blank gehört auch zu den Leuten, deren Appetit größer ist als ihr Magen. Sie kapieren einfach nicht, daß Geld und Risiko zusammengehören. «Sollte dieser lächerliche Staatsanwalt meinen Namen nennen: Sie sind mir auf dem Empfang des Luftwaffeninspekteurs begegnet. Keine weiteren Angaben zur Sache. Haben Sie das verstanden, Blank?»

Er haßt Kolofsky. In Blanks Rechtfertigung vor sich selbst spielt der dicke Holländer die Rolle des Bösen, und er denkt, daß Sybille von ihm sicher fasziniert war. Sie hatte einen Hang zum Morbiden, eine Neigung zum Negativen, die er nur ganz am Anfang interessant gefunden hat. Er ist froh, daß sie nicht mehr da ist, jetzt, da er verwundet ist. Jetzt braucht er Loyalität und Verständnis, etwas, das Frauen so selten zu geben bereit sind.

Er hat alle relevanten Papiere natürlich längst weggeschafft. Zu Babette, und das war ihm nicht leichtgefallen, aber nach reiflichen Überlegungen waren alle anderen Ratten ausgeschieden. Er ist nicht mehr sicher, ob das eine kluge Entscheidung war, aber... sie liebt ihn und sie wird ihn nicht verraten. Das muß reichen in diesen Zeiten, in der jeder seine Haut zu retten versucht – im Zweifelsfall auf seine Kosten. Auch Kolofsky: Der Dicke hat Schweißperlen auf der Stirn, obwohl es kalt ist. Der Dicke bewegt seine Lippen zu einer Art Grinsen und fragt: «Was ist das für eine Geschichte mit Ihrer verschwundenen Frau?»

«Müßten Sie das nicht besser wissen? Sie haben sie doch getroffen.»

Bonn ist ein Dorf, denkt Kolofsky. Wer nicht gesehen werden will, muß sich in den Wald verziehen. «Ich weiß gar nichts. Ich habe sie mal zum Essen eingeladen, um sie über Sie auszuhorchen. Das ist alles, ich schwör's. ...eine sehr charmante Gattin übrigens.»

Jedes Wort ist Lüge. Jedes Wort ist ein Angriff, so empfindet er es. Kolofskys fettes Gesicht verrät nichts als Hohn. «Eines sag ich Ihnen jetzt, Kolofsky: Wenn es hart auf hart kommt, werde ich niemanden schonen. Verstehen Sie mich. NIEMANDEN.»

Er hätte es nicht anders erwartet. Die Frage ist, ob man dieser Drohung mit Zuckerbrot oder Peitsche begegnen muß. Kolofsky entscheidet sich für letzteres. Blank ist der Typ, der kuscht, wenn man ihn richtig anfaßt. «Es wäre gesünder für Sie, sich für die kleine Lösung zu entscheiden, Blank. Und was Ihre Frau betrifft: Sie war eine penetrant neugierige Person, und sie wußte zuviel über Ihre Geschäfte. Jedenfalls so viel, daß sie versucht hat, mich um die stolze Summe von einhunderttausend Mark zu erleichtern.»

Es überrascht ihn nicht einmal, es steigert nur seine Wut auf die beiden, die ihn auf ihr Niveau gezogen haben, ihn, Hubert Blank, einziger Sohn eines Luftwaffengenerals, ein Mann mit blendendem Aussehen und blendenden Aussichten. Wann genau war es geschehen, daß die Hoffnungen auf das Mindestmaß des Lebens reduziert wurden? Es interessiert ihn nicht, aber er fragt trotzdem: «Haben Sie ihr das Geld gegeben?»

Kolofsky überlegt sich seine Antwort genau: «Nein, hab ich nicht. Ich habe sie vertröstet, ich wollte die Angelegenheit mit Ihnen besprechen, bis ich hörte, daß die Dame verschwunden ist. Haben Sie sie umgebracht? Das wäre in Anbetracht Ihrer gegenwärtigen Schwierigkeiten eine äußerst ungünstige Konstellation, Blank.»

Selbst der Staatsanwalt hat ihn mit seinem Titel angesprochen. Hubert Blank kann nicht mehr verstehen, daß er diesen Mann als eine Art Kamerad betrachtet hatte. Sich in seiner Gegenwart wohl und wichtig gefühlt hatte: Selbst die exklusive Reise nach Belgien war nicht mehr als eine Freß-, Sauf- und Sexorgie. Inszeniert von einem fetten Mann, der auf die niedrigsten Instinkte seiner Mitmenschen spekuliert. Es ist Hubert Blank nicht möglich, seine Rolle in Kolofskys Spiel zu definieren. Er legt nur alle Festigkeit in seine Stimme: «Verschonen Sie mich mit solch absurden Verdächtigungen, Herr Kolofsky. Wenn Sybille versucht hat, Sie zu erpressen, könnte ich die gleiche Frage auch an Sie stellen, nicht wahr?»

Der Giftpfeil prallt ab wie ein Wurfgeschoß aus Papier. Männer, die wie Helden aussehen und wie Feiglinge leben, sind ihm besonders verachtenswert. Wenn Neid dabei ist, so hat Kolofsky gelernt, damit umzugehen. Denn er braucht sie, die Blanks dieser Welt, und jetzt entschuldigt er sich, und er schmeichelt ihm, baut ihn auf für seine Zwecke. Der Zweck heißt Selbstschutz, die Wahrung seiner Interessen. «Ich werde übrigens morgen nach Phoenix reisen, für zwei Wochen oder jedenfalls so lange, bis die Wogen dieser dummen Geschichte geglättet sind.» Kolofsky sagt es und klopft Blank aufmunternd auf die Schultern, bevor er sich umdreht und zu seinem Wagen watschelt.

Hubert Blank atmet tief durch und setzt dann seinen Lauf fort, in Richtung Röttgen, nach Hause, in das Haus seiner Eltern, in dem über Geld nie gesprochen wurde, auch dann nicht, als die Krankheit seiner Mutter Unsummen verschlang und seinen Vater zwang, sich zu verschulden. Gut, daß sie das nicht mehr erleben mußten. Hatte seine Mutter ihn nicht gewarnt, Sybille zu heiraten...

Er läuft mit regelmäßigen, schnellen Schritten, seine Kondition ist gut, alles wäre in Ordnung, wenn er die Uhr zurückdrehen könnte, am besten bis vor die Zeit, als er Sybille kennenlernte. Hubert Blank stoppt seinen rhythmischen Lauf erst vor dem Gartentor, es ist unverschlossen, und er ärgert sich über Fabians oder Evangelistas Nachlässigkeit.

Das Mädchen öffnet ihm die Tür mit diesem devoten Blick, den er anfangs mochte und der ihm jetzt auf die Nerven geht. Er macht sie auf ihr Versäumnis aufmerksam, aber sie entschuldigt sich nicht einmal, sieht verängstigt und verstört aus. Noch ein Klotz an meinem Bein, denkt er und hört kaum hin, als sie erzählt, daß Jonathan von der Wickelkommode gefallen ist. Nur eine Schürfwunde, sagt sie, und er meint, das sei ja nicht so schlimm. Sie möchte getröstet werden, aber dazu ist er weiß Gott nicht in der Stimmung. Soll sie sich mit ihrer Hausarbeit beschäftigen, dafür wird sie schließlich bezahlt.

Er geht in sein Arbeitszimmer, der einzige Raum, der nicht nach Sybilles Geschmack eingerichtet wurde. Dorthin hat er die alten Möbel gerettet, die seine Frau als zu bieder empfand. Der große Schreibtisch seines Vaters...

«Was machst du da?» Sein Sohn steht hinter dem Schreibtisch, er hat seine Pässe in der Hand, und die Pistole liegt auf der Arbeitsplatte. Sein Sohn, der schweigsame Schnüffler, er hätte ihn gerne geliebt, aber Fabian hat es nicht zugelassen, als er älter wurde und Sybilles Haß die Atmosphäre vergiftete.

«Die Schublade war offen. Friedrich Marx und Karl Engels – findest du das nicht ein bißchen zynisch... Vater?»

Sein Sohn spricht mit ihm. Aber die Worte gefallen ihm nicht. Er geht auf ihn zu, nimmt ihm die Pässe aus der Hand, wirft sie in die Schublade und sperrt sie zu. «Ich schätze es nicht, wenn man in meine Intimsphäre eindringt.»

Fabian murmelt etwas, das nach «zu spät» klingt. Er ist nicht zurückgewichen, als sein Vater auf ihn zutrat. Sein unreines Gesicht glüht – vor Aufregung oder Haß, das hält er jetzt für möglich, jetzt, da alle Ordnung sich auflöst...

«Ich werde Evangelista heiraten», sagt Fabian jetzt. Soviel Festigkeit liegt in seiner Stimme, doch was er sagt, ist so idiotisch, daß Hubert Blank zu lachen beginnt.

«Hör auf. Ich meine es ernst.»

«Hast du sie gefragt? Liebt sie dich etwa auch?»

Diese Überlegenheit in der Stimme. Fabian findet es unerträglich, hat sich immer an dieser Arroganz gerieben, bis er beschloß, die Wanzen zu legen und Vater in all seiner Erbärmlichkeit zu entlarven. Er ist nicht besser als ich: Diese Erkenntnis hat gutgetan, aber sie hat die Wunden nicht verheilen lassen.

«Vater, ich weiß, daß du mit ihr schläfst.» Oh ja, das hat gesessen. Die Maske hat einen Riß, der sehr häßlich ist. «Mutter hat es übrigens auch gewußt, ich hab es ihr nämlich erzählt.»

Ist es möglich, daß nicht Sybille, sondern Fabian der Auslöser des Chaos war? Er beobachtet seinen Sohn und will sich nicht fragen, was er falsch gemacht hat. «In Anbetracht der ... paranoiden Eifersucht deiner Mutter war das nicht besonders klug von dir.» Hubert Blank weiß, daß er noch überlegen ist, und er geht zum Gegenangriff über: «Vielleicht hat sie uns deshalb verlassen... Wolltest du das erreichen?»

Er haßt es, wenn sein Vater ihm direkt ins Gesicht sieht. Dann fühlt er seine Pickel glühen, fühlt sich wie ein häßlicher, dummer Junge. Gab es Zeiten, in denen er seinen Vater respektiert und geliebt und bewundert hat? Fabian erinnert sich an feste Hände, die ihn führten, als er noch sehr klein war. Ein großes Gesicht, dem er bedingungslos vertraute. Der Urlaub in Frankreich, als Lydias Unfall passierte, und dann, als Mutter sich zurückzog in ihre Depressionen, die sie alle ausschlossen. Du hättest mich mit deiner Liebe auffangen müssen, möchte er seinem Vater sagen: Aber du warst ja nie da, immer beruflich unterwegs, immer auf der Flucht vor Mutters Haß und Liebe. Und mich, will er ihm sagen, hast du zurückgelassen in diesem Haus, in dieser Einsamkeit, die alle befallen hat wie die Pest.

Er sagt: «Von all deinen widerlichen Affären hat Mutter diese am meisten getroffen. Sie fühlte sich so... erniedrigt. Evangelista und Babette: Das hat ihr den Rest gegeben.»

Nein, aber wie soll er Fabian die unendliche Geschichte erklären? Er sieht an seinem Sohn vorbei auf das Bild seiner Eltern, sein Vater in Uniform und seine Mutter in einem weißen Kleid, noch nicht von der Krankheit gezeichnet. War er früher auch so gewesen wie Fabian? Schwarz-Weiß, Gut-Böse, Richtig-Falsch? Eine Welt ohne Grauzonen, ohne entschuldbare Fehler und Kompromisse? Vermutlich ja, aber das bringt die Diskussion nicht weiter. Es ist unverzeihlich, wie Fabian ihn ausspioniert hat... ein schweigsames, heimtückisches Ungeheuer, das in seinem Nest sitzt, sich von ihm futtern läßt und nach Vergeltung piepst. Undankbar, illoyal, zerstörerisch...

«Du redest erfreulich viel und verstehst beklagenswert wenig. Unsere Ehe war die Hölle, aber, zum Teufel, das weißt du selbst am besten. Im übrigen kommt es überhaupt nicht in Frage, daß du Evangelista heiratest. Du machst dein Abitur und studierst. Das ist mein letztes Wort.»

Die Überlegenheit des Alters, des Geldes, der Erfahrungen, die er nicht machen möchte... Fabian fühlt die alte Wut in sich aufsteigen, er möchte noch mehr Risse in dieser Maske sehen: «Du weißt, daß *ich* nicht gesehen habe, daß Mutter aus dem Haus ging... in dieser Nacht!»

Jetzt braucht er einen Cognac – und Zeit, sich seine Antwort zu überlegen. Hubert Blank geht zur Bar, schenkt sich aus der Kristallkaraffe ein, trinkt langsam, bis die Wärme des Alkohols spürbar ist. «Erstaunlich, daß dir mal was entgangen ist, nicht wahr? Aber wenn du meinst, deine Aussage bei der Polizei berichtigen zu müssen, bitte schön, ich werde dich nicht aufhalten. Sie werden Evangelista ausweisen, und wir werden eine saftige Strafe bezahlen müssen. Das ist alles.»

Ein waidwunder Blick aus seines Sohnes Augen. «Vielleicht ist es ohnehin besser, wenn Evangelista nach Hause zurückgeht. Es war übrigens die Idee deiner Mutter, eine illegale Hausangestellte zu beschäftigen. Nicht meine.»

Was bist du für ein gefühlloses Ungeheuer, denkt Fabian. «Hast du sie schon über? Bei deinem Appetit in Sachen Sex müssen es ja immer neue Frauen sein. Sie ist dir langweilig, gib es doch zu!»

Soll er seinem Sohn sagen, was es ist? Daß nur die Jagd interessant ist und der Rest Mechanik, Routine, Langeweile? Würde sein Sohn verstehen, daß Sex eine schrecklich überbewertete Sache ist und nur das zählt, was man beruflich und gesellschaftlich erreicht? An diesem Punkt angelangt, überfällt ihn wieder die Panik, vor dem Ende seiner Karriere zu stehen. Anklage, Suspendierung, öffentliche Ächtung. Sex pp... Sein Leben ausgebreitet vor der geifernden Menge, die nach seinem Kopf schreit, weil sie nichts erreicht und bewegt hat und zu gerne aus Siegern Verlierer macht.

«Ich habe wirklich andere Sorgen. Sei so nett, Fabian, und laß mich jetzt allein. Und sag Evangelista, daß ich nicht zu Abend esse.»

Sein Vater nimmt ihn am Arm und schiebt ihn aus dem Zimmer, Fabian läßt es mit sich geschehen, obwohl er ihm gerne mit der Faust ins Gesicht schlagen möchte. Als sie an der Tür sind, hört er draußen Schritte, er denkt, Evangelista hat gelauscht, und es macht ihm schrecklich viel aus

Hubert schlägt die Tür hinter ihm zu, und Fabian geht in die Küche, wo sie am Herd steht und so tut, als ob sie kochen würde. Ihr

Gesicht ist verkrampft, sie sieht so aus, als ob sie gleich heulen würde. Sie hat ein so kleines, verletzliches Gesicht, am liebsten würde er sie in die Arme nehmen und wiegen wie ein Baby.

Fabian sagt: «Hubert will nichts essen.»

Sie hat Rotbarsch gedünstet, Huberts Lieblingsessen. Evangelista schiebt die Pfanne mit einem Ruck zur Seite, die Weinsauce schwappt über, sie sieht Fabian nicht an, holt einen Lappen und putzt die Herdplatte.

«Ich liebe dich.» Fabian steht neben dem Herd, er hat einen Platz gewählt, der nicht so grell beleuchtet ist.

Evangelista putzt verbissen: «Ich dich aber nicht. NICHT. NICHT. NICHT.»

Weil es weh tut, will er ihr weh tun: «Glaubst du etwa, daß Vater dich heiratet? Es ist ihm scheißegal, wenn du auf die Philippinen zurückgehst. Das hat er gerade gesagt.»

Weiß sie es nicht? Evangelista will nicht denken, aber der Junge zwingt sie dazu. Am liebsten würde sie ihm ins Gesicht schlagen. «Wenn du mich nicht endlich in Ruhe läßt, geh ich zur Polizei. Dann sage ich alles, verstehst du?»

Das hätte sie nicht sagen dürfen. DAS NICHT. Fabian geht einen drohenden Schritt auf das Mädchen zu.

Kapitel 23

Während ein Ministerpräsident eine mit bajuwarischem Pathos vorgetragene Ehrenerklärung abgibt, die von seiner Fraktion mit zynischem Beifall applaudiert und aus politischem Kalkül akzeptiert wird, beschließt man nördlich von München, Ministerialrat Hubert Blank vom Dienst zu suspendieren, bis die Ermittlungen der Staatsanwaltschaft abgeschlossen sind. Diese Entscheidung auf höchster Ebene spiegelt das Bemühen wider, das Ansehen staatstragender Organe im Volk zu rehabilitieren. Natürlich ist das Volk lästig, und eine Demokratie ohne Volk wäre die ideale Staatsform, doch die Mächtigen wissen durchaus Rücksicht zu nehmen auf die öffentliche Meinung, repräsentiert durch die Medien, sowie auf Wahltermine, in denen sich das Volk dafür zu rächen pflegt, daß es nicht an den fetten Fleischtöpfen sitzt. Das Volk ist uneinsichtig, muß es doch von individueller Fehlbarkeit ableiten, daß die Organe des Staates nicht besser sind als der Rest der Bevölkerung. Das Volk ist uneinsichtig, weil es fordert, aber nicht zu geben bereit ist. Gebt Absolution: Die Verflechtung von Politik und Wirtschaft ist ein Merkmal dieser Demokratie. Und Marktwirtschaft funktioniert dort besonders gut, wo Interessen aufeinanderstoßen, verschmelzen, einander befruchten...

Die mannigfaltigen Verflechtungen sind, wie man befürchtet hat, nicht auf die Person des Hubert Blank beschränkt. Man ist um Schadensbegrenzung bemüht. Der Minister hat einen Informationsstop gegenüber der Presse verfügt und eine hausinterne Kommission eingesetzt, die jene Vorgänge klären soll, die mit der Finanzierung gewisser Waffensysteme in Verbindung stehen. Eine gewisse Nervosität in gewissen Abteilungen des Hauses muß in Kauf genommen werden.

Die Gelegenheit ist günstig, alte Rechnungen zu begleichen. Mit der gebotenen Rücksicht auf den Überlebenskampf in einem hierarchischem System werden Vermutungen und Verdächtigungen geäußert, die sich auf Kollegen beziehen, deren Entscheidungsbefugnisse ihre moralische Kompetenz überschreiten könnten.

Die Herren von der Industrie üben sich in großer Zurückhaltung hinsichtlich von Informationen, die zur Aufklärung beitragen könnten. Sie argumentieren, daß außergewöhnliche Aufwendungen bei Geschäften dieser Größenordnung durchaus nicht außergewöhnlich sind. Der eine oder andere verweist in vertraulichen Gesprächen auf Kontakte mit höchsten Persönlichkeiten, auch auf europäischer- und NATO-Ebene. Man könne, so die Herren von der Industrie, delikate Angelegenheiten nur in einem Ambiente abwickeln, das dem hohen Stellenwert der Sache und der Gesprächspartner angemessen sei. Und dazu gehören nun einmal Gelegenheiten, die in verleumderischer Weise als «Vergnügungsreisen» bezeichnet werden.

Ministerialrat Hubert Blank? An den Namen kann man sich erinnern, jedoch nicht an Einzelheiten. Dies haben die beauftragten Rechtsanwälte auch dem Staatsanwalt vorgetragen. Schließlich sei dies eine «alte Sache» und das Gedächtnis spielt manchen Streich, wenn es strapaziert wird. Und warum die Aufregung um ein Aufklärungssystem, das im Zuge der Auflösung des Ostblocks ohnehin überflüssig geworden war?

Es herrscht gewisse Einigkeit darüber, daß das streng geheime

Projekt, unter Eingeweihten der «Milliardenflop» genannt, nicht geeignet ist, ein öffentliches Exempel zu statuieren. Die Rüstungsindustrie beziehungsweise der Rüstungszweig der beteiligten Industrien nutzt die Gelegenheit, auf gefährdete Standorte und Arbeitsplätze hinzuweisen, die durch den Auftragsrückgang des in seinem Etat beschnittenen Ministeriums verursacht wurden. Dies und die extremen Exportbeschränkungen zerstören einen blühenden Wirtschaftszweig, klagen sie bitter. Die Herren gehen nicht so weit, Brecht zu zitieren, dennoch kreisen die Argumente in eleganteren Wendungen um die Prioritäten von Fressen oder Moral.

Allgemeine Fragen moralischer Natur lenken ab von individuellen Fehltritten. Je länger die Gespräche andauern, desto unklarer wird die Rolle des Ministerialrats Blank. Er hat, soweit unbestritten, persönlich-freundschaftliche Kontakte zur Industrie unterhalten. Er hat, soweit nachprüfbar, die finanziellen Transfers über den BND korrekt abgewickelt. Er hat weiterhin die enorme Kostensteigerung des Projektes – ein durchaus üblicher Vorgang beim Einsatz neuer und komplizierter Technik – hausintern durchgeboxt. Ein Verdienst oder sein Verdienst? Die Frage muß unbeantwortet bleiben, weil die Herren von der Industrie dazu nichts zu sagen haben.

Das Projekt, an dem Ministerialrat Blank zur Zeit seiner Suspendierung gearbeitet hat, findet natürlich Eingang in die Überlegungen um Wahrheit und Schadensbegrenzung. Höheren Ortes ist man ungeduldig bis ungehalten. Der Satz wird kolportiert: «Wenn der Scheißkerl Dreck am Stecken hat, soll man ihn hängen.» Höheren Ortes will man keine neuen Enthüllungen aus den Zeitungen erfahren. Die Journalisten, die wie Blutegel an Skandalen hängen, suchen nach frischer Nahrung. Ein bayerischer Ministerpräsident, der nicht zurücktritt, bleibt eben einer. Das gibt keine *news* mehr, allenfalls Stoff für bösartige Kommentare.

Wissen ist Macht. Zu wenige und gleichzeitig zu viele Leute wußten um die Aktivitäten des Ministerialrates, unter anderem Ministerialdirektor Klaus Wertheim, heute im wohlverdienten Ruhestand.

Der Pensionär steht sowohl der Kommission wie auch dem Staatsanwalt für Fragen zur Verfügung, die er zu seinem Bedauern nur sehr unpräzise beantworten kann. Wertheim hebt wahrheitsgemäß hervor, daß Blank bei dem fraglichen Projekt weitgehend autonom und unter Umgehung des Ministerialdirigenten und seiner Person an höherer Stelle Bericht erstattet habe.

Dies sei durchaus üblich bei geheimen Projekten, bestätigt Wertheim dem Staatsanwalt, den er als «Linksfanatiker» einstuft und mit entsprechender Arroganz behandelt.

Der Staatsanwalt glaubt an Gerechtigkeit, er legt eine Akte an, studiert die Gesprächsprotokolle, glaubt, der Wahrheit näherzukommen und ahnt doch, daß seinen Bemühungen Grenzen nach oben gesetzt sind.

Ministerialdirektor a. D. Wertheim, der mit dem Journalisten Kössler eine Vereinbarung zu beiderseitigem Nutzen geschlossen hat, plädiert beim Treffen des «Konservativen Gesprächskreises» für eine Doppelstrategie. Zum einen müsse man die Affäre Blank dazu nutzen, die Befürworter der V-12-B zu diskreditieren, um eine schnelle Entscheidung zugunsten des J-2000 herbeizuführen. Hierzu sollten der eine oder andere Journalist mit gezielten Informationen für eine entsprechende Kampagne manipuliert werden. Zum anderen – an dieser Stelle geht ein Raunen durch die Reihen der Uniformierten – wirft Wertheim die Frage auf, ob es nicht an der Zeit sei, einen Minister abzulösen, der aus parteipolitischen Erwägungen die Wehrbereitschaft untergrabe und zugunsten von populären Entscheidungen auf notwendigste Anschaffungen verzichte?

«Soll das Vaterland etwa mit Pfeil und Bogen verteidigt werden, meine Herren?»

Die Herren signalisieren durch zustimmendes Murmeln, daß die rhetorischen Attacken auf fruchtbaren Boden fallen. Im Konflikt zwischen Loyalität und vaterländischer Gesinnung entscheiden die meisten von ihnen gegen einen Dienstherrn, der seine Mitarbeiter nicht gegen die Attacken der jüdischen Presse zu schützen vermag. Der Widerspruch, eben mit Hilfe dieser Presse den verdeckten Angriff zu führen, wird hingenommen. Die Minderheit, entschieden unentschieden, und dies vornehmlich aus Gründen der Vorsicht, schweigt.

Für den Fall des Widerspruchs hat sich Wertheim das beste Argument zum Schluß aufgehoben. Es ist gleichzeitig ein Leitfaden zum Sturz eines Ministers, und die konzentrierte Stille, die seine Worte begleitet, nimmt er als Tribut für seinen selbstlosen Einsatz im Dienst der richtigen Sache.

«Ich weiß aus zuverlässiger Quelle, meine Herren, daß der Minister sich in der Frage des Kampfflugzeuges für die amerikanische Lösung entschieden hat. Lassen wir zunächst die Frage beiseite, welche Erwägungen in diesen Entschluß eingeflossen sind. Tatsache ist, daß er diese Entscheidung nicht bekanntgeben wird, solange die Korruptionsvorwürfe gegen das Haus nicht geklärt sind. Ich bin allerdings im Besitz der Kopie eines entsprechenden Entscheidungsvermerks aus dem Ministerbüro. Und diesen Vermerk werde ich in der Presse lancieren.»

Jetzt murmeln die Herren. Würde Protokoll geführt, so würde «Unruhe im Saal» notiert werden. Der Saal ist das Hinterzimmer eines Gasthofes in Duisdorf, der gutes Bier und deutsches Essen führt. Er bietet ausreichend Platz für fünfundzwanzig Leute, die jetzt auf den Redner starren, als sei er ein Zauberer, der Kaninchen aus dem Zylinder holt.

Klaus Wertheim genießt es, im Mittelpunkt zu stehen. Jenseits finanzieller Erwägungen – seine Beratertätigkeit für die Rüstungsfirma ist sehr angemessen dotiert – fehlt ihm seit seiner Pensionierung der soziale Status eines Ministerialdirektors und der höchst angenehme Umgang mit den Werkzeugen der Macht. Schließlich steht er jetzt sozusagen auf der anderen Seite, ein Werbender, nicht mehr umworben. Das fehlt ihm manchmal, und auch im Privatleben ist diese Lücke seit dem Tod seiner Frau nicht mehr zu füllen.

«Wir werden das Papier mit der Entscheidung des Ministers lancieren. Und Sie fragen sich jetzt, was wir damit bezwecken? Nun, wir haben in unserem Kreis den Regierungsrat Löbel, der, wie Sie wissen, ein Mitarbeiter des Ministerialrats Blank war. Ein überaus fähiger Mann...»

Regierungsrat Löbel errötet leicht.

«...der an dem Schlußbericht zur V-12-B mitgewirkt hat. Regierungsrat Löbel ist dabei auf Merkwürdigkeiten gestoßen, meine Herren – und hier kommen wir zur Doppelstrategie: Der gute Blank hat den Bericht gefälscht. Nein, sagen wir es so: Er hat wesentliche Informationen über die Nachfolgekosten der V-12-B unterschlagen beziehungsweise so formuliert, daß die tatsächlichen Kosten, die für Ersatzteile und Reparaturen entstehen, verschleiert werden.»

Begreifendes, zustimmendes Raunen im Hinterzimmer.

«Regierungsrat Löbel hat diese seine Erkenntnisse nicht sogleich seinem Vorgesetzten, Ministerialrat Blank, mitgeteilt. Belassen wir es dabei, daß persönliche Gründe eine Rolle spielten, zu diesem unglaublichen Vorgang zu schweigen. Jedoch hat Regierungsrat Löbel, zur Wahrheitsfindung und eigenen Absicherung, einen Bericht verfaßt, der die Verfälschung detailliert nennt und aufdeckt. Diesen Bericht ließ er mir dankenswerterweise zukommen.»

Die Gesichter sind dem jungen Mann zugewandt, der es noch nicht genießt, im Mittelpunkt der Aufmerksamkeit zu stehen. Eine leichte Röte färbt die Wangen und vermittelt den Eindruck von Scham oder unverhoffter Freude.

Man darf seine Rolle nicht überbewerten, denkt Wertheim, und konzentriert die Aufmerksamkeit wieder auf sich. «Sie werden sich denken können, wie unsere Geschichte weitergeht. Wenn die Medien sich über die Entscheidung des Ministers ausgebreitet haben – und er wird sie schwerlich dementieren können – dann, meine Herren, werden wir Löbels Bericht an die Presse geben. Und sie wird sich mit Wollust über eine Ministerentscheidung auslassen, die den Steuerzahler unnütze Millionen kostet. Damit sind sie erledigt – beide.»

In Ewigkeit Amen, hätte Wertheim hinzufügen können, aber er ist ein gläubiger Mensch und vermeidet es, politische Notwendigkeiten mit dem Wort Gottes zu verbinden. Seine Strategie ist genial und unfehlbar. Er weiß es, seine Kameraden hier im Saal wissen es. Die ein oder andere Einwendung, vor allem jene, daß der Skandal dem Ruf des gesamten Hauses schaden werde, weist er mit scharfen Worten zurück. Schlachten werden nicht ohne Opfer gewonnen. Daß auch Regierungsrat Löbel zu den Opfern zählen würde, scheint dieser zu ahnen, denn seine Röte ist einer tiefen Blässe gewichen.

«Wir werden Sie selbstverständlich schützen, Löbel, das ist doch Ehrensache», nimmt er die Frage des Regierungsrates vorweg. Der Mann ist natürlich ein Verräter, und er hat überdies Blank in den Gesprächskreis eingeführt. Aber siegreiche Schlachten brauchen auch den Verrat, und Wertheim ist durchaus willens, Löbel nach besten Kräften aus der Schußlinie zu halten. Ministerialdirektor a. D. Wertheim, der aufgrund eines Wirbelsäulenschadens nie gedient hat, wäre gern General geworden, und er hat sein Leben lang hart daran gearbeitet, die Minderwertigkeitskomplexe gegenüber Menschen in Uniform abzulegen. Eine Berufskrankheit, so pflegt er gelegentlich zu scherzen, aber auch jetzt, in der Stunde seines Triumphes, fühlt er die Distanz zwischen jenen und ihm.

Sie diskutieren jetzt über die flugtechnischen Mängel der V-12-B, als ob dies von Relevanz für seinen genialen Plan wäre. Sie sind selbstverständlich auf seiner Seite, aber ein wenig, das spürt er, verachten sie ihn auch für den Akt der Illoyalität, zu dem er sie so leicht überreden konnte. Sollte etwas schiefgehen, der Gedanke ist absurd, aber nie auszuschließen, so werden sie sich von mir distanzieren, denkt Wertheim. Sie werden sich darauf zurückziehen, daß der «Konservative Gesprächskreis» ein Unternehmen ideeller Natur ist, von der Tagespolitik weit entfernt. Der gute Soldat denkt immer auch an die Notwendigkeit eines taktischen Rückzuges.

«Meine Herren, für mich steht fest, daß der J-2000 die bessere Lösung ist und diejenige, die der neue Minister favorisieren wird. Darüber hinaus sollte man sich in gewissen politischen Kreisen bereits Gedanken darüber machen, wer als Nachfolger in Frage käme.»

Mit diesen Worten schließt Ministerialdirektor a. D. Wertheim seinen Vortrag und begibt sich unter zustimmendem Trommeln an seinen Platz. Die Kellnerin bringt eine neue Runde Bier, einige der Herren plädieren dafür, mit Schnaps anzustoßen. Als die Gläser auf den Tischen steht, hebt man sie an und ruft: «Auf bessere Zeiten – Ex.»

Kapitel 24

Die folgenden Tage sind typische Marx-Tage: Das Wetter ist verhangen, die Narren leben karnevalistische Fröhlichkeit aus, nichts paßt zusammen und nichts passiert, das sie in ihrem privaten, beruflichen oder detektivischen Leben weiterbringen würde.

Anna hat das Band mit Sybilles rauschender Botschaft an Hauptkommissar Hermes übergeben. Ein Stimmenvergleich ist möglich, wird aber nach Hermes' Prophezeiung keinen hundertprozentigen Beweis bringen.

Ist es eine frohe Botschaft, daß er zwei von drei Tätern, die Anton Laubwitz erschlugen, gefaßt hat? Einer der beiden hat ein Geständnis abgelegt, er sei erst 16, sagt Hermes, und er sei zur Tatzeit betrunken gewesen und habe nur mitgemacht, weil die anderen es auch taten. So seine Aussage. Der andere schweige. Der dritte sei untergetaucht, offenbar der Anführer, soweit diese idiotische Sache überhaupt ein Schema habe.

Warum, hat Anna gefragt, und Hermes hatte, auch am Telefon hörbar, einen Sonnenblumenkern ausgespuckt. «Kein Motiv, das Sie verstehen könnten, Marx. Laubwitz war zur falschen Zeit am falschen Ort. Vielleicht hat er auch was Falsches gesagt. Die Jungs leben ihre Aggressionen nicht mit Worten aus. Macht, sagte der Kleine. Es gäbe ihnen ein Gefühl von Macht über andere, das Zuschlagen. Umbringen wollten sie ihn natürlich nicht, das sei eben Pech gewesen.»

Anna war dazu nichts eingefallen. Sie hatte Hermes versprochen, ihn «die Tage» in seinem Büro zu besuchen, und dann hatte sie mit Kolli ein Glas Wein getrunken, in der Redaktion, und ihm von Anton erzählt und von seinem Pech, drei Jungs zu begegnen, die eine andere Form von Pech in anderer Weise abreagierten. «Meinst du, er hat ihnen gesagt, daß er Pazifist ist, als sie ihn schlugen? Und wenn ja, fühlten sie sich verarscht, oder kannten sie das Wort nicht, oder war das gerade die Herausforderung?»

«Die Hölle, das sind die anderen», sagte Kolli düster und dachte dabei im Speziellen an seine geschiedene Frau. Und weil er sich dazu verpflichtet fühlte, erzählte er Anna von Grubers Entscheidung, Fräulein Voss die nächste Dienstreise mit dem Bundespräsidenten zu übertragen. Eigentlich hatte er einen Tobsuchtsanfall erwartet. Statt dessen hatte Anna ganz still dagesessen und nichts gesagt.

Marx-Tage: Das Poster mit Karl und seinen «letzten Worten»: «Sorry, Jungs, ich hab's nicht so gemeint», hängt über ihrem Schreibtisch. Die Zeitungen auf Annas Schreibtisch tragen mit dikken Überschriften die *news* von der Ministerentscheidung für ein amerikanisches Kampfflugzeug. Es ist ihr prinzipiell egal, auch wenn sie ahnt, daß Hubert Blank und ein gewisser Kolofsky damit zu tun haben. Blank ist vom Dienst suspendiert, das weiß sie von Hermes. Annas Mitleid hält sich in Grenzen, vor allem, weil er nach wie vor ihr Hauptverdächtiger ist.

Anna hat eine wunderbare Kolumne geschrieben über Politiker und ihr Verhältnis zu schwarzem Humor. Fazit: Sie lachen sich tot, wenn sie sich reden hören. Die kleine Voss mochte jünger, hübscher und gieriger sein. Aber Annas Schreibe ist besser, davon ist sie überzeugt, selbst wenn der Kampf vermutlich schon verloren ist.

Der Chefredakteur versucht, Anna auszuweichen, und wenn er es nicht vermeiden kann, ist er von überschäumender Herzlichkeit, für seine Verhältnisse jedenfalls. Ihn und andere Kollegen scheint gleichermaßen zu erleichtern und zu irritieren, daß Annas Toben ausgeblieben ist.

Anna hat unter den Kollegen, die auf ihrer Seite stehen, das Gerücht ausgestreut, daß die kleine Voss ein Verhältnis mit Skandal-Krause habe. Die Meldung ist falsch, die Intrige häßlich, aber sie zeigt ihre Wirkung insofern, als darüber heftig geklatscht und die Affäre auch unter Annas Feinden schärfstens verurteilt wird. Anna sollte sich schämen, tut es aber nicht. Der Mensch ist edel, hilfreich und gut, außer wenn man ihm zusetzt und er sich wehren muß. Dem Anspruch, die andere Wange hinzuhalten, ist Anna ohnehin nie gewachsen gewesen.

Dieser Marx-Tag führt Anna in die Bonner Innenstadt, ein Ort, den sie wegen drangvoller Enge und mangelnder Barschaft zur Zeit meidet. Sie ist beim Zahnarzt angemeldet und verläßt den Warteraum nach einem kurzen Blick auf zehn grimmige Gesichter. «Ich warte nicht, wenn ich einen Termin gemacht habe», sagt Anna zu der Zahnarzthelferin, die gleichgültig mit den Achseln zuckt.

«Es ist unhöflich, seine Patienten warten zu lassen.» Der Satz ist gut, sie schlägt die Tür hinter sich zu, bevor jemand widersprechen kann. Das Loch im Zahn, von der Zunge häufig besucht, erscheint ihr kein ausreichender Grund mehr, sich fremder Leute Unhöflichkeit auszusetzen.

Anna schlendert durch die Sternstraße, das ist immer noch besser, als beim Zahnarzt zu sitzen. Sie erwägt, Geld auszugeben, das sie nicht hat, bleibt vor Schaufenstern stehen, in denen Kleider hängen, in die sie garantiert nicht paßt. Es nieselt ein wenig und sie überlegt, einen Schirm zu kaufen, als jemand «Hallo, Anna» ruft und sie sich umdreht.

Babette Hönig steht vor ihr, sie trägt Einkaufstüten in der Hand, und sie sieht so gehetzt aus wie immer, von Pflichten getrieben und Freuden gemieden. «Sollen wir einen Kaffee trinken?» fragt sie. Mittlerweile regnet es, und Anna nickt und folgt ihr in das nächste Kaffeehaus auf dem Markt. Eigentlich mag Anna Cafés nicht, aber «eigentlich» ist ein idiotisches Wort, und in Wien denkt sie auch anders darüber.

Wiens Kaffeehäuser sind von plüschiger Trägheit. In Bonn heißen sie Cafés und sind bevölkert von Menschen in Eile, die unfreundliche Kellnerinnen antreiben. Anna bestellt zwei Espresso und zwei Cognac. Die Kellnerin nimmt die Bestellung ohne Begeisterung entgegen. Babette klemmt ihre nassen Tüten zwischen Stuhl und Tisch. «Warum sitzen wir hier?» fragt Anna.

«Weil es draußen regnet. Und weil ich dich nach Sybilles Anruf fragen will.» Babette legt ihre Hand auf Annas Arm. «Laß ihn in Ruhe, Anna. Er hat genug Sorgen.»

Warum treffen kluge Frauen auf Männer, die dumm machen? Die Frage hätte Anna ebensogut an sich selbst richten können. Sie zieht ihren Arm weg. «Ich hab das Band der Polizei übergeben. Wie schaffst du das nur, mit deinen hohen moralischen Ansprüchen so einen Mann zu lieben?»

«Ein Mörder ist er bestimmt nicht.»

Die beiden noch älteren Damen vom Nebentisch horchen entzückt auf. Sie warten auf Kuchen und sprachen vom Wetter, und nun bietet das Leben ein wenig Aufregung aus zweiter Hand.

«Woher weißt du das so genau? Sybille hat ihm aus lauter Liebe das Leben zur Hölle gemacht, und möglicherweise hat sie ihn sogar erpreßt: Der Mann hat ein wunderbares Motiv, siehst du das nicht? Und Fabians Aussage, daß sie das Haus verlassen hat, die kann man glauben oder auch nicht. Weißt du, was der Junge mir erzählt hat? Daß er sich bald einen alten Jaguar kauft. Mit wessen Geld, frage ich dich?»

«Sprechen Sie von einem Film?» fragt die alte Dame am Nebentisch, und ihre Freundin zischt ihr zu, ruhig zu sein.

Annas anklagender Ton geht Babette auf die Nerven, er erinnert sie an eine Richterin, deren Gerechtigkeitssinn in garstige Selbstgerechtigkeit ausgeartet ist. Anna hat keine Ahnung von wahrer Liebe. Wenn sie nicht an Hubert glauben würde, hätte sie dann die Papiere für ihn verwahrt? Vielleicht hat er den einen oder anderen beruflichen Fehler gemacht, er hat seine Schwächen. Aber er hat nicht das Zeug zu einem Mörder. «Quatsch. Außerdem war es gar nicht Fabian, der Sybille aus dem Haus gehen sah, sondern Evangelista. Hubert hat das nur so gedreht, damit die Polizei das Mädchen in Ruhe läßt. Schließlich hat sie keine Papiere. Evangelista hat Sybille aus dem Haus gehen sehen in dieser Nacht. Und jetzt sag ich dir noch was, was die Polizei nicht weiß: Sybille war bei mir, in dieser Nacht. In meinem Büro. Ich hab auf der Couch geschlafen, das tue ich öfter, wenn ich lange arbeite. Sybille kam gegen zwei und hat mir eine Szene hingelegt – und dann gesagt, daß ich ihn haben kann. Sie verläßt ihn, hat sie gesagt. Und zwar für immer.»

Die Kellnerin bringt zwei Tabletts, und die beiden alten Damen essen Kuchen und lauschen angestrengt. Anna sieht verblüfft aus, der Gesichtsausdruck steht ihr nicht, und sie greift nach dem Cognacglas, um Babettes Worte zu verdauen.

«Du lügst», sagt Anna jetzt. «Du warst schon in der Schule eine verdammt schlechte Lügnerin. Ich sehe es dir an.»

Babette verliert das Blickduell. Gott, wie sie es haßt, ins Unrecht gesetzt zu werden. Es ist wahr, daß mit Hubert die Geradlinigkeit ihres Lebens gelitten hat. Sie lügt nicht gern und sie haßt es, dabei ertappt zu werden: «Also gut. Nein. Sie war nicht bei mir. Aber das mit Evangelista, das stimmt.»

Ein kleiner Triumph, Anna hat ihn nötig in dem Gestrüpp von Wahrheit und Lüge, das mit Sybilles Verschwinden gewachsen ist. Hat Babette für Hubert geschwindelt oder aus berechtigtem Eigeninteresse? Alle Wege führen zu Blank, soviel steht fest. Ganz leicht im Ton sagt Anna: «Natürlich kommen auch Fabian oder Evangelista in Frage oder dieser Kolofsky – oder *du*! Vielleicht hast du sie in dein Büro bestellt, mit dem Brieföffner erstochen, und jetzt verfütterst du sie in kleinen Portionen an deine gräßliche Katze.»

Die alte Dame schüttelt angeekelt ihr silbergefärbtes Haupt. Der Gedanke, daß ihr Kater eine Leiche essen müßte, ist absolut widerwärtig. Sie flüstert ihrer Begleiterin zu, daß man die Polizei verständigen sollte.

Babette starrt Anna entgeistert an, bricht dann in ein hysterisches Gelächter aus, das die Aufmerksamkeit weiterer Gäste auf sie lenkt. «Du bist verrückt», sagt sie dann. «Noch verrückter als Sybille, und die war schon fast jenseits von Gut und Böse.»

Jenseits, das Wort bleibt bei Anna hängen: «Ich habe durchaus Verständnis für einen Mord aus Eifersucht.» Ganz sanft: «Aber du warst bei weitem nicht die einzige, auf die Sybille eifersüchtig war.»

Es gibt Sätze, die zu wahr sind und zu verletzend, um sie ohne Gefühlsregung zu überstehen. Babette schnauft, es ist eine Angewohnheit, die mit dem Rauchen von Zigarren zu tun hat. Sie ist längst auf leichtere Cigarillos umgestiegen, aber es ist zu spät. Sie möchte Anna jetzt gerne weh tun, schwer ist das nicht bei Frauen, die alleine leben. «Besser eine sehr unvollkommene Liebe als gar keine, Anna.»

Ein guter Satz, aber Anna hört ihn nicht. Ihre Blicke gehen durch Babette hindurch, quer durch den Raum zur Tür, an der ein älterer Mann mit einem sehr jungen Mädchen steht. Die beiden sind eben gekommen und suchen mit Blicken nach einem freien Tisch. Der Mann zeigt auf eine freie Ecke und geht darauf zu, während das Mädchen sich ihres Parkas entledigt. Der Mann sieht müde aus, und jetzt haben ihn die starren Blicke Annas erreicht, er sieht sie an und nickt mit dem Kopf, ganz leicht und kaum wahrzunehmen. Dann wendet er sich dem Mädchen zu, und sie gehen zu dem freien Tisch.

«ANNA.»

Die Stimme dringt zu ihr durch, sie denkt, ich muß Babette ansehen und mit ihr reden, und ich darf nicht mehr zu dem Tisch hinsehen. Nicht mehr hinsehen.

Anna sagt: «Komisch, daß er noch lebt.»

«Was redest du da. Wen meinst du?» Babette tut ihr Satz leid, Anna sieht aus wie ein Zombie, richtig unheimlich. So sehen Frauen aus, die zu ihr kommen und Geschichten erzählen, die sie krank machen. Geschichten, an deren Anfang Liebe stand. Natürlich hat Anna recht: Nichts hat sie daraus gelernt. Natürlich nicht. «Anna, verflucht noch mal, sag was. Tu was. Sitz nicht da und starr mich an wie einen Geist. Ich hab sie nicht umgebracht. Ich schwör's dir.»

Anna Marx steht auf. «Na und wenn schon», sagt sie, nimmt aus ihrer Jackentasche einen 20-Mark-Schein und legt ihn auf den Tisch. «Ich muß weg.»

Bevor Babette reagieren kann, ist Anna davongestelzt, sehr gerade und unnatürlich steif. Ihren Mantel hat sie von der Garderobe genommen und die Tür geöffnet, und draußen, in der regennassen Luft, atmet sie einmal tief durch, um nicht an Selbstmitleid zu ersticken.

Sie geht durch den Regen, den sie nicht spürt, und durch Menschen, die sie nicht wahrnimmt, in Richtung Friedensplatz, dort steht ihr Auto in der Tiefgarage, das weiß Anna noch. Sie hat auch seine Tochter erkannt, von dem Bild in seiner Brieftasche. Nina Handke. Was sie jetzt braucht, ist eine Brücke zum Hinabstürzen. Nein, keine Brücke. Sie lebt doch, ist das nichts? Sie kann die Nässe in ihrem Gesicht spüren, die klamme Feuchtigkeit in ihren Schuhen. Sie lebt. Das hat sie die ganze Zeit getan, auch nach dem Brief: gelebt. Und nicht immer an ihn gedacht. Nicht immer den Schmerz gespürt. Einfach gelebt. Und zum Teufel mit ihm. Er ist nur ein alter, kranker Mann, den sie mal geliebt hat. Ein kluger Mann, sonst hätte er vielleicht seine Familie verlassen und wäre zu ihr gezogen, und vielleicht wäre auch dies zur Tragödie ausgeartet. Muß man nicht dankbar sein für seine feige Klugheit?

Anna lebt. Sie stolpert über einen Verlierer, der im Regen sitzt und zu betrunken ist, um dies wahrzunehmen. Das Pappschild neben ihm ist durchnäßt, Anna bemüht sich, Worte zu lesen, die für sie ohne Bedeutung sind. Der Mann ist aufgewacht, er rüttelt an seiner Blechdose und lallt sie an, kaum verständlich, aber aggressiv-weinerlich im Ton. Anna sollte weitergehen, doch sie bleibt stehen und kramt in ihrer Handtasche, gibt ihm einen 20-Mark-Schein, weil sie nichts Kleineres findet und nicht den Mut hat, jetzt nichts zu geben. Der Schein wird von zittrigen Händen ergriffen, der Mund sagt: «Vergelt's Gott.»

«Für eine Entziehungskur reicht es nicht. Aber was soll's denn auch.» Sie geht weiter, und der Mann am Boden sieht ihr nach. Besser betrunken als verrückt, in diese Richtung zerlaufen seine Gedanken. Der Schein knistert angenehm in der Hand, er wird ihn nicht lange behalten, aber der Gedanke, ihn auszugeben, macht sekundenlang glücklich.

Für den dummen Spruch, daß es immer noch abwärts gehen kann, ist diese Episode ungeeignet, denkt Anna. Und daß das Leben nichts weiter ist als eine Ansammlung von Wiederholungen, die als Erfahrungsschatz oder Klischees identifiziert werden. Also endet dieser Marx-Tag mit allen Klischees aller verlassenen Frauen und unvollkommenen Erkenntnissen über den Fortgang des Lebens als Zweck an sich.

Der Tag endet auch mit einem Besäufnis, das Anna ganz allein zelebriert. Das allerletzte Einsamkeitssaufen, dieser Marx-Vorsatz ist zukunftsweisend. Schon sehr betrunken, spielt sie das Videoband von «Casablanca». Zum fünften Mal sieht sie, wie der edle Rick seine Geliebte ziehen läßt. Größe, die im Verzicht liegt. So enden Filme. Das Leben verzichtet oft darauf, einem die Wahl zu lassen.

Kapitel 25

«Jetzt erzähl mir bloß nicht, daß *du* es warst.»

Fabians Gesicht ist weiß, so weiß wie die Wände des Krankenzimmers, und auf Annas brutale Bemerkung reagiert er mit zuckenden Mundwinkeln, die anzeigen, daß er weinen möchte, aber nicht weiß, ob er weinen kann. Er hat Anna angerufen, aus dem Krankenhaus, und sie ist von der Redaktion direkt zur Uniklinik gefahren.

Wie kann man nur versuchen, sich umzubringen, wenn man noch gar nicht weiß, wie beschissen das Leben wird? Denkt Anna. Sie hat Zeitschriften mitgebracht und Schokolade. Sie haßt Krankenbesuche, die Gerüche eines Krankenhauses, den Anblick effizienter Krankenschwestern und gehetzter Assistenzärzte. Besucher von Kranken fühlen sich schuldig, weil sie gesund sind. Sie suchen nach aufmunternden Worten und sagen dummes Zeug. Was sagt man zu einem verhinderten Selbstmörder?

Fabian hat sechs Schlaftabletten aus dem Giftschrank seiner Mutter geschluckt, war von Evangelista gefunden und mit Sirenengeheul in die Uniklinik gebracht worden, wo man beim Auspumpen des Magens feststellte, daß die Dosis zu gering war, um einen Siebzehnjährigen zu töten.

Man ist nicht sehr freundlich zu Leuten, die das Leben zu leicht nehmen und den Tod nicht erreichen. Fabians Rückkehr in die Welt war von ekelhaftem Würgen begleitet und vom Anblick seines Vaters, der kopfschüttelnd über ihm stand.

Die Bemerkung «Mußt du mir auch noch Sorgen machen» war nicht so herzlos gemeint, wie sie geklungen hatte, doch Fabian hatte den Kopf weggedreht und Antworten verweigert, bis Hubert sagte: «Ich habe noch einen Termin beim Staatsanwalt, ich muß weg.»

Und dann hatte Fabian die Schwester gebeten, Anna Marx anzurufen, und stellvertretend für alle Frauen in seinem Leben, die ihn enttäuscht hatten, trug sie diesen vorwurfsvollen Gesichtsausdruck, statt ihn tröstend in ihre Arme zu nehmen.

«Wie geht es dem Jaguar?» hatte Fabian sie gefragt, als sie sich an sein Bett setzte. Und dann: «Ich bin schuld.»

Nein, nein, er würde ihr nicht erzählen, daß er Sybille umgebracht hat. Dafür hatte er sie nicht hergeholt. Fabian setzt sich in seinem Bett auf und dreht den Kopf von ihr weg, so daß sie ihm nicht ins Gesicht sehen kann. Später wird er die Schokolade essen, die schlecht für seinen Teint ist, aber jetzt erzählt er ihr von seinem Vater, von den Geschäftsfreunden seines Vaters und von den Frauen seines Vaters, von Babette und Evangelista, die letzten seiner «Errungenschaften», wie er es nennt. Und daß er, Fabian, seiner Mutter die Bänder vorgespielt habe, seine Aufzeichnungen über Hubert Blank. «Ich wollte ihr beweisen, daß ich auf ihrer Seite stehe, deshalb hab ich es getan. Und weil er sich wie ein Schwein benommen hat, in jeder Beziehung. Ich HASSE Männer.»

Komm, Bruder, gib mir deine Hand, denkt Anna. Bereits jetzt ist sie bereit, ihm alles zu verzeihen. Warum nur dürfen Erwachsene, die unfähig sind, ihr eigenes Leben in den Griff zu bekommen, Kinder in die Welt setzen, Kinder erziehen, Kinder verletzen fürs Leben?

Anna sagt jetzt nichts, und das ist gut so, denn Fabian will keinen Trost. Er will seine Geschichte loswerden, sie jemandem erzählen, der nicht dazugehört, dem er nichts getan hat. Jemand, der ihn ernst nimmt. Jemand aus der Welt der Erwachsenen, der er sich zugehörig fühlt, ohne sie zu verstehen. «Sybille war so hysterisch, ich hab sie noch nie so gesehen. Und der Witz war: Sie war böse auf *mich*. Sie hat Hubert Szenen gemacht, aber mit mir hat sie kaum noch gesprochen. Und dann war diese Sache mit diesem Laubwitz, diesem widerlichen Typen. Und ich bin zu ihm hingegangen, und hab ihm gesagt, daß Sybille ihn überhaupt nicht liebt, sondern nur aus Rache bei ihm ist und...»

Fabians Hände spielen mit dem Bettlaken. Er hat kurze Finger mit häßlich abgebissenen Nägeln, und Anna starrt darauf und stellt sich vor, wie Fabians Hände Sybille berührten in dieser Nacht. Wenn es so war, dann hat Hubert Blank versucht, seinen Sohn zu schützen.

Fabian sieht Anna nicht an, als er ihr von dem Superkrach mit Sybille nach seinem Besuch bei Laubwitz erzählt. Er verschweigt, daß dieser Krach damit begann, daß Sybille ihn dabei ertappte, wie er ihren Schreibtisch durchwühlte. Daß sie ihn einen widerwärtigen Schnüffler genannt hatte. Fabian verschweigt Anna seine häßlichsten Niederlagen, auch die seiner unerwiderten Liebe zu Evangelista. «Ich wollte doch auf ihrer Seite stehen, das hat sie nicht kapiert. Dann hab ich ihr gesagt, was ich in Evangelistas Zimmer belauscht habe: Daß Hubert zu unserem Hausmädchen sagte, daß sie eine viel bessere Frau und Mutter wäre. Daß alles in Ordnung wäre, wenn Sybille weg wäre.»

«Weg wäre?» Er hat sich getäuscht, denkt Anna: Das Chaos ist noch größer geworden.

«Ja. WEG WEG WEG WEG WEG. Sybille hat es mir nicht geglaubt, aber ich konnte es ihr ja beweisen.»

«Mit Hilfe deiner unheilvollen Abhöranlage.» Das war kein tröstlicher Satz, Anna. Jetzt sieht er wieder aus, als würde er gleich zu weinen beginnen. Anna versucht ein mütterliches Lächeln: «Mensch, Fabian, hättest du es nicht bei den Arrangements deiner Familie belassen können? Manche Lügengebilde sind viel erträglicher als die Wahrheit.»

Fabian hat die Augen geschlossen. Sie hat unrecht, denkt er, ich wollte doch nur, daß alles *klar* wird.

«*Wann* hast du Sybille dieses Band vorgespielt?»

Mit geschlossenen Augen: «Am Sonntagnachmittag. Er war joggen.»

Der Tag, an dem Sybille verschwand. Anna atmet tief durch. Sie hat das Gefühl, am Ende der Geschichte zu stehen, nur noch ein Vorhang, den sie öffnen muß... «Und dann, was ist dann passiert?»

«Sie wurde ganz weiß, und dann ist sie weggefahren. Als sie abends wiederkam, hat sie ihm die Szene gemacht. Als ich aus dem Kino zurückkam und am Arbeitszimmer vorbei, da hörte ich, wie sie ihm drohte, Evangelista auf der Stelle zu entlassen. Und daß sie dafür sorgen würde, daß Evangelista auf die Philippinen zurück muß. Und sie sagte, daß sie Hubert ruinieren würde.» Fabian sieht Anna an, als wäre sie im Besitz von Weisheiten: «Verstehen Sie, was die Frauen an meinem Vater finden?»

Ist das jetzt noch wichtig, denkt Anna. «Du wolltest nicht, daß Evangelista geht. Du bist ein wenig verliebt in sie, nicht wahr?»

«Antworten Sie.» Fabians freie Hand umschließt Annas Handgelenk. «Was ist so Besonderes an ihm?»

«Er sieht gut aus.» Nein, das befriedigt ihn nicht. «Ich kann nur raten... Wahrscheinlich entzieht er sich den Frauen, ich meine, er gibt ihnen immer nur ein bißchen von sich, und sie glauben, daß da mehr zu holen ist und... Ach Mist, ich weiß es nicht. Wahrscheinlich kann er ein Kunststück.»

Jetzt lächelt er sogar. Er läßt Annas Handgelenk los und läßt sich zurück ins Kissen fallen. «Evangelista gehört auch zu denen, die glauben, daß er was Besonderes ist. Deshalb hat sie ihre Schwester angerufen in Manila. Sie hat ihr gesagt, daß sie bei Ihnen anrufen soll und so tun, als ob sie Sybille sei. Sie hat ihr den Satz vorgesagt: Mach dir keine Sorgen, mir geht es gut.»

Evangelista! Anna hatte ihr bisher eine Nebenrolle zugedacht, und das war falsch. Sybille war ausgerastet, nachdem sie Huberts Gespräch mit Evangelista gehört hatte. Evangelista log für Hubert Blank. Fabian log für Evangelista, als er der Polizei erzählte, daß er Sybille als letzter gesehen hatte. Und dann gab es noch Fabians Wahrheitsmaschine...

«Du weißt alles, was in diesem Haus passiert. Du weißt auch, wer Sybille umgebracht hat. FABIAN...!»

Zu schnell, zu ungeduldig. Er dreht den Kopf weg, stellt sich tot. «Du hast versucht, dich umzubringen, weil du weißt, wer es war... Du brauchst nichts zu sagen, nur zu nicken.»

Fabian nickt.

Zu Annas unermeßlichem Ärger stürmt jetzt eine Hilfsschwester ins Zimmer. «Sie regen den jungen Patienten auf», sagt sie zu Anna und tritt ans Bett, um Fabians Puls zu messen. «Sind Sie seine Mutter?»

«Nein», sagt Anna.

«Dann gehen Sie jetzt.»

Fabian hat die Augen geschlossen, die Schwester hat sich schützend vor ihn gestellt.

«Wir sind noch nicht fertig.» Anna ist aufgestanden, sie ist viel größer als die Hilfsschwester, und sie liebt es, Frauen in Uniformen einzuschüchtern. «Wenn Sie mit seinem Puls fertig sind, sollten *Sie* besser gehen. Sie stören.»

Die Schwester läßt seine Hand fallen. «Ich werde den Doktor informieren.» Aber sie ist schon im Rückzug begriffen, und sie läßt Anna nicht aus den Augen, bis sie die Tür geschlossen hat.

«Schnell jetzt, sie werden gleich kommen.» Anna steht vor Fabian und rüttelt an seinen Schultern. «Hat dein Vater sie umgebracht?»

Elend fühlt er sich. Elend und so müde. Es war gemein von ihnen, daß sie ihn nicht schlafen ließen. Und er hätte gar nicht erst versuchen sollen, mit ihr zu reden. Dumm ist sie, nichts versteht sie...

Ein Assistenzarzt, gefolgt von der Hilfsschwester, stürmt ins Krankenzimmer und baut sich vor Anna auf. Was hier los sei, will er wissen, und sein Arztton ist autoritär, doch auch von jener Vorsicht, die man Geisteskranken entgegenbringt.

«Machen Sie nicht so 'ne Schau.» Anna ignoriert die beiden. «Ich gehe jetzt zur Polizei, Fabian, wenn du mir diese Frage nicht beantwortest. Du brauchst nur zu nicken oder den Kopf zu schütteln...»

Auch Assistenzärzte nervt es, wenn man ihren Anweisungen nicht folgt. Der junge Mann mit der Hornbrille fordert Anna auf, sofort das Krankenzimmer zu verlassen, andernfalls werde man sie entfernen lassen.

Fabian sieht durch Anna hindurch auf einen unendlichen Punkt, den er nicht zu erreichen scheint. Schließlich nickt er. Er nickt und schließt die Augen, und Anna nimmt ihre Handtasche, steht neben ihm, fährt ihm mit der Hand sanft übers Gesicht. «Ich lasse dich nicht im Stich», sagt sie und weiß nicht genau, was sie damit meint.

Die beiden Weißkittel weichen zur Seite, als Anna an ihnen vorbeigeht zur Tür. Sie öffnet sie vorsichtig und geht hinaus, ohne sich noch einmal umzudrehen. Sie ist am Ende der Geschichte, jetzt braucht sie nur noch die Bänder, um sie nacherzählen zu können.

Kapitel 26

Die Meldungen über die Ministervorlage, die fälschliche Angaben über Nachfolgekosten der V-12-B enthielt, laufen über die Ticker der Nachrichtenagenturen unter der Headline «Eine millionenschwere Fehlentscheidung».

Dem Bonner Haftrichter liegt ein Antrag des Staatsanwalts vor, Ministerialrat Hubert Blank wegen Verdunkelungsgefahr in Untersuchungshaft zu nehmen.

Hauptkommissar Gottlieb Hermes wartet auf die Durchsuchungserlaubnis für das Anwesen der Familie Blank und versucht vergeblich, Anna Marx telefonisch zu erreichen. Sowohl in der Redaktion wie auch bei ihr zu Hause nervt ihn ihre Stimme auf dem Anrufbeantworter. Ein Sonnenblumenkern verfehlt den Abfallkorb, ein Vorfall, der keineswegs geeignet ist, seine Stimmung zu heben. Auf den Gängen grölen Sekretärinnen Karnevalslieder; er hat vorsichtshalber seine Tür versperrt und ist nur bereit, auf

Klopfen und männliche Stimmen zu öffnen. Gottlieb Hermes ist nicht willens, sich feuchtfröhlichem Treiben hinzugeben, nur weil das Datum es so will. Der Verdacht, daß die Marx sich in Kriegsbemalung unter die Weiber auf den Straßen mischt, liegt nahe und stimmt ihn verdrießlich. Na gut, sie hat sich in sein Herz geschlichen, und er wird es mit Fassung tragen. Schließlich ist er kein Jüngling mehr, sondern ein verheirateter Mann in einer Gehaltsklasse, die alle Scheidungsabsichten sabotiert. Außerdem hat er keine Ahnung, wie *sie* darüber denkt. Sich in dieser Richtung zu exponieren und lächerlich zu machen, ist ein Gedanke, der Angstschweiß hervorruft.

In der Bonner Innenstadt sind die Weiber losgelassen, es ist ihr Tag, sie haben nur einen, wenn sie die Regeln des Karnevals und der Männergesellschaft ernst nehmen. Alkoholisierte Fröhlichkeit schwappt durch die Gassen und Kneipen, und Krawatten fallen anstelle anderer Symbole männlicher Vorherrschaft. Frauen, die sich mit einem Tag und mit Krawatten zufriedengeben, haben jeden Grund, sich zu betrinken. Helau und Alaaf.

In Bonn wird Karneval gefeiert, und der Minister bereitet seinen Rücktrittsbrief vor, statt in fröhlicher Runde zu demonstrieren, daß sich auch Politiker dem Diktat deutschen Kalenderhumors beugen. Er nimmt sich Zeit mit der Formulierung des Briefes, nichts steht darin, was der Wahrheit annähernd ähnlich wäre. Bei aller Bitterkeit über die Intrige, der er zum Opfer gefallen ist, bleibt die erste Überlebensformel der Politik, die Öffentlichkeit über Politik zu täuschen. Denn sie würde nie verstehen, daß Politik nichts anderes ist als der entlarvende Spiegel ihrer selbst. Politik ist die Wissenschaft von der Fehlbarkeit des Menschen, dem Macht gegeben. Und nur die Narren scherzen darüber.

Anna Marx steht im beeindruckend gestylten Flur des Hauses Blank und lügt Evangelista vor, daß sie aus Fabians Zimmer «einige Sachen holen und ihm ins Krankenhaus bringen will».

Evangelista hat sie hereingelassen, doch ihre Körpersprache signalisiert Abwehr. Sie steht mit verschränkten Armen vor der Treppe, schmal und blaß, aber da ist noch etwas mehr: Anna spürt Stärke, eine Art verzweifelter Stärke, die von dieser kleinen Person ausgeht, die ihr gerade mal bis an die Achseln reicht.

«Fabian geht es besser, ich war gerade bei ihm.» Anna geht an ihr vorbei die Treppe hoch. Sie hat keine Ahnung, wo Fabians Zimmer ist, aber sie will auch nicht, daß Evangelista sie begleitet, wenn sie die

Bänder sucht. Warum plärrt das Kind nicht, denkt Anna. Wenn sie schon das Glück hat, daß Blank nicht zu Hause ist, müßte Jonathan das Mädchen ablenken.

Mädchen? Sie hat Evangelista zum ersten Mal richtig angesehen: Sie müßte an die Dreißig sein, obwohl dies bei so zierlichen Frauen schwer zu schätzen ist. Sie ist fast schön, denkt Anna, obwohl sie gestreßt aussieht. Kein Wunder bei dem Chaos an Gefühlen, das Fabian mit seinen Wanzen angeheizt hat.

Anna hat gewartet, bis sie Blank in seinem Mercedes fortfahren sah. Ein Typ, der Mercedes fährt und seine Frau umbringt, weil er meint, daß dann alles in Ordnung komme. Hat er wirklich gemeint, damit durchzukommen?

Anna steht im ersten Stock und öffnet Türen, während Evangelista unten an der Treppe wartet. Anna findet Fabians Zimmer im zweiten Anlauf, es muß seines sein, weil es vollends von High-Tech-Anlagen beherrscht ist. Computer-Bücher, Videobänder und Kassetten liegen scheinbar ungeordnet in einem Bücherregal, das sich von Wand zu Wand erstreckt. Das Zimmer ist gleichermaßen chaotisch und peinlich sauber, letzteres Evangelistas Wirken, so vermutet Anna. Stapel von Bändern und elektronischen Geräten, die sie in ihrer technischen Unwissenheit nicht identifizieren kann, entmutigen sie nicht. Sie muß die Bänder finden, bevor Blank sie vernichten kann. Wenn er es nicht schon getan hat...

Auf Fabians Schreibtisch liegen Fachillustrierte: Computer, Elektronik und alte Autos scheinen seine einzigen Leidenschaften zu sein – außer Evangelista natürlich. Kein Bild an der Wand, kein Poster, kein Foto. Und der verdammte Schreibtisch ist abgeschlossen!

Sie sollte Gewissensbisse haben, einen jungen Mann zu hintergehen, der ihr vertraut. Doch Anna beruhigt ihr Gewissen: Hätte er ihr von den Bändern erzählt, wenn er nicht wollte, daß sie sie findet? Mit all den Lawinen, die Fabian ausgelöst hat, ist es nicht auch in seinem Interesse, die Schneeschichten zu räumen? Wie auch immer, jetzt kann sie nicht mehr zurück. Der Mensch verträgt nur ein gewisses Maß an Scheitern, und Anna hat ihr Maß an Versagen mehr als voll. Sie muß die Bänder finden!

Anna zerrt vergeblich an den Schubladen. Überzeugt davon, daß er sie versteckt oder verschlossen hat, sucht sie in ihrer Handtasche nach einer Haarnadel. In Annas Handtasche findet sich immer etwas, sie versucht es mit einem Zahnstocher...

«Suchen Sie was Bestimmtes?»

Anna ist vor Schreck die Haarnadel aus der Hand gefallen. «Scheiße.» Sie dreht sich zu Evangelista um, die an der Tür steht. «Ich suche die Bänder», sagt sie. «Fabian will, daß ich sie ihm ins Krankenhaus bringe.»

Evangelista steht mit verschränkten Armen vor ihr. War sie jemals unscheinbar, devot gewesen? Anna denkt, daß es ihr Fehler war, das Mädchen sozusagen nur in seiner Funktion zu sehen. Ein sehr dummer Fehler…

«Die Bänder sind nicht mehr da. Ich habe sie vernichtet. Alle.»

«Alle», wiederholt Anna blöde. Evangelista lächelt, als ob das komisch wäre. Die Gespräche mit Kolofsky, denkt Anna… der Streit mit Sybille… die Tat…

Evangelista zeigt auf eine Truhe, auf der ein Fernsehapparat und ein Videogerät stehen. «Sie waren da drin. Ich habe sie alle genommen und… sie sind weg. Sie brauchen nicht mehr zu suchen.»

Nach dem Grund muß Anna nicht fragen, sie weiß ihn. «Glaubst du, daß Hubert Blank damit zu schützen ist? Glaubst du das wirklich?!»

Ein Schrei weht durchs Haus, so schrill und durchdringend wie der Schrei einer kleinen Katze in Todesangst.

«Jonathan!» Evangelista läuft aus dem Zimmer. Sie hat viel schneller reagiert, als Anna dies könnte. Jetzt läuft sie ihr nach, durch den Flur in Richtung des Kinderzimmers, aus dem das Schreien kommt.

«Er hat sich den Kopf an der Bettkante gestoßen.» Evangelista hält Jonathan im Arm, das Kind plärrt leiser, und Anna wiederholt, was sie in Fabians Zimmer angedeutet hatte. «Hubert Blank hat Sybille umgebracht. Und das wird zu beweisen sein – auch ohne die Bänder.»

NEIN.

Evangelista schreit das Wort heraus. Anna hätte nie geglaubt, daß eine so sanfte Stimme so hysterisch klingen kann. «Es tut mir leid, Evangelista, aber Fabian hat gesagt…»

«Fabian hat gesagt…» Evangelista spuckt vor Anna aus. «Er war es doch selbst. Fabian hat sie umgebracht. Weil sie mich zurückschicken wollte, hat er sie getötet. WEIL ER MICH LIEBT…»

«Unsinn.» Anna geht einen Schritt auf Evangelista zu. Das Mädchen sieht nicht, daß Anna unsicher ist. Sie drückt Jonathan an sich, hält ihn zu fest, und er beginnt wieder laut zu schreien. Vielleicht glaubt Anna nur, daß Evangelista ihm weh tut, schließlich hat sie keine Erfahrung mit Kindern. Irritiert durch das Geschrei, zornig darüber, daß Evangelista Fabian beschuldigt, herrscht sie sie an, das Kind herzugeben.

«Nein.» Evangelista hält den Jungen noch fester, geht einen Schritt zurück. Ihr Gesicht ist grau vor Angst oder Anstrengung oder Zorn. Ihr Gesicht sollte Anna warnen, die jetzt sagt: «Du tust ihm doch weh, merkst du das nicht?»

«Hubert ist nicht schuld. Geh weg.»

Annas philippinische Putzfrau widerspricht ihr nie. Sie ist freundlich, zuverlässig und auf eine Weise unsichtbar, die Anna keineswegs mißfällt. So blind ist sie nicht, die Hysterie dieser Situation zu ignorieren, doch eine Mischung aus Selbstgerechtigkeit und Mutterinstinkt treibt sie dazu, drohend auf Evangelista zuzugehen. Jonathan plärrt, vor Schmerzen oder aus Angst vor den beiden Frauen.

«Muß ich die Polizei holen, Evangelista?»

Eine leere Drohung, eine dumme Drohung. Noch während sie sie ausspricht, hat Anna Evangelistas Schrecksekunden genutzt und ihr Jonathan entrissen. Jetzt schreit er noch lauter, während das Mädchen aus dem Zimmer läuft. Anna stößt beruhigende Laute aus, die keineswegs beruhigen. Sie hält ihn ganz sanft: Das kleine Gesicht ist tränenverschmiert, er brüllt aus voller Kehle, er hat eine Schramme im Gesicht, und Anna fragt sich, warum sie nicht einfach zu Hermes gegangen ist.

Wie kam sie bloß dazu, sich den Jungen aufzuhalsen? «Pscht, Kleiner, nun beruhige dich doch», murmelt sie hilflos, während sie überlegt, daß sie nun auf Blank warten muß, sofern Evangelista nicht zurückkommt. Wie kann ein Kind nur so anhaltend laut brüllen? Ob er zum Arzt muß? Verdammte Evangelista, die Bänder vernichtet und aus dem Zimmer läuft, statt sich um das Kind zu kümmern.

Sie hört Schritte und denkt, Gott sei Dank, sie hat sich beruhigt, ich kann ihr das Kind wiedergeben. Doch Anna irrt, wie so oft:

Evangelista steht im Kinderzimmer, und sie hält ein Messer in ihrer rechten Hand: ein langes, in den Strahlen der einfallenden Sonne blitzendes Küchenmesser, dessen vielseitige Verwendungsmöglichkeit Anna sehr, sehr klar ist. Der Schritt rückwärts ist eine automatische Reaktion, nun steht sie mit dem Rücken zum Gitterbett.

«Gib ihn her.»

Evangelista kommt näher, das Messer auf Anna gerichtet oder auf Jonathan, den Anna jetzt festhält, um ihn zu schützen – oder damit er sie schützt. Sein Schreien ist von unverminderter Lautstärke. Anna hört es nicht mehr. Sie denkt, ich darf jetzt keinen Fehler mehr machen. Keinen Fehler. Evangelistas Gesicht ist so entschlossen, aber sie wird doch dem Kind nichts tun, oder?...

Man kann ein Kind nicht als Schutzschild benutzen. Anna dreht sich zur Seite und wirft Jonathan in sein Bett, eine Aktion, die er mit irrsinnigem Gebrüll quittiert. Anna steht jetzt seitlich zu Evangelista, dreht sich nun langsam und vorsichtig zu ihr... Sie registriert in Eiseskälte, daß das Messer auf ihre linke Brust zielt.

Anna hat schreckliche Angst vor Messern, jetzt meint sie, den Schmerz eines Stiches zu spüren, aber Evangelista hat sie nur angeritzt, durch den Pullover, es ist nichts, das Marx umbringen könnte, wenn das Messer in dieser Position bleibt.

Es ist pure Angst, die Annas Denken ausschaltet und sie sagen läßt: «Du hast Sybille umgebracht.»

Sie hat sich keinen Millimeter bewegt, jetzt sieht sie, wie Evangelistas Hand, die das Messer hält, zittert, und Marx denkt in einer Sekunde der Klarheit, daß man auch aus Dummheit sterben kann.

«Sie hat gesagt, daß sie mich bei der Polizei anzeigen wird. Und daß sie meinen Eltern schreibt, daß ich eine Diebin sei.» Evangelista spricht so leise, daß Anna sie kaum versteht. Anna denkt, es wäre besser gewesen, den Jungen festzuhalten, ihm hätte sie nichts getan. Das Mädchen ist verrückt und verzweifelt, und ich habe sie in die Enge getrieben, so wie Sybille das auch getan hat... und Sybille ist jetzt tot. Sag was Kluges, Beruhigendes, Anna. THINK...

«Ich kann verstehen, daß du sie ...umbringen mußtest.» Was fällt einem Kluges ein, wenn man sich fühlt wie ein aufgespießter Schmetterling, ein plärrendes Kind im Rücken und Todesangst in jeder Pore des Körpers?

«Ich mußte sie umbringen. Sie wollte mich wegschicken, von Jonathan und Hubert, und sie wollte meine Familie mit hineinziehen. Sie verstehen, daß ich sie umbringen mußte.»

Es ist ein unpassender Moment, Mitleid zu haben. Anna fühlt dennoch eine Regung, die nichts mit Angst zu tun hat. So klein, so verzweifelt, und Blank ist an allem schuld... und Fabian natürlich, aber es kommt darauf an, wer das Messer führt...

Evangelista streichelt mit der freien Hand Jonathans Füße, während sie mit der anderen den Druck des Messers unmerklich verstärkt. «Hubert war weg, aber Fabian hat es gehört in seiner Maschine, in seinem Zimmer. Als er kam, war Sybille schon tot.» Sie sieht auf die Klinge: «Mit diesem Messer... sie war gleich tot...»

Na klar mit diesem Messer, denkt Anna. Ist doch lang genug, die Klinge, und Sybille war viel dünner als ich. Der Druck der Messerspitze scheint sich zu verstärken. Anna sieht wie hypnotisiert auf die Hand, die das Messer hält: klein, stark, an den Knöcheln gerötet. Hände, die zupacken können...

«Willst du nicht das Messer weglegen? Wir können in Ruhe darüber reden, Evangelista. Ohne Messer...»

Evangelista schüttelt den Kopf. So dumm ist sie nicht. Die Frau will ihr das Kind wegnehmen – und Hubert. Genau so wie Sybille. Sybille... Sie hat bis zum Schluß nicht geglaubt, daß sie es tun würde. Sie hat sie für eine dumme kleine Filipina gehalten, die nichts kann außer Hausarbeit...

Jonathans Schreien erscheint Anna als Vorbote ihres eigenen Gebrülls, wenn Evangelista zusticht. Sie sorgt sich um den Jungen, denkt sie, und wird nicht mehr lange warten, wenn sie es wirklich tun will. Aber so schafft sie es nicht. Sie muß ausholen, wenn sie mich mit einem Stich erledigen will. Sie steht zu nah, soviel Kraft hat sie nicht. Oder?

Ist es besser, stehenzubleiben oder den Sprung zur Seite zu wagen? Oder nach der Hand greifen? Sich blitzschnell ducken und ihr den Kopf in den Bauch rammen...?

Evangelista steht unbeweglich. Sie kann Jonathans Schreien besser ertragen als Anna, sie ist es gewöhnt. Sie wird den Jungen trösten, danach, ihn wickeln und ihm sein Lieblingsessen geben. Dann wird sie auf Hubert warten. Er wird wissen, wie es weitergeht. Er wird ihr helfen, er braucht sie doch. Und sie hat es doch für ihn getan, für ihn und für Jonathan.

Annas Seitensprung mißglückt. Sie spürt einen brennenden Schmerz, der ihr längst nicht so weh tut wie die Angstschmerzen davor. Der Schrei, den sie dennoch ausstößt, vermischt sich mit einem melodischen Klingeln, das aus einer anderen Welt zu kommen scheint.

Kapitel 27

Der Rücktritt des Ministers ist nur eines von Bonns närrischen Spektakeln. Am Aschermittwoch offiziell bekanntgegeben, gibt er Anlaß zu ernüchternden Kommentaren. Der Rücktritt überrascht niemanden, der die vorangegangenen Meldungen über getürkte Berichte und Korruption im Zusammenhang mit der Anschaffung der Kampfflugzeuge verfolgt hat. Einige Kreise nehmen ihn mit Bedauern, andere mit klammheimlicher Freude zur Kenntnis. Die Öffentlichkeit, vertreten durch die Medien, wendet sich Spekulationen über den Nachfolger zu.

Hank Kolofsky, weitab von der Schußlinie im imposanten Büro des stellvertretenden Generaldirektors im Hauptsitz Phoenix, bemüht sich, nicht wie der Verlierer auszusehen, der er ist. Nach dem Rücktritt des Ministers wird man in Bonn die europäische Lösung anstreben, die V-12-B ist mit dem Korruptionsskandal aus dem Rennen. Kolofsky erwartet, daß der stellvertretende Generaldirektor ihm die nicht unerhebliche Liste seiner Aufwendungen vorhalten wird, die nur im Falle einer Auftragserteilung gerechtfertigt wären. Er erwartet auch die vorzeitige Auflösung seines Vertrages. Wie er es haßt, zu verlieren.

Der stellvertretende Generaldirektor von *Willbright* erwähnt in der Tat die Summe von 3,6 Millionen Dollar, die aus dem Schmutzfonds der Firma nach Bonn geflossen sind. Jedoch ist sein Tonfall erstaunlich milde, verständlich erst, nachdem er den vor ihm sitzenden Lobbyisten darüber informiert hat, daß *Willbright* seit drei Wochen eine « bedeutende Beteiligung » an jener deutschen Firma habe, die als Teil des Konsortiums den Auftrag erhalten werde.

Er sagt dies mit sonnigem Siegerlächeln, das nur ein Milliardengeschäft in sein Pokergesicht zaubern kann. Und es ist durchaus seine Absicht, einen guten Mann aufzubauen, wenn er ihm jetzt versichert, daß die mittlerweile gekippte Entscheidung für die V-12-B den Überraschungscoup der Beteiligung durchaus erleichtert habe. Insofern sei Kolofskys Wirken in Bonn keineswegs vergeblich gewesen.

Ein zweifelhafter Sieg ist besser als gar keiner. Kolofsky läßt sich gern auf das nächstliegende Thema ein, wo und wie man die Kampfflugzeuge im arabischen Raum verkaufen könne.

In anderer Dimension beschäftigt das Thema mittlerweile zwei

Bonner Staatsanwälte, die sich mit Hubert Blanks Rechtsanwalt über die Alternative der Untersuchungshaft oder eines «konstruktiven Geständnisses» beraten.

«Statt Blumen hätten Sie mir besser Zigaretten mitgebracht.»

Nicht allzuweit entfernt von Fabian Blank liegt Anna Marx der Willkür von Schwestern und Ärzten ausgeliefert in einem sehr ungemütlichen Krankenzimmer. Sie tut sich leid, das ist nichts Neues. Die Fleischwunde in ihrem Oberarm ist tief und schmerzhaft, aber keineswegs lebensgefährlich. Gottlieb Hermes weiß das und behandelt sie dennoch wie eine Heldin, weil er meint, daß die Marx wunderbar sein kann, wenn man sie nur richtig aufbaut.

Er reicht ihr Sonnenblumenkerne, die sie mit Kopfschütteln ablehnt. «Evangelista hat die Leichenteile im Tiefkühlschrank im Keller verwahrt, können Sie sich das vorstellen?»

Lieber nicht. Anna richtet sich auf, stöhnt ein bißchen. Hermes und seine Mannen hatten geklingelt, als sie zur Seite sprang und Evangelista zustach. Hermes kam mit einem Durchsuchungsbefehl; sie hätten Sybille oder das, was noch von ihr da war, ohnehin gefunden und den Fall auch ohne Annas Zutun geklärt. Das tut mehr weh als die bandagierte Wunde. Sie hat sich in der Tat wie eine Vollidiotin verhalten. Erst hatte sie Evangelista nicht zur Kenntnis genommen, borniert genug, ein philippinisches Hausmädchen als Teil des Inventars zu betrachten. Und dann hatte sie Evangelista bis an den Punkt gereizt, an dem diese durchdrehte.

«Was ist mit dem Kleinen?»

Hermes klopft Anna das Kissen zurecht und schielt dabei auf ihre unverletzten Brüste. «Dem ist nichts passiert. Blank hat ihn zu einer Cousine nach Köln gebracht, soviel ich weiß.»

«Und Fabian?»

«Der wird morgen entlassen. Aber das ist nicht das Ende. Er hat dem Mädchen geholfen, die Leiche zu verpacken. Sie haben sie in vier Teile zerlegt, damit sie in die Kühltruhe paßt. Ziemlich makaber, wenn Sie mich fragen.

Annas Stimme ist sehr klein: «Er liebt das Mädchen. Man macht die merkwürdigsten Dinge aus Liebe, wirklich...»

Evangelista hatte nach sanftem Drängen bereitwillig erzählt, und Hermes erzählt es Anna weiter, ob sie es hören will oder nicht: Sybille, eifersüchtig und vor Wut außer sich, hatte Evangelista in die Küche gerufen und ihr mit Polizei und sofortiger Ausweisung gedroht. So wie Anna auch, hatte sie nicht erkannt, daß sie Grenzen überschritt, als sie Jonathan ins Spiel brachte.

«Lieber würde sie den Jungen in ein Heim geben, als ihn bei Evangelista zu lassen. Soll Frau Blank gesagt haben, als Evangelista durchdrehte und nach dem Messer griff. Sie hat nur zweimal zugestochen, sagt sie, und sie war sicher, sofort entdeckt zu werden. Aber Hubert Blank war nicht im Haus, und Fabian Blank, nun ja ... nein wirklich, Marx, das geht zu weit. Man muß nicht alles verstehen.»

Anna schweigt in ihrem Krankenbett. Sie sieht sehr mitgenommen aus, und er fragt sich, ob sie wirklich so verletzlich ist, wie sie manchmal tut. «Evangelista hat in Manila in einem Schlachthof gearbeitet und... die Einzelheiten will ich Ihnen ersparen. Jetzt könnte ich noch sagen, daß wir die Leiche bei der Hausdurchsuchung ohnehin gefunden hätten – ihr Einsatz war absolut unnötig – und gefährlich.»

Anna Marx sieht nicht gerade schuldbewußt aus. Eher traurig. Sie hat ihm mal erzählt, daß sie nur Geschichten mit Happy-End mag. «Ich wünschte mir, sie würden aufhören, in Verbrechen rumzustochern, Marx. Sie sind nicht dafür gebaut.»

Anna geht mit einem Achselzucken über seine Bemerkung hinweg. «Sie ist ein armes Schwein», sagt sie und läßt offen, ob sie damit Täterin oder Opfer meint. Alles, was geschieht, könnte einem selbst geschehen, und Anna meint damit ihr eigenes Potential an Dummheit, Bösartigkeit, Haß und Rachsucht. Sie ist müde, vom Blutverlust und anderen Verlusten, und Hermes' mitleidige Blicke gehen ihr auf die Nerven.

«Wie hat Blank es aufgenommen?»

«Mit Fassung, wie man so schön sagt. Man könnte meinen, daß er andere Sorgen hat – vielleicht ist er auch nur ein guter Schauspieler. Er zuckte nicht mit der Wimper, als ich ihm von Fabians Mithilfe bei der Beseitigung der Leiche erzählte.»

«Wenn er nicht mit Evangelista rumgemacht und diese dummen Sätze gesagt hätte... und wenn Fabian das nicht aufgezeichnet und Sybille vorgespielt hätte... und wenn Sybille nicht so bösartig darauf reagiert hätte... es war alles nur eine Kettenreaktion unglücklicher Umstände... hat sie einen guten Anwalt?»

«Einen Pflichtverteidiger... Was haben Sie denn gedacht?»

Anna denkt, daß sie an Blanks Stelle einen guten Anwalt für

Evangelista bezahlen würde. Aber vielleicht ist das zuviel verlangt. Sie schließt pathetisch die Augen und Hermes springt schuldbewußt auf. «Sie können alles zu Protokoll geben, wenn es Ihnen besser geht. Soll ich morgen wiederkommen?»

Warum nicht? Anna nickt mit geschlossenen Augen, sie läßt sich die unverletzte Hand drücken, alles in allem eine sehr angeschlagene Heldin, aber dennoch zufrieden, am Leben zu sein.

Kapitel 28

Das Haus ist ganz still. Jonathan ist in Köln und Fabian noch im Krankenhaus. Das Haus ist still. Hubert Blank sitzt an seinem Schreibtisch, vor sich alle wichtigen Papiere seines Lebens. Papiere sind wichtig, wer wüßte es besser als er? Die beiden falschen Pässe liegen vor ihm, die Versicherungen, sein Testament, der Brief an seinen Sohn mit dem Nummernkonto in der Schweiz. Fabian wird ihn zuerst finden, und wenn er klug ist, wird er den Brief nicht der Polizei übergeben. Für sie, die unbeteiligte Nachwelt, hat er nur eine Zeile geschrieben: «Ich begehe Selbstmord. Blank.»

Es gibt sicherlich elegantere Formulierungen zu guter Letzt, aber er will nicht elegant sein, sondern präzise.

Wenn sie den Brief seines Rechtsanwaltes finden, werden sie den Schluß ziehen, daß er aus Angst vor der Verhaftung den Freitod gewählt hat. Wie auch immer, es gäbe viele Gründe, und ihm ist absolut gleichgültig, welchen sie auswählen. Wichtig ist, daß er seine Papiere geordnet hat. Die Pistole wird ihn aus der unerträglichen Unordnung seines Lebens befreien.

Er sieht auf den Paß, als er die Pistole an die Schläfe setzt. Schwarzer Humor liegt ihm nicht, aber jetzt ist ihm nach einem letzten Scherz zumute.

«Marx ist tot», sagt Hubert Blank, bevor er abdrückt.